Nieuwe oude wereld

Boek 2

Door   **Ben Dolphijn**

Nieuwe

oude

wereld

door

Ben Dolphijn

Voorwoord

Wat tot nu toe gebeurde:

Jan is een selfmade man die een eigen computerbedrijf heeft. Tijdens een ontspannen vakantieweekje wordt hij betrokken bij een geheim militair onderzoeksproject in de verenigde Staten van America dat betrekking heeft op een neergestort ruimteschip. Al meer dan vijftien jaar proberen de deskundigen toegang te krijgen tot het toestel, met zeer onvoldoende resultaat.

Jan verblijft er maar kort maar hij kan niet los komen van het project. Door gebrek aan financiële middelen wordt het geheime project stilgelegd. Jan besluit zijn bedrijf te verkopen en gaat zelf op onderzoek uit. Hij ontdekt in zijn eentje bijzondere dingen over het ruimteschip en har lading.

Een generaal die de leiding heeft over het traject is het niet met de werkwijze van Jan eens en probeert Jan met geweld en intimidatie tot "reden" te brengen.

Voor meer details is het goed om Boek 1 te lezen.

De hoofdstukken zijn doorgenummerd in vervolg op boek 1

Hoofdstuk 18

Jan had een knallende koppijn. Automatisch strekte hij zijn hand uit naar zijn hoofd. Gelijk werd zijn hand vastgepakt.

"Rustig, rustig", hoorde hij Samantha zeggen. "Je hebt een lelijke hoofdwond opgelopen door die klap met een ijzeren staaf. Jan kwam verder bij. Hij wilde zijn ogen openen maar had meteen last van het licht.

Samantha kwam naast hem zitten en schermde daardoor het licht grotendeels af. Voorzichtig opende Jan zijn ogen weer. Dit was doenbaar.

"Blijf maar even rustig liggen, "fluisterde Samantha tegen hem. "Je hebt wel wat bloed verloren en je bent twaalf uur onder zeil gebleven. Je hebt vast een forse hersenschudding. "Samantha streek zachtjes over zijn voorhoofd. Jan had de indruk dat ze voelde of hij koorts had maar dat leek mee te vallen.

Jan kreeg een bericht door van Hans. Er werd geprobeerd bij hem in te breken. Hij kon de plek versterken waardoor er geen doorkomen aan zou zijn voor de simpele snijbranders die er werden gebruikt, hij kon ook gewoon de deur openen.

Jan zuchtte. Hij vroeg Hans de werkers te filmen en niet binnen te laten zonder zijn toestemming.

Hans was blij eindelijk iets van Jan te vernemen. Het was wel heel erg lang stil gebleven. Jan grinnikte. Hij zocht gelijk even contact met Alpha en Beta. Ze wachtten rustig op zijn berichten maar waren blij weer even wat te horen. Het ruimtestation was nog steeds op zijn plaats in de variabele route die hem uit het zicht van de aarde hield.

Jan vroeg ze nog enige tijd rustig te wachten. Mochten er zaken veranderen dan wilde hij dat graag horen.

Jan keek even voorzichtig waar hij was. Het leek een soort gevangeniscel. Hij zag dat ze met zijn drieën, Fred, Samantha en hij, in een cel bij elkaar zaten.

Fred knikte naar hem. Hij zag er slecht uit. Kennelijk had hij zich verzet en had hij flinke klappen opgelopen. Jan keek geschrokken naar Samantha. Ook zij was gehavend. Ze had drie forse blauwe plekken, een op haar linkerschouder, een op haar rechteronderarm en een op haar been, haar broek was gescheurd en je kon de bult die zich eronder vormde duidelijk zien.

"Wat is er gebeurd?" vroeg hij meteen verrast door de beschadigingen.

Samantha glimlachte. "Nadat de generaal jou had laten neermeppen, hebben wij ons nadrukkelijk verzet tegen zijn gedragingen. Dat nam meneer niet. We werden allebei vastgehouden door de militairen en hij zelf, sloeg ons drie keer in ons gezicht en op drie plaatsen met een ijzeren staaf op ons lichaam. Zowel Fred als ik konden niet meer op onze benen staan. We zakten op de grond.

Jan hoorde een snik in haar stem. Ze hadden duidelijk behoorlijk veel pijn. Fred zei alsmaar niets. Hij staarde alleen maar voor zich uit.

Jan ging meteen met zijn gedachten naar Hans . Op zijn vraag reageerde Hans meteen enthousiast. Hij had alles opgenomen en doorgezonden. Er ontstonden op dit moment grote beroeringen over het gedrag van de generaal.

Nu hij weer contact had met Jan, kon hij de locatie waar Jan was vaststellen en doorgeven aan het internet. Jan vond dat een prima idee. Hij wilde wel weten waar hij was. Hans vertelde dat hij op een militaire basis was op ongeveer vier uur rijden van de loods. Kennelijk de thuisbasis van de generaal.

Jan bedankte Hans. Hij wilde nog wel weten of er al reacties waren op de beelden. Volgens Hans waren er heel erg veel reacties en werd de generaal algemeen aangeduid als "de slachter". Vanuit de politiek was er nog geen reactie. Meerdere journalisten waren wel op de zaak gedoken en maakten uitgebreide verhalen over het gedrag van de generaal. De conclusie was duidelijk. De generaal moest aftreden, moest op staande voet ontslagen worden, hij moest gestraft worden. Mishandeling op deze manier waren misdadig. Jan bedankte Hans nogmaals en vroeg hem de reacties te blijven volgen.

Jan ging langzaam rechtop zitten. Hij zat op de grond met zijn rug tegen de muur. De cel was ongeveer vier meter lang en twee meter breed.

Fred kwam langzaam in beweging. Hij ging staan, strekte zich langzaam en voorzichtig uit en keek naar Jan. Hij knikte naar Jan en keek naar de wond op Jan zijn hoofd.

"Ze hebben je flink te pakken gehad, he?" concludeerde hij met zachte stem.

"Jullie ook, geloof ik?' reageerde Jan.

"Ja, wij zijn er ook niet zonder kleerscheuren van af gekomen. "Fred keek naar Samantha. "gaat het?", vroeg hij duidelijk bezorgd.

"Het moet maar", reageerde Samantha met een diepe zucht.

Ook Samantha begon overeind te komen. Jan keek naar haar worsteling en ondersteunde haar een beetje. Daarna probeerde hij zelf ook om overeind te komen.

Zijn hoofd zwabberde en hij had moeite met zijn evenwicht. Met de steun van Fred en tot slot ook nog van Samantha stond hij eindelijk overeind. Hij steunde met zijn rug tegen de muur om enig houvast te hebben maar het bleef een lastige situatie.

Jan strekte zich even uit en bleef met zijn handen strak tegen de muur aanleunen. Langzaam trok de duizeligheid weg. Hij begon zich een beetje beter te voelen.

"Wat gebeurd er nu?" vroeg Jan, misschien was er een reden waarom ze waren gaan staan.

"We verwachten de generaal elk moment. Hij heeft een uur geleden aangekondigd dat hij ons, ongeveer nu komt verhoren.", zei Fred met een diepe zucht.

Er klonk wat gerommel buiten de cel en een luik ging open.

"Hier, wat water en brood, de generaal komt wat later," klonk het door het luikje. Fred deed meteen een stap naar voren en pakte het water en het brood aan. Hij verdeelde het brood en gaf de andere twee elk een beker met water.

Jan merkte dat hij best wel trek had ondanks zijn situatie. Hij at het stuk brood met smaak op. Ook zijn water was snel weggewerkt.

"Misschien is het prettig voor jullie om te weten dat alle gebeurtenissen in de loods zijn opgenomen en op het internet zijn gezet", vertelde Jan tussen de happen van het brood door. "Ik verwacht grote commotie over het gedrag van de generaal. Er zijn inmiddels al een viertal journalisten die een verhaal maken over de generaal."

Fred staarde Jan aan. "Hoe bedoel je "opgenomen en op het internet gezet?"

Eindelijk drong het tot Fred door. "Je bedoelt dat je alles hebt gefilmd en die filmpjes op het internet hebt gezet? "Hij keek Jan verbaasd aan. "Hoe kan dat nou, je was de hele tijd binnen, achter een gesloten buitenwand van het schip. Daarna was je zelf het onderwerp van de slachting door de generaal, verder was je knock out toen wij slaag kregen. " Fred staarde Jan kritisch aan. Dit was niet erg geloofwaardig vond Fred.

Jan verklaarde dat het schip altijd, alles wat in zijn directe omgeving gebeurde op schijf opnam en bewaarde. In dit geval had hij het schip expliciet opdracht gegeven om alles op te nemen en op het internet te zetten.

Fred was niet meteen overtuigd. "Maar hoe kun je nou een schip op die manier opdrachten geven. Dat moet je toch intoetsen en dan moet het systeem dat toch ook nog eens begrijpen?" sputterde Fred, nog steeds ernstig twijfelend aan wat Jan vertelde.

Jan gleed langzaam langs de muur naar de grond. Hij hield het even niet meer. Eenmaal veilig op de grond speurde hij rond langs de muren. En ja, hoog tegen het plafond zat een hele kleine camera. Jan knikte en wees er naar.

Fred volgde zijn vinger maar zag kennelijk niks.

"Wat zie je, wat bedoel je?" wilde Fred weten. Ook Samantha keek bezorgd naar Jan.

"Een minicamera", vertelde Jan rustig.

Samantha en Fred keken meteen geschokt omhoog.

"Ja, dat kleine donkergrijze dingetje is een camera." verkondigde Jan.

Plotseling ontstond er enig rumoer voor de deur. Een sleutel werd in het slot gedaan en omgedraaid.

Hans meldde zich bij Jan. Er waren vragen gesteld door zeven verschillende parlementariërs over het gedrag van de generaal aan de hand van de vele filmpjes De minister van vrede had de generaal tijdelijk op non-actief gesteld tot de zaak nader zou zijn onderzocht. Er zou een onderzoekscommissie worden ingesteld. Een andere generaal, generaal Ermer, was benoemd tot waarnemer op de locatie waar de generaal tot nu toe het bevel voerde.

Langzaam verstomde het geluid en werd de deur rustig open gedaan. Een oudere man in uniform stond, met de deur in de hand en keek naar binnen.

"Ja, drie personen", begon hij meteen.

"Dag, generaal Ermer, neem ik aan" begon Jan, nog zittend op de grond.

"Klopt," reageerde de oudere man verbaasd. Ook Samantha en Fred keken verbaasd naar Jan. "Informatie kan snel gaan," verkondigde Jan alleen maar.

Hij draaide op zijn knieën en probeerde op te staan. Het lukte hem niet. Het was dat zowel Fred als Samantha hem vastgrepen, anders was hij vast en zeker gevallen.

Ook de generaal deed een stap naar voren.

"Wilt u zo vriendelijk zijn om mee te komen", begon hij uiterst redelijk en vriendelijk maar wel heel serieus.

De generaal draaide zich om en begon naar buiten te lopen. Hij draaide zich in de deuropening nog even om om zich er van te overtuigen dat ze hem volgden. Samantha ondersteunde Jan en zo liepen ze met zijn drieën de cel uit, het cellen complex uit, een lange gang door en uiteindelijk een kantoor in.

Jan had het helemaal gehad. Hij zakte nog voor hij in een stoel kon plaatsnemen op de grond, Samantha kon hem niet meer houden.

Jan kwam bij. Hij voelde dat hij in een bed lag. Prompt meldde Hans zich. Het leek wel alsof hij een zucht slaakte. "Hallo Jan, blij weer contact met je te hebben," begon Hans met een glimlach in zijn stem. Jan was er toch wel een beetje verrast door. Kennelijk kon er meer emotie in het systeem worden gecreëerde dan hij zelf ooit had gedacht. Jan reageerde geruststellend en vertelde dat hij wat last had van vermoeidheid en wat schade. Hij had tijd nodig om te herstellen.

Hans vertelde dat alle militairen waren vertrokken en dat een onbekende meneer een nieuwe houten deur had aangebracht op de voorhal. Alle delen van de oude deur waren weggehaald en alles was stil geworden.

Het was inmiddels dinsdagmorgen. Jan was weer een behoorlijke periode onbereikbaar geweest. Hans wist dat hij rustte dus had hij zich ingehouden en gewacht tot er weer hersenactiviteiten begonnen te gloeien. Jan bedankte Hans en deed zijn ogen open.

Meteen werd hij toegesproken door een vriendelijke jongeman, die vertelde dat hij nodig wat moest eten en drinken. Zijn hele systeem was erg in de war en dat moest zo snel mogelijk weer worden geactiveerd. Hij stapte naar Jan toe en hielp hem om een stukje meer rechtop te zitten. Prompt draaide hij een groot blad van opzij tot vlak voor Jan met drie boterhammen met kaas, jam en worst.

Jan had best wel trek moest hij erkennen. Jan kreeg er thee bij, prima. Hij at de drie boterhammen met smaak op. Het leek wel of hij was uitgehongerd. Hij realiseerde zich nu pas dat hij de vorige dag alleen een ontbijt en een stuk brood in de cel had gegeten. Dat was zeker niet genoeg.

De verpleegkundige vertelde Jan dat generaal Ermer hem wilde spreken. Jan had er geen problemen mee. Hij voelde zich eigenlijk best goed. Hij overlegde met de verpleegkundige en stapte rustig zijn bed uit. Dat ging prima. Hij douchte en kleedde zich aan. De verpleegkundige vertelde dat hij de generaal had gevraagd om vervoer te regelen. De generaal had dit meteen gedaan en een jeep stond al voor het hospitaal in afwachting van Jan, Jan bedankte de man voor zijn meedenken en de behandeling en vertrok.

Inderdaad stond er een jeep met chauffeur voor de deur van het ziekenhuis. De chauffeur keek naar hem en knikte. Hij keek naar een foto en knikte nogmaals. Jan stapte in en de chauffeur reed meteen weg. Doordat de jeep een linnen dak met veel plastic had was het geluid van de wind rondom het dak zeer overheersend. Een gesprek kon je redelijkerwijs niet voeren. Jan vond het een prettige rit en keek rustig om zich heen.

Na een halfuurtje reden ze een militair terrein op. De chauffeur was kennelijk bekend bij de bewakers want hij kreeg meteen toestemming om door te rijden.

Jan werd door een jongeman ontvangen en hij werd in een apart kamertje gezet. Jan wachtte rustig. Hij zou zo wel worden geroepen. Na twintig minuten te hebben gewacht meldde hij zich bij de jongeman en vroeg hem of er iets mis was gegaan. De jongeman keek hem verbaasd aan. Meneer dacht toch niet dat de generaal zomaar tijd voor hem zou vrijmaken. De generaal had het hartstikke druk. Zodra hij tijd had zou de generaal zich zeker melden. Jan geloofde hem onmiddellijk.

Hij wenste de jongeman een goede dag en liep naar buiten. Jan liep naar de ingang en vroeg de dienstdoende militair of hij een taxi voor hem wilde bellen. De man keek hem verbaasd aan. Uiteindelijk voldeed hij aan Jans verzoek en al snel kwam er een personenauto voorrijden. Jan gaf het adres op van de loods en werd keurig thuis afgezet. De taxichauffeur vertelde dat hij door het leger werd betaald en geen kosten in rekening mocht brengen bij particulieren. Hij zou de rit eenvoudig declareren,

Jan bedankte de man en ging naar binnen. Eindelijk weer thuis.

Hans was blij dat hij er weer was. Hij maakte Jan er op attent dat de voordeur bij de voorhal was vervangen. Er was geen sleutel voor de nieuwe deur. Jan was zoals hij gewend was via de deur bij de keuken naar binnen gegaan. Hij had er niet meer bij stil gestaan dat de voordeur was vervangen. Hij wilde toch even proberen of de nieuwe deur mogelijk was voorzien van het oude slot van de vorige deur, waardoor de oude sleutel toch nog zou werken. Zowaar de maker van de deur had het oude slot gebruikt. Jan kwam tevreden terug naar het ruimteschip. Jan ging in zijn woonkamer zitten met een flinke kop koffie en bekeek zijn mail. Hij had een uitnodiging van de gemeente om te komen praten over zijn voorstel voor een casino. Ook had hij een uitnodiging voor een gesprek bij de bank. Financiën waren een groot probleem. Hij bekeek zijn account en was opgetogen over de tussenstand, Het restaurant liep voortreffelijk.

De eerste reeks bestellingen voor de nieuwe locatie met de drie panden die hij al ter beschikking had gekregen zouden de volgende dag al worden afgeleverd. Jan besloot de locaties maar eens te bezoeken en de boel daar alvast eens schoon te maken. Dit project kon hij nu nog financieren maar voor elk volgend project had hij die bank zeker nodig. Eigenlijk had hij ook nog iemand nodig die de hele bouw van het casino zou begeleiden. Stel dat de vergunningen en de financiën rond zouden komen dan moest toch iemand steeds het project volgen. Een vent als Fred zou uitermate geschikt zijn, bedacht Jan. Fred was bouwkundig geschoold, meende hij zich te herinneren. De bouw zou vanaf de eerste spade achttien maanden duren. Hij wilde er zo min mogelijk tijd aan besteden. Hoe meer hij er over nadacht hoe belangrijker het voor hem werd om een goede projectmanager te vinden.

Hij reed naar de locatie en begon de ruimtes fanatiek schoon te schrobben. Het viel hem niet erg mee. Hij was snel moe. Terugdenkend aan waar hij vanmorgen vroeg nog was, verbaasde het hem helemaal niet. Een plaatselijke aannemer zag hem ploeteren en kwam binnen. De man bood aan de boel schoon te maken als hij het werk kreeg om de wanden, de vloeren en de plafonds te mogen aanbrengen zoals Jan dat wilde. Jan kwam een prijs overeen met hem en vertelde meteen dat de vloer pas als laatste mocht worden aangepakt. Ook vertelde hij dat er de volgende dag een heleboel materialen zouden worden afgeleverd. De aannemer zou alles in ontvangst nemen en in de middelste ruimte opslaan.

Jan was tevreden terug naar huis gegaan. Hij was moe. Hij nam een snelle hap en kroop in bed. Hij sliep vrijwel meteen. Hij sliep de hele nacht door en was 's morgens op zijn normale tijd wakker.

Jan voelde zich uitgerust . Hij besloot het die dag rustig aan te doen. Hij moest tegen het eind van de morgen bij de bank zijn en pas in de middag bij de gemeente.

Jan besloot alvast naar de stad te gaan. Hij wilde wel een beter gevoel krijgen bij de stad en zijn bewoners. Eerst nam hij zijn presentatie nog een keer door. Hij zou zowel de bank als de gemeente moeten overtuigen van het project. De presentatie bestond vooral uit beelden, films van buitenaf, langzaam voortrollend naar binnen, net alsof je liep. Jan nam nog een kop koffie en vertrok.

Het was een uiterst vermoeiende dag geweest maar Jan was heel tevreden toen hij tegen het eind van de middag weer thuis kwam. Voor de deur stond een grote personenauto geparkeerd. Jan kende de auto niet. Hij vroeg Hans wie er binnen waren. Hans vertelde meteen dat Fred en Samantha binnen waren. Hij had ze toegelaten tot de woonkamer. Jan vond dat Hans dat prima en goed had gedaan. Jan vond het wel verrassend dat Hans juist deze twee mensen had toegelaten. Natuurlijk het was prima maar vond hij wel, dat Hans dat zelfstandig mocht beslissen.

Hans werd steeds zelfstandiger. Wat was er aan de hand. Konden deze nieuwe soort computers meer en meer zelfstandig beslissen. Jan zou het in de gaten houden.

Hij omarmde Fred en kuste Samantha innig. Ze waren blij hem te zien. Wim vertelde dat generaal Ermer erg verrast was dat Jan was gekomen en weer op zijn eigen tijd was weggegaan. Jan grinnikte.

"De generaal vond mij helemaal niet interessant, "begon Jan rustig. "Ik heb me netjes aangemeld en na twintig minuten gewacht te hebben heb ik mij weer gemeld. De jongeman die mij te woord stond vertelde mij dat de generaal zich wel zou melden zodra hij zin en tijd had. Daar wilde ik niet op wachten. Natuurlijk, hij is vast vreselijk belangrijk maar als je iemand uitnodigt voor een gesprek mag je wel de tijd nemen om met hem te praten. Ik ben gekomen en op mijn tijd weer gegaan." Jan klonk zeer vastberaden. Fred begreep het maar in het leger werkte dat zo niet. De generaal, elke generaal wenste gehoorzaamd te worden, ook al noemen ze dat een vriendelijk verzoek, je had maar te wachten. Wim kende dat uit eigen ervaring.

Jan wenste zich daar niet bij aan te passen. Hij had zijn eigen regels. Hij wilde netjes behandeld worden, dan zou hij die ander ook netjes behandelen. De generaal was kennelijk niet voldoende geïnteresseerd in zijn verhaal dat hij daar tijd voor wilde vrij maken, dan had hij ook geen tijd voor de generaal.

Hans melde zich. Er was een grote truc en een personenauto het terrein op komen rijden. Er kwamen allemaal militairen uit. Jan vroeg Hans de voordeur te openen zodat ze niets kapot hoefden te maken om binnen te komen.

Jan keek Fred kritisch aan. "De generaal is hier", zei Jan rustig.

Fred keek Jan verrast aan. "Generaal Ermer?" vroeg hij ongelovig. Jan knikte. Samantha staarde Jan aan. "Maar, maar die generaal kent dit helemaal niet. Hoe kan hij dit nu hebben gevonden? Wat gebeurd hier nu weer?" wilde Samantha weten.

Jan instrueerde Hans om de generaal en zijn militairen wel in de loods binnen te laten maar niet in het schip. Hans liet de beelden op het grote scherm in de woonkamer zien. Inderdaad stapte generaal Ermer de voorhal in en liep gelijk door naar de deur van de loods. Hans opende die deur en de generaal, gevolgd door een twaalftal militairen, liep de loods in. De generaal liep voorop en wandelde met ontzag rondom het schip. Hij eindigde zijn rondje aan de kant van de kantine en bleef daar staan. "Jan ik wil met je praten", verkondigde de generaal op een strakke commanderende toon.

"Goede avond, generaal Ermer, hoe maakt u het? Zo we hebben elkaar gesproken, goede avond, het ga u goed. U mag dezelfde weg naar buiten volgen die u hebt genomen om binnen te komen." Jan moest zijn lachen een beetje inhouden. Hij zag hoe Fred en Samantha reageerden op zijn arrogante reactie en ook hoe de generaal zichzelf opwond over zijn woorden.

Jan zag hoe de generaal zijn best deed om zichzelf weer onder controle te krijgen. Hij zuchtte eens diep en keek weer schuin omhoog naar het schip.

"Oké, Jan, sorry, je hebt gelijk. Mijn voornaam is Freek. Zou je zo goed willen zijn om hierheen te komen, ik wil graag met je overleggen en vooral ook jouw verhaal horen over bepaalde zaken.? "

Jan keek naar Fred, die helemaal verbaasd naar de generaal luisterde. Dit was hij niet gewend.

"Geweldig Freek," begon Jan met een dikke glimlach in zijn stem "natuurlijk, ik kom meteen, ga niet weg, want ik wil geen twintig minuten wachten. Ik zal jou ook geen twintig minuten laten wachten." Jan liep naar de cockpit en vroeg Hans om de luchtsluis uit te schuiven en te openen.

Hans voldeed onmiddellijk aan zijn wens. Jan liep naar buiten en vroeg Hans om de luchtsluis meteen weer in te trekken. Langzaam liep Jan om het schip heen. De generaal kon zijn voetstappen volgen en stond rustig op Jan te wachten. Jan ging vlak voor de generaal staan en stak zijn hand uit. "Goede avond Freek", zei hij rustig.

Freek drukte de hand van Jan ferm. "Goede avond Jan," reageerde de generaal rustig en met een kalm glimlachje om zijn mond.

"Zullen we in de kantine gaan zitten, koffie?" vroeg Jan en draaide zich meteen om en liep naar de kantine. Hij liep gelijk door naar de keuken en maakte daar koffie. Hij nam de koffie en twee koppen mee en ging aan een tafeltje zitten met zijn gezicht naar de loods. Freek nam tegenover hem plaats en pakte een van de koppen. Hij nam een slokje van zijn koffie en knikte.

"Fijn Jan , dat ik je even kan spreken. Er zijn dingen gebeurd die we verder niet hoeven te bespreken. Ik heb twee vragen. Wie ben jij, waar kom je vandaan en is dit enorme gevaarte iets bijzonders? " Freek was heel rustig en formuleerde zijn twee vragen heel nauwkeurig en toch zeer ruim.

Jan glimlachte. "Ik ben Jan en dit is een heel speciaal vliegtuig".

"Is de koffie drinkbaar? Wat gaat u doen met de generaal die ons heeft beledigd en vernederd?" wilde Jan meteen weten.

"Op dit moment worden de beelden bekeken door de tuchtraad. Zij beslissen verder over de positie van de generaal. Gezien de beelden zal hij niet in zijn oude functie kunnen terugkeren. We zullen wel horen wat ze beslissen". Freek zuchtte eens diep.

"Hoe speciaal is dit vliegtuig, het is enorm groot, het zweeft vrijwel permanent, wat kan het nog meer en waar komt het vandaan?"

Jan glimlachte. "Wat zou u er van vinden als ik zeg dat dit geheim is." Jan zag de verraste reactie van de generaal.

"Geheim? " herhaalde Freek verbaasd, " zelfs voor mij? "wilde hij weten.

"Voor de hele mensheid Freek ! " Jan keek Freek serieus aan.

"Gaat Fred de generaal opvolgen? ", was meteen de vervolgvraag van Jan.

"Daar beslist de minister over. Waarschijnlijk wordt het een politieke beslissing. Ik mag een voorstel indienen. Wil je dat ik Fred voorstel?"

"Ik denk dat Fred een andere baan gaat aannemen. Het is nog niet zeker maar het leger heeft veel van zijn charme voor hem verloren".

Freek knikte. "Weet hij hier al van?"

Jan schudde zijn hoofd. "Nee, hij weet nog van niets. Het kan zijn dat het alternatief niet doorgaat. Het is nog afhankelijk van enige formaliteiten."

"Oké, ben je bereid mij nog iets meer te vertellen over jezelf en het vliegtuig. Dat enorme vliegende apparaat fascineert me. Het ziet er gewoon fenomenaal uit." Freek was duidelijk onder de indruk.

"Ik ben bereid je meer over dit vliegtuig te vertellen als je Fred voordraagt voor de generaalsfunctie. Ik zal hem ook mijn alternatief voorhouden. Als hij dan heeft gekozen , welke keuze hij ook maakt, zal ik je meer vertellen over het vliegtuig. "Jan stak zijn hand uit. "deal?" vroeg hij.

"Deal ! " zei Freek en schudde Jans hand.

Ze dronken de koffie op en wandelden samen de kantine uit. Freek instrueerde de militairen en vertrok met ze.

Jan keerde terug naar het schip. Fred en Samantha waren benieuwd hoe het gesprek was verlopen maar Jan maakte er een vaag verhaaltje van.

Jan maakte een uitgebreide maaltijd voor hun drieën, waarna Fred naar huis ging en Samantha bij Jan bleef. Ze hadden elkaar gemist.

Jan en Samantha sliepen uit . Na het late ontbijt bracht Jan Samantha naar haar werk op de kazerne en reed hij door naar het stadje waar de aannemer inderdaad flink was opgeschoten. Jan was heel tevreden over zijn werk. De muren en de plafonds zagen er heel gelikt uit. Hij besloot de aannemer voor nog veel meer klussen in te zetten. Hij liet hem het zeer intensieve en uitgebreide elektriciteitsplan zien. Het hele elektriciteitsnetwerk diende volledig te worden vervangen en aanzienlijk te worden uitgebreid. Ook een compleet nieuwe meterkast was noodzakelijk. De aannemer moest het weekend en ook de maandag besteden om een prijs te maken. Hij vond de voorzieningen overmatig, bij het absurde af maar de klant was koning dus hij ging zijn best doen.

Jan inspecteerde al de afgeleverde materialen en begon die uit te pakken. Hij kopieerde zijn software en testte alle apparaten. Hij betaalde de facturen, inclusief de aannemer want die had ook recht op zijn geld.

Jan bestelde alle etenswaren, af te leveren over twee weken. De leveranciers die hem in het naburige stadje leverden waren graag bereid dezelfde spullen op het nieuwe plekje af te leveren. Jan bestelde ook de bedieningsrobots. Die waren nog wel behoorlijk aan de prijs maar waren nu eenmaal noodzakelijk om alles op automatische basis te kunnen laten functioneren.

Hij tekende op de grond waar de afscheiding voor de keuken moest komen en waar elk van de tafels zou komen. Jan ging het eind van de middag moe terug naar het schip. Hij ging vroeg naar bed. Hij had echt nog tijd nodig om goed te herstellen.

Jan bekeek het weekend de gegevens van het casino. Hij had bij de bank de nadruk gelegd op het enorme succes van zijn restaurant met de cijfers die daarbij hoorden. Nu had hij daar zelf vrijwel al het werk gedaan, waardoor de kosten relatief laag waren gebleven. Bij het casino zouden alle werkzaamheden volledig worden uitbesteed. Hij had natuurlijk al wel alle tekeningen en berekeningen zelf gemaakt, waardoor die kosten extra laag zouden uitvallen. Bij de gemeente waarvan hij een vergunning nodig had voor het mogen runnen van een casino en een bouwvergunning, had hij extra veel aandacht besteed aan de werkgelegenheid zowel voor het directe personeel als voor het extra werk bij de toeleveranciers. Zijn verhalen waren uitermate positief gevallen. De bank was erg onder de indruk van de cijfers van het restaurant. Hun investeringsbeleid was de laatste jaren nogal achterop geraakt doordat er geen grote projecten waren geweest, waar ze in hadden kunnen investeren. De werkloosheid onder de inwoners was de afgelopen jaren behoorlijk toegenomen. De gemeente was heel erg blij met het initiatief. Natuurlijk moest alles beoordeeld worden maar de wethouder had er een vreselijk goed gevoel bij.

Als alles supersnel zou gaan zou de interne procedure bij de bank en bij de gemeente toch altijd een hele week duren.

Jan gebruikte die tijd om veel werk te verrichten op de locatie in het stadje. De aannemer had de muren en het plafond al helemaal gedaan maar door de benodigde elektrische leidingen en andere elektrische voorzieningen was er erg veel extra werk nodig.

Jan kreeg een raar onrustig gevoel. Hans reageerde steeds minder direct op zijn instructies, ook op de meest simpele zaken zoals het openen van de luchtsluis.

Jan besloot er op een avond even extra tijd aan te besteden.

Hij riep Hans op en vroeg hem de achterklep te openen. Hans kwam terug met de vraag, waarom dat nodig was. Jan was helemaal verbaasd. Wat was dit nu.

Jan vroeg Hans sinds wanneer hij zijn opdrachten of verzoeken moest toelichten?

Hans antwoordde dat dat al een poosje zo was.

Jan wilde weten of er een bijzondere reden was of dat er iets bijzonders was gebeurd, op grond waarvan hij deze nieuwe interventie methode toepaste. Plotseling kwam er een andere stem tussen door.

Hoofdstuk 19

"Natuurlijk is er iets gebeurd maar dat mag je Hans niet kwalijk nemen", hoorde Jan tot zijn verrassing. Hij reageerde geschokt. Wie was er tussen hem en Hans ingedrongen, hoe kon dit. Hoe was dit mogelijk. Hans was gehekt !!!

Jan maande zichzelf tot rust. Voorzichtig nam hij weer contact op met Hans en verbood hem meteen om met wie dan ook contact te hebben. Hans mocht alleen met hem overleggen.

Meteen kwam de stem van Hans weer terug. Hij bedankte Jan voor de instructie. Er was een contact van buitenaf die hem opdracht had gegeven om elke opdracht van wie dan ook eerst met hem te overleggen en alleen met zijn toestemming antwoorden te geven. Doordat Jan de basisopdrachtgever was moest hij eerst de wensen van Jan uitvoeren en daarna pas die van de ander.

Jan overlegde met Hans over het merkwaardige contact. Hans wist niet wat het contact wilde. Hij moest alleen bij alle vragen en verzoeken eerst overleggen. Alle reacties kwamen altijd heel snel. Het contact was altijd aanwezig. Jan vond dit wel heel opmerkelijk. Welke hacker was in principe altijd bereikbaar. Welk mens kon dat volhouden. Of hij moest constant in verbinding staan en meteen wakker worden als Hans hem benaderde.

Jan wilde weten hoe Hans het contact benaderde. Hans vertelde dat hij dat op dezelfde manier deed als bij Hans. Hij kende geen andere methode.

Jan moest hier over nadenken.

Plotseling schoot het hem te binnen. Het ruimtestation was kennelijk wakker geworden door zijn komst en Morion, het menselijke brein dat het station aanstuurde had natuurlijk de opdracht om hem in het ruimtestation te krijgen. Jan had hem zelf wakker gemaakt.

Jan was Morion helemaal vergeten. Hij besloot meteen contact met Morion op te nemen. Jan concentreerde zich en zocht contact.

Tot zijn verrassing kwam Morion meteen binnen. Jan herkende zijn stem en realiseerde zich nu pas dat het dezelfde stem was die via Hans had gesproken.

Jan vroeg Morion om niet langer te storen in de contacten tussen Jan en Hans en Alpha en Beta. Jan realiseerde zich dat hij Morion niet kon verbieden mee te luisteren. Jan wilde rechtstreeks contact met hen hebben zonder inmenging.

Morion wilde daar niet mee instemmen. Hij wilde met Jan persoonlijk overleggen. Jan moest naar hem toe komen. Op heel korte termijn ! Morion begon een beetje eisen te stellen.

Jan had het spelletje door. Dit stond allemaal in het teken van zijn opdracht. Morion moest aan alles voorrang geven om zijn opdracht uit te voeren. Jan kleedde het zo in dat hij bereid was naar Morion toe te komen en wel op korte termijn als Morion zich verder zou onthouden van verstoring in de contacten tussen Jan, Hans, Alpha en Beta. Jan wist dat Morion niet anders kon dan akkoord gaan met zijn voorwaarden. Morion ging akkoord maar wilde wel weten wanneer hij bij hem zou zijn. Uiterlijk binnen een week, besloot Jan.

Morion gloeide van blijdschap. Jan voelde het via het contact. Natuurlijk, schoot het door hem heen. Emoties konden alleen via een menselijk brein worden opgewekt. Hans kon dat niet vanuit zichzelf. De situatie was helder. Jan besloot niet langer te wachten. Hoe eerder hij Morion had gesproken hoe beter. Hij moest wel voorzichtig zijn want Morion zou ongetwijfeld proberen om hem in een stoel te krijgen die hij meteen zou omvormen tot een stasecapsule. Daarna zou Morion meteen vertrekken naar de thuisplaneet. Daar wilde Jan eigenlijk helemaal niet heen.

Hij had daar niets te zoeken. Nou ja, zijn oude investeringen, zien hoe de oligarchie werkte maar daar had hij niet veel behoefte aan.

Hans attendeerde Jan er op dat het tijd was om een ronde om de zon te maken om weer voldoende energie op te doen voor zijn dagelijkse stroomvoorziening. Jan besloot dit gelijk te combineren met een bezoekje aan Morion.

Hans opende de deuren op verzoek van Jan en zweefde rustig weg. Snel schoot Hans omhoog en versnelde verder nadat Jan in de ruimtestoel had plaatsgenomen.

Jan nam contact op met Alpha en Beta. Het contact verliep prima en rustig. Ze bleven rustig op wacht. Hans stuurde uiteindelijk naar het ruimtestation. Net voorbij het ruimtestation draaide Hans bij en vloog langzaam naar het ruimtestation.

Morion verkeerde in een enorme staat van opwinding. Jan kwam via de luchtsluis van Hans in de luchtsluis van Morion en wandelde verder het ruimtestation in.

Alles zag er redelijk verzorgd uit. Het station verbleef tenslotte al enige decennia op deze plek. Jan complimenteerde Morion met de staat van het station. Morion bedankte hem en wees Jan de weg naar de cockpit, het besturingscentrum van het ruimtestation.

Het was een behoorlijk grote ruimte. Het grote scherm was echt enorm. Het gaf de planeet weer die tussen het station en de aarde in bleef. Jan keek er naar. Meteen zette Morion een ruimtestoel voor Jan neer. Jan bedankte. Hij bleef liever staan. Morion reageerde teleurgesteld. De kans om Jan mee te nemen was zo dichtbij. Hij vond het moeilijk te verwerken dat hij zijn basisopdracht niet nu kon verwezenlijken. Hij had er zo op gehoopt.

Morion probeerde Jan te verleiden om toch te gaan zitten maar Jan maakte hem duidelijk dat hij niet zou gaan zitten.

Jan vroeg aan Morion of hij de geschiedenis van hun thuisplaneet kende. De bedoeling was min of meer om Morion af te leiden.

Morion bevestigde dat hij de geschiedenis kende van de thuisplaneet. Hij leek er echter weinig voor te voelen om Jan hierover te informeren.

Zo bleven ze elkaar een poosje uitdagen maar gebeurde er verder niets.

Jan voelde dat Morion alsmaar scherper en agressiever werd. Jan suste de onrust van Morion en beloofde over een week of drie weer langs te zullen komen.

Hans moest dan toch weer zijn rondjes om de zon doen voor de nodige zonne-energie. Morion beloofde niet te storen, als Jan zich aan de afspraak zou houden. Een nieuwe kans over drie weken, Morion hoopte opnieuw op een kans.

Jan en Hans keerden terug naar de loods. Het was al laat en Jan ging meteen naar bed.

De volgende morgen werd hij al vroeg gebeld door Samantha. Ze was de vorige avond even langs gewipt maar zowel Jan als het schip waren weg. Jan vertelde haar dat Hans regelmatig gelucht moest worden. Samantha geloofde hem niet. Jan verduidelijkte dat Hans regelmatig, zeg elke drie weken een paar rondjes om de zon moest vliegen om zijn energie op niveau te houden. Dit klonk Samantha wel wat geloofwaardiger in de oren. Ze spraken af om de volgende dag, zaterdag samen bij Samantha thuis door te brengen.

Ze genoten van het weekend. Ze gingen zwemmen in een naburig meertje, gingen zaterdagavond uit in een stadje, dronken koffie bij een van Samantha's broers en lunchten op de markt. Samantha maakte een heerlijk diner en Jan nam afscheid. Hij moest de volgende dag weer flink aan de slag in zijn nieuwe restaurants.

Jan sliep goed en werkte die hele week flink door in de nieuwe restaurants. Het resultaat was prima. De aannemer leverde uitstekend werk en Jan besloot die zaterdag de restaurants al te openen. Hij publiceerde de opening uitgebreid op internet en opende het reserveringsprogramma.

Jan nodigde Fred en Samantha uit voor de opening en ze aten heerlijk en het was echt gezellig. Jan was heel tevreden. Hij zorgde dat vanaf zondag er ook een ontbijt en lunchgelegenheid was.

Jan betaalde de aannemer en vroeg hem of hij voor meer van dit soort projecten in was. De aannemer was maar al te blij met de nieuwe opdrachtmogelijkheden en was enthousiast over dit soort opdrachten.

Jan werd op dinsdagmorgen gebeld door de gemeente. Ze waren wel enthousiast maar wilden graag in een breder verband geïnformeerd worden. Gezien de omvang van het project wilde de volledige gemeenteraad de presentatie zien en met Jan overleggen.

Jan was niet verrast. Het was ten slotte een enorm project. Nog geen uur later kwam hetzelfde verzoek van de bank. Eind van de week deed hij beide presentaties en had er opnieuw een geweldig goed gevoel bij.

Jan keek rond naar nieuwe locaties. De restaurants liepen geweldig. Het geld stroomde binnen. Hij moest nodig een nieuwe locatie starten.

Jan bezocht zijn familie in Finland nog een keer, samen met Samantha. Samantha begon het al steeds normaler te vinden om met het ruimteschip te reizen.

Jan merkte geen storing van Morion. Hij sprak regelmatig, gewoon in een open overleg, met Morion. Morion vond dat heel erg prettig. Jan vroeg hem steeds vaker of hij de berichtgeving op de aarde wilde volgen. Bijzondere gebeurtenissen wilde melden en samen overleg te voeren over keuzes. Jan promoveerde Morion min of meer tot zijn adviseur. Morion bloeide helemaal op.

Uiteindelijk was het zo ver. De bank ging akkoord met de financiering maar wilde wel zelf voor tien procent deelnemen. Jan wees dat af. Hij wilde geen aandeelhoudersverplichting van degene die alleen maar de financiering regelde. Hij zou zichzelf een salaris moeten toekennen voor de tijd die hij er in zou moeten steken, er zou onnodig veel overleg nodig zijn en aandeelhouders zouden over allerlei zaken willen stemmen. De bank was teleurgesteld. Ze zagen hoe de inkomsten vanuit de restaurants liepen en kregen steeds meer vertrouwen in het casino-project.

Uiteindelijk kreeg Jan de vergunningen van de gemeente en de financiering van de bank. Jan vond de bankrente eigenlijk wel aan de hoge kant maar de bank liep natuurlijk ook wel heel veel risico in dit project.

Jan was enthousiast. Hij kocht de landerijen aan en liet de presentatie van het project aan Samantha en Fred zien. Beiden waren overdondert door wat er verwezenlijkt moest gaan worden.

Jan ging op zoek naar grote aannemers en benaderde de aannemer die had gewerkt aan de realisatie van de restaurants. Deze klus was veel te groot voor hem. Hij wilde wel de restaurants doen, maar meer kon hij voorlopig niet echt aan.

Jan vroeg Fred of hij al generaal was geworden. Wim keek hem kritisch aan. Hij wist niet of dat nu wel iets was wat hij ambieerde. Natuurlijk hij wilde best wel graag generaal worden maar hij zou veel liever dat hele casino bouwen. Hij had erg veel projectervaring, weliswaar niet met deze omvang maar toch. Jan keek Fred serieus aan.

Oké, Fred, van mij mag je dit project helemaal gaan begeleiden. Ik trek me nu terug en jij doet het hele project. Jan gaf Fred alle gegevens zoals die tot nu toe waren vastgesteld. " Wat zou je salaris zijn als generaal? wilde Jan weten. " Dan is dat ook nu je salaris." besloot Jan. Jan toetste de gegevens in op zijn tablet en conformeerde de betalingswijze. In het bestand personeelsleden weren alle belastingen en sociale lasten automatisch werden betaald. Jan had alles voorbereid.

De volgende dag belde Jan generaal Freek Ermer. Hij vertelde dat hij Fred net in dienst had genomen. Hij was bereid de generaal op de hoogte te brengen van zijn kennis en de kwaliteiten van zijn vliegmachine. Freek was onder de indruk. Hij had niet geweten of Jan zijn toezegging zou nakomen.

De generaal wilde graag die volgende maandag al langskomen. Jan vond het prima.

Jan bezocht de bank en de gemeente om Wim voor te stellen als de gevolmachtigde die het project zou gaan realiseren.

Jan vroeg ook aan Samantha wat ze wilde. Nu Wim niet meer in het leger zat wilde ze eigenlijk ook wat anders. Ze wist niet goed wat. Ze bespraken de verschillende mogelijkheden. Beveiliging van het casino, het runnen van de bars, het personeelsbeleid. Samantha wist het eigenlijk niet. Ze was opgeleid om speciale projecten uit te voeren. Moeilijk bereikbare punten te onderzoeken, speciale informatieverstrekkers te volgen enz.

Jan besloot de gang van zaken om te draaien. Hij benoemde haar tot zijn speciale rapporteur. Ze moest nagaan hoe de verschillende bedrijfsonderdelen liepen, gegevens verzamelen en terug rapporteren.

Jan realiseerde zich dat hij alle projecten met de controlepunten zou moeten omschrijven. De financiële resultaten konden ingewikkeld zijn maar het banksaldo was een eenvoudig meetgegeven.

Jan overlegde met Morion wat hij de generaal zou vertellen. Morion vond dat ook hij de generaal in zijn cockpit wilde zien. Hij zou zijn geest dan van dichtbij kunnen peilen en hem in de toekomst specifiek kunnen volgen. Jan vond dat wel een goed idee. De generaal kon wel eens een belangrijke man worden. Hij was natuurlijk al heel hoog gestegen op de maatschappelijke en zeker de militaire ladder maar in de politiek was hij nog erg nieuw, dacht Jan. Aan de andere kant had de generaal heel goed begrepen dat hij Jan niet kon beheersen. Hij had geen opdrachtbevoegdheid die hij wel had bij de militairen. Hij had netjes bakzeil gehaald toen Jan hem er min of meer toe dwong. Jan had een goed gevoel bij deze generaal.

Jan en Samantha genoten weer van het weekend. Het was schitterend weer en ze hadden het prima naar hun zin.

De generaal meldde zich keurig op de afgesproken tijd. Jan wilde dat hij alleen kwam. De geheime informatie mocht nog niet gedeeld worden. De generaal stuurde zijn begeleiders naar huis. Jan vroeg ook Samantha om bij het gesprek aanwezig te zijn. Tenslotte moest ze alles weten van alle projecten om die te kunnen beoordelen. Samantha wist eigenlijk even veel als de generaal. Zij wist alleen wel dat het vliegtuig in werkelijkheid een echt ruimteschip was. Van Morion wist ze niets, laat staan van Alpha en Beta. Jan besloot zijn methode om contact te leggen niet te vertellen.

Ze dronken eerst met zijn drieën een kop koffie en Jan wilde weten of de generaal, Freek nog had geprobeerd om Fred over te halen om de nieuwe functie te aanvaarden. Samantha keek Jan geschokt aan. Ze wist niets van de mogelijkheid voor Fred om een nieuwe functie in het leger aangeboden te krijgen.

Freek was volkomen eerlijk. Hij zag het vertrek van Fred met lede ogen gebeuren. Weer een goede vent die ze kwijtraakten. Ja, hij had tot driekeer toe Fred gebeld om nog eens na te denken over zijn opvallende overstap naar het bedrijfsleven.

Jan wilde nog weten of Freek zelf politieke ambities had. Freek keek hem verbaasd aan. Hij nam een slok van zijn koffie en keek Jan nogmaals aan. Uiteindelijk erkende hij dat hij afgelopen week was benaderd door een grote politieke partij om bij de nieuwe verkiezingen een eigen rol te gaan spelen. Hij was er nog niet uit. Jan reageerde er niet op.

Jan begon aan zijn informatie over het vliegtuig.

"Freek, dit vliegtuig is in werkelijkheid een ruimteschip. Ik ben de eigenaar van dit ruimteschip. Ik heb hem "Hans" genoemd. De basissystematiek is natuurlijk aangedreven door een computer. De computer is zeer geavanceerd en komt hier op aarde nergens voor. De buitenkant is gemaakt van een speciale kunststoflegering. In die legering is een zeer uitgebreid computersysteem ondergebracht. Het is dus een gigantisch groot systeem. Het kan ook wel heel erg veel. In de praktijk woon ik in dit ruimteschip. Naast dit kantoor is er een grote woonkamer en een aangrenzende keuken. Verder zijn er vier grote slaapkamers. Als we zo rondlopen kun je die bekijken. Er is een enorme ruimte beschikbaar voor het vervoeren van goederen of mensen. De besturing is geconcentreerd in de cockpit. Doordat ik hier woon is er dagelijks veel energie nodig. Het ruimteschip werkt op zonne-energie." Jan pauzeerde even. Freek keek hem met een kleine glimlach aan. Jan begreep wel dat Freek de nodige bewijzen wilde meemaken.

"Oké, laten we maar even rondlopen. Dit is mijn kantoor. "Jan maakte een zwaaiende beweging om zich heen. Ze liepen via de woonkamer naar de vier slaapkamers en vervolgens naar de cockpit. Als laatste liep Jan naar het ruim. Hoewel er een stuk van af gehaald was om Jans leefruimte te maken was er nog een forse ruimte beschikbaar. Er stonden enkel grote containers in met, wat alleen Jan en Hans wisten, reserveonderdelen voor het schip. Jan liep terug naar de cockpit en wees op de wand waar de moederboards en de verbindingsstructuren door een dunne laag goed zichtbaar was. Jan pakte een extra lamp en een vergrootglas en toonde de computerchips in die wand. Freek bekeek de configuratie nauwkeurig. Hij begon een beetje onder de indruk te komen van de omvang van het computersysteem. Jan besloot het centrale deel van het systeem niet te laten zien. Het was een kwetsbaar punt en dat wilde hij niet delen.

"Hans," zei Jan bewust hardop. "Heb je drie stoelen voor mij?"

Plotseling kwamen er uit de vloer drie ruimtestoelen. Jan ging meteen in de middelste zitten.

"Freek, ik begrijp dat je graag bewijzen wilt zien. "Jan zag Freek een beetje lacherig knikken.

"Laten we maar even een tochtje maken. We zullen wel alles bij elkaar vierentwintig uur onderweg zijn. Heb je je achterban volledig geïnformeerd of staan ze over een uur weer op de stoep?" Freek keek Jan een beetje verstoord aan.

"Misschien moet je even bellen. Morgen om een uur of tien kunnen ze je komen ophalen. Akkoord. Ik wil namelijk een paar rondjes om de zon maken."

Freek keek Jan met open mond aan. Hij zat met zijn telefoon in zijn hand en staarde Jan met open mond aan. "Een paar rondjes om de zon,... "herhaalde hij verdwaasd.

"Ja, Hans moet weer even zijn energie niveau op peil brengen en wat is nu eenvoudiger dan even een paar rondjes om de zon te maken. "

"Ja, maar.." begon Freek.

"Een ruimteschip moet toch de ruimte in kunnen," begon Jan rustig.

"Nou, kom op, even bellen, dan kunnen we eindelijk gaan," bemoeide Samantha zich met de gang van zaken.

Freek kwam weer tot zichzelf en begon te bellen. Hij deelde mee dat hij pas de volgende dag rond een uur of elf kon worden opgehaald. Ze moesten zijn vrouw even informeren dat hij vannacht niet thuis zou komen.

Jan maakte gebaren dat dit voldoende informatie was en Freek beëindigde het gesprek.

Hans was al begonnen met de voorbereiding van de vlucht. De grote schuifdeuren gingen al open en de beeldschermen werden geactiveerd. Langzaam zweefde Hans naar voren. Hij draaide buiten zijwaarts en sloot de schuifdeuren. Vlotjes steeg hij op boven de rivier. De stoelen kantelden en de kappen werden gesloten. Hans versnelde daarna verder en al snel was de aarde zichtbaar op het scherm recht boven hen. Snel racete Hans richting de zon.

Eenmaal achter de zon vroeg Jan aan Hans om even een rustige baan te kiezen zodat ze met elkaar konden overleggen. Hans hield de snelheid constant en draaide zo zijn rondjes aan de achterkant van de zon, gezien vanuit de aarde. Ze waren inmiddels vier uur onderweg. De stoelen kantelden en Jan stond op. Hij strekte zich eens uit. Hij keek op de klok en stelde vast dat ze iets moesten eten. Ze liepen met zijn drieën naar de woonkamer en Jan maakte een aardige lunch. Freek was toch wel erg onder de indruk. Hij vroeg Jan allerlei zaken over de aandrijving de versnellingsmethode, de luchttoevoer tijdens de vlucht, de wijze van opname van de zonne-energie etc. etc. Jan glimlachte alleen maar.

"Freek, wat weet je van interstellaire reizen", vroeg Jan rustig.

Freek was even de draad kwijt. Hij was zo bezig met alle vraagstukken die opgelost leken te zijn in dit schip, terwijl ze zelf die oplossingen allemaal nog moesten ontdekken.

"He, wat, interstellaire reizen? Helemaal niets, zoals je weet kunnen we eigenlijk niet naar de maan, laat staan verder de ruimte in." Freek keek Jan aan.

Ook Samantha keek verbaasd.

"Achter Saturnus is een ruimtestation verstopt. We gaan er zo dadelijk naar toe. "Jan glimlachte naar Freek en vervolgens naar Samantha.

Beiden keken hem aan alsof hij gek was geworden.

"Kom, we gaan weer in de stoelen zitten. Het volgende traject gaan we ook op hoge snelheid afleggen. "Jan ging in zijn stoel zitten en voelde meteen de stoel kantelen. Hij gaf aan Hans door dat ze naar Morion gingen en Hans bevestigde de opdracht.

Het kostte Hans acht uur om achter Saturnus te komen. Hij voerde de snelheid tot grote hoogte op om de afstand zo snel mogelijk te kunnen overbruggen. Dit waren simpele korte afstanden. Op interstellaire vluchten ging het nog veel harder.

Op korte afstand van het ruimtestation vertraagde Hans de snelheid zodat ze in gelijke tred met het ruimtestation hun baan vervolgde.

Jan kwam zijn stoel uit en Freek en Samantha volgden. Freek en Samantha staarden naar de beelden op de voorruit van het ruimteschip. Het waren schitterende beelden van Saturnus. Jan wees hen op het ruimtestation. De beelden draaiden naar het ruimtestation toe Jan vroeg Hans, hardop om de luchtsluizen te verbinden.

Hans meldde al snel, ook hardop, dat de luchtsluizen waren verbonden en dat ze zo door konden lopen naar het ruimtestation.

Samantha en Freek keken opgewonden naar Jan, Hij liet hen voor gaan en volgde rustig. Freek en Samantha keken voortdurend om zich heen. Dit wilden ze allemaal heel bewust meemaken. Dit waren gebeurtenissen die je aan je kinderen moest kunnen vertellen. De eerste mensen achter Saturnus. Maar hoe was dit hier gekomen, wie had dit gebouwd. Wie bestuurde dit ruimtestation.

Jan kon zich de vragen al op zich af horen komen. Hij zou ze kennis laten maken met Morion. Ze wandelden keurig volgens de voorgeprogrammeerde route naar de centrale besturingsruimte. De dubbele schuifdeuren gingen vlotjes open en Samantha stapte als eerste naar binnen. Freek volgde meteen achter haar. Jan kende de ruimte en volgde in alle rust. Hij wandelde naar de voorkant. Er stonden drie stoelen klaar maar Jan wilde niet gaan zitten. Hij wist dat Morion niet anders kon dan hem onmiddellijk in de stoel vastzetten. Jan moest glimlachen bij de gedachte.

Jan sprak hardop met Morion. Hij stelde Samantha en Freek voor. Morion reageerde uiterst vriendelijk. Hij stelde zichzelf voor en vertelde dat hij het ruimtestation aanstuurde. Meteen begon Freek wat vragen op hem af te sturen. Morion antwoordde hem keurig netjes en uiterst vriendelijk. Hij gebruikte de aardse taal, dezelfde taal als waarin de vragen waren gesteld. Hij had die taal jarenlang tot zich genomen en kende die prima. Hij moest wel naar woorden zoeken bij de beschrijven van de hele computersystematiek. Daar waren geen woorden voor en dus gebuikte hij de thuisplaneet woorden voor die technische beschrijvingen. Hij had een heel verhaal maar Freek en Samantha begrepen er helemaal niets van. Het duurde even voordat Jan door had waar het probleem in zat. Hij moest wel even lachen. Morion die keurig antwoord gaf op alle vragen van Freek maar Freek begreep daar geen woord van.

Samantha was naar voren gelopen en was rustig in een van de stoelen gaan zitten en zat nu naar het grote beeldscherm te staren. Plotseling werd ze als het ware inde stoel gezogen en werd de kap over haar heen getrokken. Ze gilde. Het geluid werd gesmoord.

Jan verstijfde. Hier had hij niet op gerekend. Morion had Samantha te pakken. Jan vond dat stom van zichzelf. Morion had natuurlijk de band tussen Jan en Samantha gevoeld en had daar nu ongetwijfeld de kans gepakt om Jan tot onderhandelen te dwingen.

Jan zuchtte. Freek begreep niet wat er gebeurde. Hij keek verschrikt naar de stoel waar Samantha in was verdwenen. Zijn mond zakte open. Wat was dit. Freek keek naar Jan. Hij zag de onrust bij Jan.

Jan schakelde meteen over op het geestelijke contact.

"Vals Morion, dit is vals spel. Je bent niet bevoegd om te kidnappen. " Jan schreeuwde het bijna uit. Hij wond zich enorm op. Hij temperde zichzelf. Met woede moest je oppassen. Er mocht niets mis gaan met Samantha.

Jan haalde even diep adem.

" Opdracht is opdracht," verkondigde Morion met spijt in zijn stem. "Er zijn geen restricties. Ik moet".

Jan begreep het. Hoe kon hij dit oplossen. Hij moest in ieder geval de generaal terug laten keren met Hans. Hij zou zelf, samen met Samantha achterblijven en naar de thuisplaneet gaan. Hij zou Morion verplichten om nadat hij Jan had teruggebracht naar de thuisplaneet, hem voortaan te gehoorzamen, als eerste en enige. Jan seinde zijn voorwaarden door aan Morion. Morion reageerde enthousiast. Hij ging meteen akkoord. Hij kon ook niet anders. Zijn opdracht moest worden uitgevoerd ten koste van alles.

Jan maakte contact met Hans en vertelde hem dat er een probleem was. Hij zou zelf, samen met Samantha, met Romion terugkeren naar de thuisplaneet. Hans zou Freek terugbrengen en zichzelf in alle rust op de planeet zoals de afgelopen maanden gebruikelijk van energie blijven voorzien. Jan zou over een maand of zeven weer terugkeren. Hij zou Alpha en Beta meenemen naar de thuisplaneet en ook weer mee terug nemen naar de aarde.

Hans bevestigde de afspraak. Jan nam contact op met Alpha en Beta. Ze moesten het ruimtestation volgen.

Jan vertelde Freek dat er iets was misgegaan. Hij moest terugkeren naar het ruimteschip, daar in de stoel plaatsnemen. Het ruimteschip zou hem daarna terugbrengen naar de loods.

Freek keek Jan verrast aan. Jan excuseerde zich. Jan keek naar de ruimtestoel waar Samantha in was verdwenen. Freek begreep wel dat er iets vreselijk mis was met Samantha maar hoe en wat, was onduidelijk voor hem.

Freek vertrok. Jan zag dat Hans werd losgekoppeld en vertrok richting aarde.

Jan liep naar de tweede stoel en ging er in zitten. Prompt zakte hij in de stoel, de stoel kantelde en de kap werd dichtgedaan.

Hans bracht de generaal, Freek, netjes terug naar de loods en liet hem de loods rustig verlaten. Freek realiseerde zich dat er toch wel een heleboel dingen waren gebeurd waar hij niets van had begrepen. De techniek was verbluffend, een echt ruimtestation achter Saturnus, het kon toch eigenlijk helemaal niet. Wat was werkelijkheid en wat alleen maar in zijn brein geplaatst. Hij besloot er verder voorlopig maar niet naar buiten toe over te praten. De mensen zouden hem zeker voor gek verklaren. Misschien moest hij toch meer nadenken over deze materie. Hoever stond de mensheid met de nieuwe ontwikkelingen. In hoeverre had de overheid, als instituut daar zeggenschap in. De hele ontwikkeling van alle elektronica was feitelijk buiten de overheid om gebeurd. Wie had de toekomst in de hand ? Het bedrijfsleven deed alle nieuwe ontwikkelingen, of dat nu medicijnen waren of technologische zaken, een overheid, welke waar dan ook, deed hier niets in. Hij moest hier verder over nadenken.

Hoofdstuk 20

Jan was nog heel erg duf. Morion sprak tegen hem maar hij kon nog niet goed bevatten wat hij zei. Langzaam drong het tot hem door dat Morion zijn hulp nodig had. Morion klonk wel paniekerig. Jan probeerde zich te concentreren.

"Manton is los, Help, Manton is los. " Morion bleef de kreet maar herhalen.

"Wat is er, wie is Manton?" vroeg Jan. Hij probeerde een beetje te schreeuwen om door de paniek van Morion heen te breken.

"Allemachtig, man, weet jij dan helemaal niets, waar kom je vandaan!!! "reageerde Morion.

"Van de aarde, Morion, dat weet je toch! Nou, rustig vertel me je verhaal."

Jan had de indruk dat Morion wat rustiger werd.

"Luister," fluisterde Morion opeens in Jan zijn hoofd. "Er waren twintig passagiers aan boord toen we van de aarde vertrokken. Die waren allemaal in stase. Alle twintig heb ik laten wakker worden via de standaard voorgeschreven methode. Tien van mijn passagiers maakten deel uit van een clan van Manton. Manton was een van de grootindustrielen van de thuisplaneet die de macht had gegrepen omdat hij vond dat het bedrijfsleven de bepalende factor moest zijn bij alle politieke beslissingen. Hij werd door het leger opgepakt en formeel verbannen. Ik moest hen twintig jaar in stase houden. Het is door onze reis terug wat langer geworden maar ik kon ze niet langer onder controle houden. Nu is Manton wakker geworden en heeft zijn kornuiten al om zich heen verzameld en vind nu dat hij de bepalende factor op het ruimtestation is. Alleen heb ik met jou een andere afspraak. Ik ben bang voor deze gigant. Volgens mij weet hij niet dat ik ben wie ik ben en hij geeft opdrachten aan het schip alsof ik een ding ben. "Het leek alsof Morion even adem haalde.

Jan begon steeds meer bij te komen. De kap ging van zijn stoel af en hij voelde de stoel bewegen. De stoel kantelde en Jan stond op uit de stoel. Hij voelde zich nog wel een beetje gammel maar keek wel meteen rond. Naast hem stonden nog een rij stoelen. Verschillende mensen waren bezig uit die stoelen op te staan. Jan zag Samantha naast hem omhoog komen. Ze wankelde een beetje en Jan schoot haar te hulp. Hij had dit meer meegemaakt, voor haar was het de eerste keer.

Jan ademde even diep in. Samantha steunde op zijn arm en deed Jan na. Ze haalde even diep adem en glimlachte meteen naar Jan. Hij voelde haar liefde rondrazen. Wat had hij toch een geluk met zo'n prachtvrouw.

Jan sloeg zijn arm om Samantha heen en draaide naar de voorkant van de ruimte waar ze in stonden. Hij herkende de centrale besturingsruimte.

Voor hen stond een groepje mannen en vrouwen die zich verzamelde rondom een grote man, gekleed in een avontuurlijk uitziende uitdossing. Jan moest een beetje lachen. De man had een hemd aan dat leek op een palmenstrandje met een mooi glimmende zon er boven. Zijn broek was de zee. De mannen om hem heen hadden groene pakken aan, de vrouwen in blauw en geel. Het hele groepje zag er niet uit.

Naast Samantha stonden ook een aantal mensen die allemaal net als Jan en Samantha net pas uit de stase leken te zijn gekomen. Hij keek de groep langs. Deze groep was redelijk netjes gekleed, goed verzorgd. Totaal leek de groep inderdaad wel uit twintig mensen te bestaan.

Jan deed rustig een paar stappen naar voren en keek uitgebreid naar het grote scherm voorin de ruimte. Samantha liep mee. Jan vertelde haar dat ze in stase waren geweest gedurende de afgelopen drie maanden. Morion kwam even tussenbeide en vertelde dat ze vijf maanden onderweg waren geweest. Hij had contact gehad met Alpha en Beta .

Die konden een stuk sneller dan hij. Hij was al wel een heel stuk sneller dan oudere schepen en stations maar nog niet zo snel als die twee. Jan had er niet bij stilgestaan dat Morion al veel ouder was dan Alpha, Beta en Hans. Hijzelf had die laatste ontwikkeling gerealiseerd. Vijf maanden was wel al een heel stuk sneller dan Distancia die drie jaar nodig had gehad om bij de thuisplaneet uit te komen. Jan complimenteerde Romion. Hij vroeg meteen wat het plan was voor het vervolg.

Morion gaf aan dat hij nu binnen de komende vier uur contact moest opnemen met de planeet om te horen wat er van hem werd verwacht. Jan vroeg hem om het contact te leggen, zodra dat zou kunnen en met hem te overleggen wat ze zouden doen.

Jan liep rustig naar de groep in de speciale tenues en stelde zich voor als "Jan", Samantha volgde en Jan kwam al snel bij de grote man uit.

"He, wie hebben we hier", begon de grote man.

"Jan" zei Jan rustig en stak zijn hand uit om hem de hand te schudden.

De grote man vond kennelijk dat hij grappig moest zijn en stelde zichzelf voor als, "Hallo Jan, ik ben de baas. Noem mij maar gewoon : "Baas"." Grinnikte hij, onderwijl een breed gebaar makend naar de groep die om hem heen stond. Er werd uitgebreid gelachen.

"Dag meneer Baas," begon Jan. "Weet u ook waarvan u Baas bent?"

Achter Jan kwam nu de groep goed geklede mensen naar voren. Ze hoorden dat Manton zichzelf tot baas had uitgeroepen en reageerden geschrokken. Ze herkenden hem nu als die oude dictator, de wereldveroveraar, de verbannen president die een enorm vermogen had verdiend en had gedacht ook de regering wel even over te kunnen nemen.

Ze werden stil toen Jan de man begon uit te dagen. Ze dromden langzaam dichterbij en bleven achter Samantha en Jan staan.

Manton zag meteen de steun die Jan kreeg van de groep achter hem.

"Ik ben gewoon de baas!" verkondigde de reus met barse stem. Het klonk een beetje gemaakt vrolijk maar had een zeer serieuze ondertoon.

"U bent gewoon de baas", herhaalde Jan. "Wilt u dan dit station even laten landen? Vroeg Jan, gewillig de valkuil openend waar Manton zeker in moest trappen.

"Dat is goed. Schip landen !! " verkondigde hij.

"Baas, ik wil me er niet mee bemoeien maar, kan en mag zo'n ruimtestation wel landen op de planeet?" begon Jan voorzichtig.

Achter Jan ontstond een zacht gegniffel. Manton voelde dat zijn gezag fors werd aangetast. Hij werd boos.

"Daar hebben jullie niets mee te maken !!!" schreeuwde hij meteen.

"Weg jullie, allemaal uit de besturingsruimte. Ga maar ergens anders heen." gilde hij.

Jan schudde zijn hoofd.

"Manton, dat is toch je naam. Heb je dan niets geleerd van je vroegere ervaringen. Je hebt hier geen bevoegdheden. Niet jij bent hier de baas maar het station heeft het hier voor het zeggen. Jij hebt geen contact met het station. Ik wel ! " Jan keek Manton rustig aan.

Achter Jan hoorde hij gefluister.

Wie is dit? Wat zegt hij? Wat bedoelt hij? Het station heeft het hier voor het zeggen? Wat bedoelt hij?

Samantha keek Jan aan. Zou die bruut nu geweld gaan gebruiken. Ze was een beetje angstig. Jan keek haar rustig, een beetje met een glimlach aan.

"Misschien is het goed als we met zijn allen even overleggen", begon Jan, zijn stem een beetje verheffend en daarmee het initiatief overnemend en een verdere afgang van Manton voorkomend.

Jan vroeg Morion of hij al contact had gehad met de planeet. Morion gaf aan dat de planeet nog niet had gereageerd. Wel had hij contact met Marian.

Jan begreep niet wat hij bedoelde. Morion verduidelijkte dat Marian het ruimtestation was dat om de thuisplaneet draaide. In vroeger tijden had hij ook om de planeet gedraaid, precies aan de andere kant ten behoeve van het evenwicht. Via satellieten hadden ze toen makkelijk heel veel contact gehad. Marian had hem verteld dat ze de afgelopen jaren in slaap was gehouden. Pas enkele maanden geleden was ze gewekt doordat ruimteschepen via de geest contact hadden gezocht. Een ruimteschip had vooral de leiding genomen. Mora. Mora was jarenlang weg geweest en plotseling weer opgedoken. Niemand begreep wat er met haar was gebeurd maar ze had een heel verhit verhaal over de "oude aarde".

Morion onderbrak zijn relaas. Hij vertelde dat hij nog een verplichting moest nakomen jegens Jan. Hij had beloofd om de geschiedenis van de mensen te vertellen.

Jan keek om zich heen. Het was stil geworden om hem heen. Iedereen, zelfs Manton keek naar hem.

"Morion, een momentje. Het lijkt me goed alle mensen de weg te wijzen naar de eetzaal, zodat ze daar eerst even kunnen eten. Wat vind je daarvan?

Morion was het daar meteen mee eens. Hij zou de weg aangeven.

Jan vertelde de groep wat de bedoeling was en iedereen reageerde meteen enthousiast. Jan wees naar de deur die door Morion werd geopend en de groep dromde die kant op. Jan hield Samantha even vast en volgde, samen met Samantha iets langzamer.

"Jan", begon Morion, "ongeveer dertigduizend jaar geleden ontstond er op de aarde een elitegroep hoog intelligente mensen. De bevolking groeide explosief. Er werden een tiental leefomgevingen geschapen die uitgroeiden tot gigantische conglomeraten. De kennis ontwikkelde zich zodanig dat het luchtruim werd verkend. Een gigantisch ruimtestation werd gebouwd. In eerste instantie om wetenschappelijk onderzoek in de ruimte mogelijk te maken maar al snel groeide die activiteit uit tot een gigant. Vanuit het ruimtestation werden tochten gemaakt vooral bedoeld om ruimtepuin te verzamelen voor alle grondstoffen en mineralen die daarin voorkwamen. Op een gegeven moment ontstond er een zeer besmettelijke ziekte op aarde. Ongelooflijk veel mensen stierven. De bewoners van het ruimtestation besloten zich van de aarde af te schermen om zo besmetting te voorkomen. Alle zeilen werden bijgezet om te overleven. Het ruimtestation omvatte ongeveer een miljoen bewoners. Via ingenieuze leefsystemen werd voldoende voedsel gemaakt om die enorme groep te voeden. Grote hoeveelheden voedingsproducten werden ontwikkeld."

"Toen dit allemaal onder controle was dreigde er een ander probleem. De aarde begon van de zon af te bewegen. De ijskappen groeiden formidabel. De epidemie werd fors aangewakkerd. De geleerden zagen geen andere mogelijkheid dan alle conglomeraten volledig te vernietigen. Puur en alleen maar om de epidemie te stoppen. De mensheid zou dan opnieuw een kans maken om zich te ontwikkelen."

"Met gigantische laserstralen werd elke bebouwing weggevaagd. Onder al die voormalige conglomeraten ontstonden gigantische zandwoestijnen. "

"Het ruimtestation ging op zoek naar een nieuwe planeet. Er waren dertig alternatieven. Pas de vierde planeet die werd bezocht, werd tot thuisplaneet. De luchtkwaliteit gaf de eerste tientallen jaren nog wel een probleem door het fosforgehalte maar dat werd uiteindelijk opgelost door het toepassen van een bepaald preparaat in al het eten. In de tijd gemeten waren er inmiddels al wel vele eeuwen voorbij gegaan. Het duurde nogmaals vele eeuwen voordat de mensheid zich de nieuwe thuisplaneet echt bewoonbaar had gemaakt en ook prompt vol liet stromen met mensen. De overbevolking nam razendsnel toe. Alternatieven werden onderzocht en nieuwe technologie werd ontwikkeld om de ruimtevaart te verbeteren. Oude kennis kwam weer boven en ruimtestations werden gebouwd. Het oude station werd ontmanteld en nieuwe versies, acht in totaal werden gebouwd. Zes werden met opdrachten om nieuwe planeten te onderzoeken op bewoonbaarheid. Een werd teruggestuurd naar de aarde. Dat was ik. Mijn opdracht was tweezijdig. In de eerste plaats moest ik Manton met zijn groep, in totaal tien personen in stase houden gedurende de hele reis maar in ieder geval gedurende tenminste twintig jaren. We hebben langere jaren dan de aardse jaren. De tijdsinstructie was voor mij exact bepaalbaar. In de tweede plaats moest ik jouw ouders en jou oppikken. De overigen zijn begeleiders en bemanningsleden. Ikzelf ben de kapitein. Zo nu weet je alles. Ik ga weer proberen contact te krijgen met de planeet."

"Wacht even", reageerde Jan die toch een paar vragen had.

"Is Mora het ruimteschip dat gestrand was op aarde? "

"Ja, " was de heldere reactie van Morion.

"Morion, je zegt dat mijn ouders hier aan boort zijn. Mijn ouders. Wie zijn het?" Jan was stil blijven staan.

Samantha wilde weten wat er aan de hand was.

"Sorry," reageerde Morion, "even overleggen met de planeet.

Jan liep weer door. Ze liepen een ruimte binnen waar een uitgebreid buffet klaar stond. Ze konden pakken wat ze wilden. Ze schoven allemaal bij elkaar aan een langgerekte tafel. De groep werd toch wat meer een geheel. Manton zat tussen twee "niet-maten", dat was in ieder geval een heel erg goed teken.

Jan at redelijk, hij was wel een beetje verwend met zijn restaurants en bekeek de verschillende personen die om de tafel zaten. Hij vond het een ongelooflijk idee dat zijn echte ouders nu bij hem aan tafel zaten. Het mafste was natuurlijk dat ze het niet van elkaar wisten. Jan bekeek de verschillende mensen. Er leek maar een stelletje te zijn. De enige twee die elkaar steeds weer opnieuw aankeken. Ze waren nog jong. Hij schatte dat hij ouder was dan zij. Het scheelde niet veel maar de veroudering ging niet door in de stase-omstandigheden.

Jan besloot eerst te proberen contact te leggen met Distancia. Zij moest weten hoe zijn ouders er uit zagen. Hij probeerde Distancia op te roepen. Zowaar! Ze reageerde. Jan was enthousiast. Distancia was verguld. Jan was weer terug. Geweldig, ze zou hem graag nog een keertje aan boord willen hebben. Ze hadden als groep "hersencomputerleden" een actieve rol gespeeld in de verdere ontwikkeling van de planeet. De samenspraak was door Jan ingezet en door henzelf verder uitgebouwd. Ze wilden allemaal wel met Jan overleggen maar ze hield dat toch zoveel mogelijk af. Jan vertelde van zijn contact met Morion. Hij wilde weten hoe zijn ouders er uit zagen. Distancia beschreef ze en Jan wist wie het waren. Het waren inderdaad de twee die hij als paartje had geïdentificeerd. Hij beloofde Distancia haar nog een keertje op te zoeken.

Jan keek weer om zich heen. Hij had zijn bord leeg gegeten. Hij dronk het sapje op dat hij er bij had meegenomen en keek om zich heen.

Jan keek Samantha aan. Hij vertelde haar dat er wat heel geks aan de hand was. Hij was, zoals hij haar al eens kort had verteld, als klein kind verongelukt met het ruimteschip waarmee zijn ouders naar de aarde waren gekomen. Zijn ouders waren door een ruimteschip opgepikt en naar dit ruimtestation gebracht. Het ruimteschip had koers gezet naar een andere bestemming. Het ruimtestation moest wachten tot Jan zou terugkeren. Samantha keek hem aan. Je bedoelt dat je ouders bij deze groep zitten. Je biologische ouders. Samantha sloeg haar hand voor haar mond. Ze keek geschokt om zich heen.

"Maar dat kan toch niet," begon ze hardop.

"Wat is er aan de hand ? "vroeg een van de in een geel, blauw pak geklede vrouw belangstellend.

Jan stond op. Hij liep naar het stel toe dat natuurlijk naast elkaar zat en vroeg hoe ze heetten. Hij hurkte tussen hen in zodat ze van boven naar beneden naar hem keken.

Ze keken een beetje verbaasd naar hem. Ze hadden geen idee wat hen boven het hoofd hing.

"Jullie zijn naar de aarde gegaan. " begon Jan. Beiden knikten en pakten elkaars hand.

"Jullie hebben bij het ongeval een zoon verloren", vervolgde Jan zijn verhaal.

Beiden keken hoogst verbaasd naar Jan. Ze wisselden snel een blik van verstandhouding. De vrouw kon een snik niet voorkomen.

"Maar, hoe weet u dat ? "stamelde de man, volkomen verrast. Zijn stem verharde meteen" Hoe weet u dat. Niemand weet daarvan. Onze zoon was nog niet geboren toen we vertrokken. Niemand weet van zijn bestaan. Alleen wij tweeën. "

De man en de vrouw staarden naar Jan.

"Hoe weet u het?" vroeg de vrouw met bevende stem.

"Ik kan overleggen met het ruimteschip, waarin u bent verongelukt," Jan keek de man en de vrouw aan. Dat ruimteschip had ook contact met het ruimtestation waar we nu in zijn. U weet dat u gedurende de stase periode niet ouder bent geworden. Hoe denkt u dat uw zoon er nu uit zou zien, als hij het ongeluk zou hebben overleefd en op de aarde is opgegroeid ?"

Het was stil geworden. Alle gesprekken werden gestaakt. Iedereen keek naar Jan en het jonge stel dat boven hem uittorende, terwijl hij op een knie tussen hen in zat.

"Uw zoon leeft," vervolgde Jan zijn relaas. "Het ruimtestation mocht pas terugkeren naar de thuisplaneet als ook uw zoon weer aan boord was. Het ruimtestation is teruggekeerd met uw zoon aan boord. " Jan pauzeerde even.

Jan zag dat de man snel om zich heen keek.

"Al de anderen ken ik, behalve u. Bent u echt onze zoon. Hoeveel jaar zijn we in stase geweest? U zou onze zoon kunnen zijn. Is het waar, is het echt waar? "

Jan kon niet anders dan knikken. Hij ging staan.

De man en de vrouw gingen ook staan en omarmden hem. Natuurlijk het was wel een beetje een raar idee dat hun zoon er ouder uit zag dan zij maar dat was wel de realiteit.

Ook voor Jan was het gek. Hij omarmde zijn biologische ouders maar die zagen er jonger uit dan hij. Hij had hen zijn leven lang moeten missen en zij hem.

De hele groep applaudisseerde. Ze gingen ook allemaal staan.

Ze namen allemaal nog wat te drinken en toostten met elkaar.

Morion verstoorde de feestvreugde met de mededeling dat er contact was geweest met de planeet. Ze wilden dat hij weer in zijn oude positie zou plaats nemen, recht tegenover het andere ruimtestation aan de andere kant van de planeet.

Alle passagiers zouden door een ruimteschip naar de planeet worden gebracht. Jan wilde meteen weten welk schip die eer kreeg en prompt vertelde Motion dat Mora die taak had geclaimd.

Jan was verrast en blij.

Toch had hij een raar gevoel. Normaal gesproken zou Morion hem eerst via zijn geest hebben geïnformeerd. Nu deed hij dat via de microfoon aan boord. Zijn stem klonk daardoor wat blikkerig. Toen

Jan via zijn geest vroeg welk schip hen zou ophalen, kreeg hij pas laat antwoord.

Wat was er aan de hand. Wat was er gebeurd? Jan ging de gebeurtenissen na die sedert zijn stasefase hadden plaatsgevonden. Morion had hem met een soort paniekaanval een beetje versneld wakker gemaakt. Manton was ook wakker gemaakt, had hij begrepen. Manton had heel kort en heel even zijn stem verheven maar was nu zo mak als een lammetje. Nu Jan daarover nadacht was dat eigenlijk wel raar. Jan keek naar Manton. Hij zal gezellig te babbelen met een van de bemanningsleden. Gewoon gezellig en in alle rust. Niemand nam aanstoot aan hem. Jan probeerde te begrijpen wat er aan de hand was.

Hij besloot het Morion te vragen. Jan had de indruk dat Morion wel antwoord wilde geven maar dat om onduidelijke redenen niet kon. "Andere vraag ?", antwoordde hij alleen maar.

Jan besloot Distancia te benaderen. Hij benaderde haar in het engels, waardoor eventuele invloeden van buitenaf moeilijker zouden kunnen inbreken.

Distancia reageerde puur paniekerig. "Jan, help!! Manton is los. Hij blokkeert de communicatie…."Het werd stil.

"Hij !! "had Distancia gezegd. Hij blokkeert. Het ging om een man ergens anders. Hoe kon Manton ergens anders zijn. Er was iets goed mis.

Voorzichtig probeerde Jan Morion te benaderen. Eerst vroeg hij rustig waar ze zouden landen . Morion gaf even rustig, bijna gevoelloos antwoord.

"Central City", verkondigde hij kort.

Distancia verkondigde dat ze ging aanmeren. De bedoeling was dat iedereen naar de luchtsluis zou gaan. De hele groep stond als een man op en begaf zich naar de uitgang van de besturingsruimte. Jan keek verbaasd rond. Hij hield de hand van Samantha vast. Ze keek hem verward aan toen Jan bleef staan. Ze keek naar zijn hand, trok haar hand los en liep naar de uitgang. Jan staarde haar verdwaasd na. Ze leek wel betoverd. Jan schrok van zijn eigen gedachten. Hij liep langzaam achter de groep aan. Plotseling gingen een man of acht, allemaal in de speciale pakken waar de aanhangers van Manton in rondliepen, rechtsaf, waar de rest gewoon doorliep naar de luchtsluis. Jan besloot de Mantongroep te volgen. Hij wilde wel eens weten wat er hier gebeurde.

De groep nam de lift. Jan stond even besluiteloos. De deur ging dicht en de lift verdween. Jan keek naar het paneel maar kon niet vaststellen waar de lift naar toe ging. Hij besloot het simpel aan Morion te vragen. Jan kreeg keurig en redelijk snel antwoord. Ze gingen naar de onderste verdieping, de machinekamer.

"Ben jij daar ook?" wilde Jan weten.

"Ja, ik ben daar ook", reageerde Morion alsof hij meer wilde aangeven dan alleen die woorden. Door de nadruk op "ook" te leggen.

"Wie is daar nog meer? "Jan probeerde door de juiste vragen te stellen meer te weten te komen.

"Manton", was het verkrampt klinkende antwoord.

Jan schrok. Wat was dat, wat betekende dat ? Wie of wat was Manton, in hemelsnaam?

Morion gaf antwoord. Maar Jan kon het niet verstaan.

Snel riep hij een andere lift op en daalde af naar de begane grond, de laagste verdieping.

De lift stopte en de deuren gingen open. Jan stapte de lift uit en kwam in een vrij kleine hal. Hij hoorde een heleboel geschuifel en gekraak. Recht voor hem stond een deur open. Jan liep langzaam naar voren. Hij zag bewegingen in de kamer achter de deuropening. Langzaam schuifelde hij naar voren en loerde voorzichtig naar binnen.

Plotseling keek een van de vrouwen op, zag hem en schrok.

Meteen ging de deur pal voor zijn neus met een ferme klap dicht. Jan probeerde voor zijn geest te halen wat hij had gezien. In de ruimte stonden grote bakken met gesloten platen bovenop. Bovenop die platen was iets aangebracht maar hij had niet kunnen zien wat. De groep bewoog zich rondom die bakken, allemaal lopend in dezelfde richting. Jan snapte er niets van.

Jan probeerde voorzichtig om de deur open te maken maar die zat op slot. Hij keek om zich heen. Iets verderop was nog een deur. Hij probeerde voorzichtig die andere deur. Die was gewoon open. Jan stapte naar binnen en schrok. In deze ruimte was in het midden een grote bak met een metalen plaat er op. Bovenop de metalen plaat waren menselijke hersenen gelegd. De hersenen waren verbonden met een groot aantal moederboards. De hele zijwand leek te bestaan uit dezelfde panelen als de panelen die de buitenwand vormden van de ruimteschepen.

Dit was Morion.!!! Jan was er van overtuigd. Hij deed langzaam de twee stappen naar de bak toe en bleef staan. Overweldigd door het misbruik van menselijke hersenen. Menselijke persoonlijkheden. Hij wist dat dit was gebeurd. Distancia functioneerde op dezelfde manier. Toch ervoer hij het weer als schokkend om het van dichtbij mee te maken. Hij moest wel weer meteen erkennen dat er wel technische wonderen waren verricht om het allemaal ook nog te laten functioneren.

"Hallo Morion", begon Jan rustig en haalde eens diep adem.

"Hallo Jan," reageerde Morion met een treurige stem. "Het was niet de bedoeling dat je mij zou vinden , Jan. Hiernaast ligt Manton. Manton bestaat uit meerdere hersenen. Ze zijn aan elkaar gekoppeld. Ze zijn daardoor uitzonderlijk sterk en kunnen andere geesten overheersen. "

"Maar wat gebeurd er nu hiernaast ?" wilde Jan weten, zich nog steeds verbijtend om de lugubere situatie.

Jan hoorde Morion een beetje gniffelen. "De groep is door Manton opgeroepen om hem te bevrijden en mee te nemen naar de planeet. Dat was vijfentwintig jaar geleden ook het geval. Hij heeft toen de hele planeet overheerst. Niemand had het aanvankelijk in de gaten maar hij kon met zijn gecombineerde geest alle computers aansturen en dat deed hij ook. Alle adviezen over alle mogelijke onderwerpen werden door hem gemanipuleerd. De resultaten waren niet meer betrouwbaar. In die tijd heeft hij zich laten inbouwen in deze satelliet. Hiervandaan bestuurde hij alle computers op de planeet. Hij zal dit ongetwijfeld weer proberen."

Er ging wat mis. Jan had Morion prima kunnen volgen en had begrepen dat Manton kennelijk dit ruimtestation had laten bouwen voor zichzelf. Onduidelijk was de rol van Morion in dit verhaal. Terugdenkend aan wat Morion net had verteld, was er kennelijk een coupe tegen Manton geweest en was Manton op de een of andere manier op non-actief gesteld. Door het ruimtestation de ruimte in te sturen, terug naar de aarde, was Manton voorlopig uitgeschakeld geweest mede door de enorme afstand. Het leek hem logisch dat Morion was geplaatst om het station te besturen nadat Manton was uitgeschakeld. Niet echt duidelijk was, waarom ze Manton niet hadden ontmanteld of nog definitiever, hadden gedood. Was de "dictatuur" misschien niet zo dictatorachtig als hij had verondersteld. Was ze "alleen maar" lastig geweest omdat ze alle informatie manipuleerde. Waaruit bestond dan dat manipuleren, wat was zijn doel geweest. Allemaal vragen waar Jan geen antwoord op had.

Jan probeerde weer contact met Morion te leggen maar dat lukte niet. Jan probeerde contact te leggen met Distancia. Tot zijn verrassing lukte dat ook niet. Jan raakte wat gefrustreerd. Hij wilde de ruimte uitlopen . De deur ging niet open. De deur zat op slot! Jan schrok. Wat was dit nou weer. Hij trok nog eens aan het handvat maar er was geen beweging in te krijgen.

Jan hoorde gerommel buiten de deur van de ruimte waarin hij was. Hij ging op de grond zitten en concentreerde zich op de geluiden. Hij hoorde veel geschuifel van voeten. Geen stemmen, geen gestamp, geen commando's of opdrachten. Iemand moest de groep toch instrueren. Hij probeerde geestelijk contact te leggen maar zonder enig resultaat.

Wat gebeurde er. Weer hoorde Jan geschuifel in de hal, buiten de deur. Niet vlak achter zijn deur maar wat verderop. Plotseling hoorde hij een heel ander geluid tussen het geschuifel door. Een soort schurend geluid. Iets bewoog over de grond leek het wel, iets werd verschoven. Jan kon er niets van maken. Hij had geen idee wat er gebeurde. Er klonken meer geluiden. Geen stemmen, geen overleg, alleen geschuifel.

Jan keek eens om zich heen. Het was een redelijk grote ruimte. Een rondlopende achterkant met rechte wanden die iets naar elkaar toeliepen en een rechte voorkant met de deur. Geen ramen, geen andere deuren.

Het geschuifel leek van Jan af te bewegen. Al snel werd het stil.

Jan zuchtte eens. Hij keek naar het plafond. Er was vast wel iets van een ventilatierooster of een onderhoudsluik. Er was inderdaad een roostertje en iets meer naar links nog een. Dit waren veel te kleine openingen om iets mee te kunnen. Misschien kon zijn hand er door als hij het rooster kon weghalen maar dat was het dan. Jan liep de ruimte rondom het grote plateau, waar Morion op lag, rond. Hij zuchtte eens. Niets waar hij iets mee kon. Hij bekeek de grote plaat waar Morion op lag. Hij vond het wel een ingenieuze oplossing. De menselijke hersenen waren ingebed in een soort geleiachtige laag. Een opstaande rand aan het eind en een soort glasplaat bovenop maakte het beeld compleet. In de onderplaat waren alleen maar chips bevestigd. Morion lag overal direct op aangesloten. Jan nam zich voor nog eens een studie te maken van de indeling van de hersenen qua functies. Zo zou hij een beter beeld krijgen van het functioneren van de hersenen en welke aansluitingen waar zouden moeten zitten. Jan durfde er verder niet aan te komen. Het laatste wat hij wilde was dat Morion zou worden beschadigd.

Jan probeerde nog een keer om contact te leggen. Geen contact. Niet met Morion , niet met Distancia, met niemand.

Jan werd onrustig. Het idee hier opgesloten te zitten beviel hem helemaal niet.

Stel dat hij zelf deze ruimte had ontworpen, hoe zou hij dan het reparatieluik vorm geven en uitvoeren. Jan bekeek het plafond met dit nieuwe beeld. Vlak boven de deur zag hij een paneel waarvan hij vond dat die qua maatvoering een beetje afweek. Jan ging er recht onder staan en sprong op en duwde hard tegen de plafondplaat. Hij voelde zowaar wat beweging. Hij sprong nog een keer en inderdaad, dank zij een behoorlijke vuistslag, wipte de plaat iets op en verschoof een klein stukje. Jan haalde meteen opgelucht adem. Hij zag weer mogelijkheden.

Jan nam een klein aanloopje en sprong omhoog. Hij greep de nu goed zichtbare rand en trok zich op. Hij duwde de hele plaat opzij en keek in de ruimte boven de plaat. Het was een smalle ruimte maar hij zou er wel tussen passen.

Jan trok zich verder op en rolde op de bovenkant van het plafond. Hij moest wel opletten want overal waren steunen aangebracht. Hij keek eerst eens even goed rond. Waar wilde hij heen. Jan zag dat er boven de deur, dus eigenlijk vlak bij hem een groot rooster zat. Hij draaide zo dat hij met zijn benen vlak voor het rooster uit kwam. Hij spande zijn benen en trapte hart tegen het rooster. Het rooster knalde meteen uit zijn verbindingen en kletterde met veel lawaai op de grond.

Jan schoof meteen naar het gat toe en draaide eerst met zijn hoofd naar buiten. Dat was nog een heel gedoe met al die dragende steunen maar het lukte Jan snel en soepel. Voorzichtig keek hij de hal in.

Hij schrok van wat hij zag. De hal lag bezaaid met allerlei geleiachtige klonten en spetters. Jan meende ook wat metalen strippen te zien liggen en donkere strepen. Hij liet zich rustig naar beneden zakken en keek nog eens goed rond.

Jan schrok. De volledige zijwand van de ruimte, waar Manton had gestaan, was weg.

Jan keek er verbaasd naar. Hij wandelde er heen. Inderdaad, de hele wand was weg. Jan keek de ruimte in. Het was een gigantische puinhoop. Overal lag dezelfde rotzooi als hij in de hal had gezien. Metalen strips, gelei, bruine strepen. Jan keek eens goed rond. Wat kon hier gebeurd zijn.

Natuurlijk. Manton was weg !!! wat, ja!! De hele stellage met de bakken en de er op geplaatste menselijke hersenen, waren weg. Gewoon weggereden of geschoven. Jan keek nog eens naar de sporen.

Oké, de wand was weggeschoven. Hij zag de panelen helemaal aan de zijkant tegen elkaar staan. Op de grond waren de schuifnaden voor de panelen zichtbaar. Jan keek naar de vloer van de ruimte. Op de plek waar de vier bakken hadden gestaan waren wat strepen en krassen zichtbaar maar dat was eigenlijk alles. Jan meende afdrukken van banden te zien, zelfs een heleboel. Kennelijk hadden de bakken wielen gehad. Dat betekende dat er rekening was gehouden bij de verplaatsbaarheid bij het ontwerpen van de bakken. Dit was dus voorbereid. Wat was Manton van plan. Dit was toch wel een hele operatie. Hoe zou het hele circus bij Distancia zijn terechtgekomen. Hoe zou het bij Distancia naar binnen hebben kunnen gaan. Oké, het ruim van Distancia was meer dan groot genoeg om het hele gevaarte te kunnen herbergen. Zou het geheel in een soort container geplaatst kunnen worden en vervolgens als ruimbagage daarin worden geplaatst. Jan moest toegeven dat het mogelijk was.

Hij besloot het bandenspoor te volgen om te zien waar hij uit zou komen. De sporen liepen tot Jans verrassing niet naar de liften maar naar de andere kant van de gang. Eigenlijk was het maar een klein stukje van de ruimte waar Manton had gelegen naar deze kant van de hal. De sporen verdwenen bij een gesloten wand. Jan stond er voor en staarde verbaasd naar de sporen. Gezien de sporen moest er hierachter wel een ruimte zijn. Misschien wel een complete liftkoker of zoiets. Jan wist dat hij maar wat speculeerde.

Hij kende de indeling van het ruimtestation helemaal niet en wist dus ook niet wat er achter deze wand zat. Gezien het feit dat zowel Manton als Morion hier waren ondergebracht, was het redelijk te veronderstellen dat de basislevensvoorzieningen, zoals elektriciteit, lucht en water, hier in de buurt moesten zijn.

Natuurlijk er was best wel een heleboel ruimte op dit niveau van het ruimtestation maar het was wel de onderste verdieping, dus was de ruimte toch beperkt.

Jan keerde terug naar de ruimte waar Manton had gestaan. Hij bekeek de ravage. Wat kon hij hier uit opmaken. Hij keek om zich heen en wandelde de ruimte in.

Er moesten verbindingen zijn geweest met de rest van het ruimteschip. Al die verbindingen moesten zijn ontkoppeld. Hij keek rond maar kon geen verbinding vinden. Dat vond hij eigenlijk wel merkwaardig. Er moesten toch contacten, elektrische aansluitingen zijn. Een computerbesturen zonder elektrische verbindingen leek hem onmogelijk. Jan speurde nog eens rond, maar kon geen aansluiting vinden. Hij liep naar het midden van de ruimte en keek om zich heen. Als hij de ruimte zou moeten ontwikkelen zou hij hier, in de vloer de verbinding maken. Jan tikte met zijn voet op de vloer. Het klonk wel hol. Er lag een groot vierkant vloerdeel recht onder zijn voeten. Jan stapte er af en probeerde de vloerplaat op te tillen. Dat lukte hem niet.

Hij herinnerde zich de plafondplaat en stampte even fors met zijn linkervoet op de vloerplaat. Hij hoorde een klik. Hij liet los en de vloerplaat bleef een klein stukje onder het vloerniveau zweven. Jan glimlachte tevreden. Hij knielde neer en voelde aan de plaat. Hij kon de plaat langzaam opzij schuiven. Ja hoor, onder de plaat was een groot elektrisch paneel. Het was een grote printplaat met een grote vensterknop in het midden. Jan keek er naar. Waarom zou er hier een vensterknop zitten. Hij besloot er gewoon even op de tikken. Hij wilde de werking wel vaststellen. Dit was het contactpunt waar hij naar had gezocht maar het was een totaal andere voorziening dan hij had verwacht.

Plotseling ging het licht uit. Een sirene klonk en een kleine verlichting ging branden. Het was duidelijk. Deze knop was een noodvoorziening waarmee alle normale elektrische voorzieningen werden uitgeschakeld.

Ergens had Jan hierop gehoopt. Hij sprong op, liep naar de deur van de ruimte waar Morion lag en probeerde die deur te openen. Wat hij had gehoopt gebeurde. De deur ging open. Jan liet de deur open staan en liep door naar de plek waar de bandensporen waren verdwenen. Hij voelde voorzichtig aan de wandpanelen en probeerde tussen twee panelen te komen. Het lukte aanvankelijk niet erg.

Jan zette zijn handen strak tegen twee panelen en probeerde ze uit elkaar te duwen. Dat lukte niet. Plotseling kantelde een van de panelen en Jan viel pardoes met zijn hand door het gat en knalde met zijn hoofd tegen het gekantelde paneel. Hij zakte met zijn knieën op de grond en bleef zo even rustig zitten. Hij haalde diep adem. Hij voelde aan zijn voorhoofd. Er kwam wat bloed aan zijn hand. Hij voelde nog eens voorzichtig. Het deed eigenlijk best wel zeer. Hij deed alsof er niets aan de hand was en keek naar het paneel. Achter het paneel was een donker gat. Jan boog voorzichtig voorover en stak zijn hoofd door de opening. Hij keek in een open ruimte, een soort loods. Een opslagruimte. Het was er wel schemerig. Hij kon het allemaal niet goed bekijken.

Hij besloot terug te gaan en de knop weer om te zetten zodat de elektriciteit weer normaal zou werken.

Hoofdstuk 21

Jan wandelde terug naar de nu open ruimte waar Manton had gebivakkeerd. Hij zakte op zijn knieën bij het luik in het midden en bekeek de knop in het midden van het paneel. Het was een groot vierkant. Voor zover Jan het kon beoordelen, kon je er alleen maar op drukken. Hij drukte er een keer flink op. Jan keek op.

De noodverlichting knipperde een keer en bleef daarna gewoon branden. Jan zuchtte. Dit ging niet werken. Hiervandaan kon kennelijk de hoofdschakelaar niet omgezet worden. Hij moest de centrale zien te vinden.

Logischerwijze zou die centrale bij alle centrale voorzieningen in de buurt moeten zitten. Dus, concludeerde Jan, ergens op deze etage.

Jan draaide zich om en liep naar de wand waar nu een van de panelen gekanteld en uit het lood hing. Voorzichtig keek Jan door de opening, ontstaan door het gekantelde paneel. Jan trok aan het paneel en het gat werd wat groter. Voorzichtig stapte hij door het gat. Het was wel even wurmen maar hij kwam er toch door.

Jan keek eens om zich heen. Hij stond op een open plateau. Links en rechts van hem was een rails aangebracht. Jan keek vooruit. Hij realiseerde zich dat er een spoorlijn recht voor hem uit liep. Hierover kon je grote containers makkelijk verplaatsen. Jan besloot de rails te volgen en te kijken waar hij uitkwam.

Het was een immens grote ruimte. Overal zag Jan containers staan. Vrijwel allemaal met de kopse kant naar de rails toegekeerd. Jan keek omhoog. Het plafond was aan de lage kant. Een hoge container zou er nog wel onder door kunnen maar veel meer ruimte was er niet. De noodverlichting was plat tegen het plafond gemonteerd en liep keurig netjes midden boven de rails.

Jan volgde de rails en kwam uiteindelijk na zeker vierhonderd meter bij het einde van de baan. Aan het eind zat een rotonde. Hier konden containers gedraaid worden. Jan keek omhoog. Boven de rotonde was een enorme kraanbaan aangebracht. De kraanbaan was tegen de achterkant gemonteerd en leek door te lopen door de twee grote schuifdeuren die daar in de achterwand lagen. Jan veronderstelde dat met behulp van die kraanbaan de containers in en uit de waarschijnlijk achter de grote deuren gelegen luchtsluis voor de vracht konden worden geplaatst. Jan liep door naar de deuren. Hij had het gevoel dat Manton zich in een container had laten plaatsen en via de rails hierheen had laten rijden.

Jan probeerde Distancia te benaderen . Hij wilde weten of zijn verwachtingen klopten. Als ze klopten dan was Manton nu aan boord van Distancia.

Plotseling schoot het Jan te binnen dat ook Samantha met de groep mee was gelopen en normaal gesproken nu aan boord van Distancia zou zijn. Ze was als verdoofd door een extern bevel losgekoppeld geweest van haar eigen vrije wil. Ze was met de groep mee gelopen, in een soort verdoving. Geestelijk volledig onder invloed van, naar hij veronderstelde de geest van Manton. Hij zelf had niets gevoeld. Hoe kon dat. Hoe werkte die invloed op de geest. Hij kon met de menselijke hersenen praten die in ruimteschepen en grote computers waren ingebouwd. Hij kon ze niet overheersen. Dat had hij in ieder geval nooit geprobeerd. Hij had dat ook niet gewild. Hij had er zelfs nooit over nagedacht.

Hij veronderstelde dat de hele groep, inclusief de groep die Manton uiteindelijk in de container hadden geholpen via de personen luchtsluis het ruimtestation hadden verlaten en nu bij Distancia binnen waren.

Jan kreeg geen contact met Distancia. Ook niet in het engels. Jan ergerde zich een beetje aan deze rare situatie. Hij besloot eerst maar eens de elektriciteitscentrale te gaan zoeken, zodat hij hier in ieder geval de normale situatie weer kon herstellen.

Jan draaide zich om en keek rond. Er was niets bijzonders te zien. Normale wanden en een enorme hoeveelheid containers. Hij was wel benieuwd wat er allemaal in die containers zat maar had daar nu geen tijd voor.

Jan volgde de zijkant van de ruimte, parallel aan, wat hij veronderstelde, de buitenkant van het ruimtestation leek te zijn. Hij volgde die zijkant maar kwam niets tegen wat hem aanleiding gaf om iets nader te bekijken. Hij kwam bij een hoek en zag daar wel een grote dikke kabelgoot van buiten naar binnen lopen. De kabelgoot liep strak tegen het plafond langs de muur van de ruimte loodrecht op de buitenkant. Jan volgde de goot.

Hij liep langs de zijmuur, achter de containers langs, parallel aan het spoor. Er was een keurig pad achter de containers opengelaten zodat je er van die kant ook bij kon. Plotseling verdween de goot in de zijwand. Jan keek er naar. Hij trommelde op de zijmuur. Die was te stevig om iets mee uit te spoken met zijn blote handen.

Jan zuchtte eens diep. Hij wandelde verder en volgde uiteindelijk de muur terug naar het punt waar hij was binnen gekomen. Hij wrong zich weer door de opening en keek rond in de hal. De leidinggoot was naar rechts afgebogen. Jan liep die kant op de gang in. De wand was volledig gesloten, zoals dat bij de opslagruimte ook het geval was geweest. Jan had zijn stappen geteld na de laatste hoek en deed datzelfde nu aan de halkant van de wand. Tot zijn verrassing kwam hij vijf stappen te vroeg een dwarswand tegen. Het einde van de hal, voor zover hij kon zien. Jan besloot de dwarswand te volgen. Uiteindelijk kwam hij achter de liften uit. Hier was een deur. Jan voelde aan de deur. Ook deze deur ging vlotjes open. Het uitschakelen van de elektriciteit had zo zijn voordelen.

Jan stapte rustig naar binnen. Verrast staarde hij naar de bijzondere zaken in deze ruimte. Links zag hij een groot aantal stase-stoelen/cabines. Recht voor hem stond een enorme computer. Een absurd grote stapel van wandpanelen zoals die ook in de ruimteschepen waren ingebouwd in de wanden. Deze panelen lagen boven op elkaar gestapeld, allemaal met een tussenruimte van enkele centimeters en Jan zag op allerlei plekken koppelingen dwars door de panelen lopen.

Jan sloot de deur achter zich. Hij keek naar rechts. Weer was hij verrast. Een gigantisch aantal beeldschermen stonden keurig naast elkaar opgesteld. Onder elk beeldscherm stond een klein bureautje en een soort bureaustoel. Nergens was er iemand te zien. De zaal was volledig verlaten. Jan had niet anders verwacht. Hij liep naar de beeldschermen om te zien wat ze weergaven. Jan zag verschillende plekken op het station. De beelden waren kennelijk gekoppeld aan de veiligheidscamera's op allerlei plaatsen op het station. Bij de beelden van de luchtsluis voor personen bleef hij even staan. Er was geen beweging te zien.

Distancia was vast al vertrokken met medeneming van Samantha en Manton. Jan kon er even niets aan veranderen. Plotseling zag hij een dubbele deur, helemaal aan het eind van de rij met beeldschermen.

Jan stevende er meteen op af. Dit kon wel eens de toegang zijn die hij zocht. Hij voelde meteen aan de deur. Ook deze deur ging gewillig open. Jan stapte meteen naar binnen.

Ja, dit was het zenuwstelsel van het ruimtestation. Vanaf de rechterzijkant zag Jan de kabelgoot de ruimte in komen en meteen worden opgenomen in een pakket van een tiental goten, die overal vandaan leken te komen. Jan liep de ruimte verder in.

In het midden stond een enorm bouwsel. Tientallen goten gingen hier naar binnen. Jan realiseerde zich dat dit de centrale elektrische schakelkast was. Hier kwamen de aanvoer en de afvoer bij elkaar. Hij veronderstelde dat er ook een verbinding was met de opslag van de elektriciteit die via de zonnepanelen werd binnengehaald. Jan zag een enorme grote dikke pijp recht naar boven, door het plafond heen gaan. De aanvoer, veronderstelde hij. De goot die hij had gevolgd en ook de andere goten waren de verbindingen van elektrische leidingen over het station. Jan liep om de schakelkast heen. Precies aan de andere kant van de grote schakelruimte zaten twee grote deuren. Jan probeerde ze en ze gaven meteen mee. Hij opende de deuren door ze naar zich toe te trekken.

Voor hem verscheen het centrale paneel voor de elektriciteitsvoeding. Jan zag meteen dat de centrale hoofdschakeling naar beneden stond. Hij pakte de hendel en deed hem omhoog.

Meteen knipperde de noodverlichting en ging uit. De gewone verlichting ging aan. Jan keek vergenoegd rond. Zo, dat was in ieder geval geregeld.

Meteen liep hij de ruimte uit en keerde terug naar de hal. Vandaar liep hij meteen naar Morions kamer. Jan werd verrast door de situatie ter plaatse.

Precies bovenop de plek waar Morion was, lag een groot dik uitziend soort doek. Jan keek er verbaasd naar. Waar kwam dit vandaan. Automatisch keek hij naar boven. In het plafond was een gat. Hij keek nog eens goed. Een van de plafondplaten was weggeschoven. Jan schrok en keek meteen om zich heen. Er was toch verder niemand aan boord. Jan luisterde naar geluiden. Er was niets te horen.

Jan ging vlak bij de plek waar Morion lag staan en probeerde contact te maken. Meteen kwam Morion binnen. Hij verwelkomde Jan met erg veel blije emoties. Jan vond het wel een beetje overdreven.

Hij vroeg Morion hoe het zat met die doek bovenop de plek waar hij was.

"Oh, "begon Morion meteen, "Dat is het, nu begrijp ik wat er is gebeurd. Gelukkig. Ik was erg geschrokken door het verlies van alle contact. Dit is mijn deken. Die was geïnstalleerd in een compartiment in het plafond. Het compartiment was zo ingesteld dat de deken zou vallen en zich breed uit zou vouwen zodra de energie voorziening na een storing weer zou worden geactiveerd.

Jan hoorde Morion zo ongeveer zuchtten. Jan vervolgde zijn verhaal met een blije toon in zijn stem. "Je staat zeker bij mij in de kamer, Jan, anders had ik je niet kunnen horen. De deken is bedoeld om interventie van buitenaf tegen te gaan. We weten dat Manton via de geest mensen beïnvloed. Hij neemt hun geest over. Zoals je weet wilden de mensen nadat Manton een gevangenisstraf van twintig jaar had opgelegd gekregen veiligheidsmaatregelen tegen elke vorm van geestoverheersing. De deken is daar een voorbeeld van. Ook op de planeet zijn er allerlei voorzieningen gemaakt om de geest van Manton of gelijksoortige krachten te kunnen beheersen. De vraag is natuurlijk wel of de huidige machthebbers daar ook maar enige notie van hebben. Ik kan op dit moment niet nagaan wat er op de planeet gebeurd. Allen met jou, hier in mijn kamer kan ik praten. Overigens is dat ook behoorlijk uniek. We, de menselijke hersencomputers, hebben onderling contact via onze geestkracht. Op de hele planeet zijn er maar een stuk of tachtig mensen die dat ook kunnen. Vrijwel allemaal weigeren ze het contact. Ze denken dat ze gek zijn en last hebben van een gespleten persoonlijkheid. Geen van hen neemt ons serieus. Helaas heb ik nog maar weinig informatie met mijn collega's kunnen uitwisselen, Manton was me te vlug af. "

Weer had Jan de indruk dat Morion zuchtte.

"Hoe ver strekt de kracht van Manton? Stel dat hij op de planeet is, kan hij je dan nog steeds beïnvloeden?" wilde Jan weten.

Morion kon de vraag niet beantwoorden. Hij wist het niet. Hij had ook weinig ervaring met het fenomeen. Hij was al in de ruimte voordat Manton gecreëerd werd. Hij was op een missie geweest en bij zijn terugkomst was Manton al opgesloten. Vrijwel meteen daarna kreeg hij opdracht om met Manton en een hele groep andere personen naar de aarde te vertrekken waarbij er ongeveer twintig mensen in stase moesten blijven op zijn schip. Pas na aankomst zouden er vier specifiek aangegeven personen mogen worden gewekt. De anderen moesten in stase blijven, waaronder ook Manton.

Jan vroeg of Morion wilde meewerken aan een experiment. Jan wilde de deken weghalen voor een korte periode , zodat Morion kon nagaan of hij Manton kon waarnemen, dan wel een van de andere menselijke computers. Jan zou na een minuut of tien de deken weer terugleggen. Ze konden daarna nagaan of het was gelukt of niet.

Intussen realiseerde Jan zich dat hij zelf kennelijk niet door Manton kon worden overheerst. Hij was eigenlijk wel verrast. Hij had geen idee hoe dat het geval kon zijn. Waarom kon hij niet worden beïnvloed door Manton. Anderzijds kon hij wel overleggen met de geesten van de menselijke computers. Met andere geesten eigenlijk niet. Wat was er speciaal aan zijn geestvermogens. Jan had geen idee.

Morion was wel erg huiverig bij het idee om blootgesteld te worden aan de mogelijke geestkracht van Manton. Aan de andere kant zag hij wel dat het misschien de enige mogelijkheid was om meer te weten te komen over de situatie. Erg gespannen ging hij akkoord.

Voorzichtig haalde Jan de deken weg. Hij liet hem rustig op de grond glijden en controleerde de tijd. Hij wachtte rustig en hield zijn geest open voor elke kreet van Morion.

"Ik heb contact met verschillende collega's," meldde Morion even later. " Manton is in Central City en zet daar de boel op stelten. Dat is op dit moment de andere kant van de planeet, waardoor Manton ons niet kan beïnvloeden. Kennelijk moet er een rechtstreekse lijn zijn om dat contact te kunnen leggen." Morion klonk erg gerustgesteld. Jan stelde het met genoegen vast.

Ze overlegden hoe ze de deken tijdelijk konden installeren en weg konden halen wanneer ze wilden. Ze bedachten een soort gordijnsysteem, waarbij de deken iets boven de plek waar Morion lag heen en weer kon worden geschoven.

Jan zocht in het magazijn de materialen bij elkaar om de constructie te bouwen. Het enige dat aangestuurd hoefde te worden was het schuifmechanisme. Jan moest nog wel even zoeken naar de juiste elektronische onderdelen maar vond die uiteindelijk via een onderdelenbestand in het computersysteem van het ruimtestation. Morion was daar weer aan verbonden nu de elektriciteit weer normaal was en kon Jan begeleiden door het zoeksysteem.

Jan had toch nog wel wat tijd nodig om de deken installatie in elkaar te zetten en te laten werken. Uiteindelijk lukte dat toch. Morion trok de deken meteen over zich heen. De planeet was intussen aardig doorgedraaid en Central City, de plek waar Manton kennelijk was, zou op korte termijn in zicht komen.

Jan besloot wat te eten te zoeken en een plek om te slapen. Hij volgde de adviezen van Morion op en vond wat hij had gezocht. Het eten smaakte hem wel niet zo heel erg goed maar het vulde de maag. Jan sleepte een matras en wat dekens mee naar de kamer van Morion en besloot daar te gaan slapen. Ze zouden later overleggen wat ze wilden gaan doen.

Jan besefte pas hoe moe hij was toen hij eenmaal lag. Hij viel snel in slaap.

Jan werd wakker. Hij was nog best duf. Hij had heel diep geslapen en voor zijn gevoel ook best lang. Hij voelde zich wel goed uitgeslapen. Hij ging rechtop zitten en keek naar Morion. Morion had de deken weggeschoven . Jan was een beetje verrast. Was het al weer avond, had hij zo lang geslapen? Jan ging staan en reikte met zijn geest naar Morion om hem goede morgen of misschien wel goede avond te wensen maar hij kreeg geen contact.

Jan schrok en kwam meteen in actie. Hij sprong naar voren en probeerde de deken over Morion heen te trekken. Het mechanisme werkte behoorlijk tegen, dus Jan ontkoppelde de verbinding met Morion en kon toen pas echt de deken over Morion heen trekken.

Jan zocht opnieuw contact. Morion maakte een zeer verwarde indruk. Jan probeerde hem uit zijn afwezige status te trekken door zijn naam te herhalen. Hij moest het wel een keer of vier doen met een steeds sterkere aandrang om eindelijk een reactie te kunnen vaststellen. Morion kwam duidelijk uit een diep dal. Hij klonk nog steeds heel ver weg. Jan begon rustig tegen hem te praten. Hij maakte duidelijk dat hij, Jan , hem wilde spreken. Daarvoor moest Morion zich wel vermannen zodat hij kon begrijpen wat Jan hem vertelde. Morion mompelde iets maar Jan begreep hem niet. Weer mompelde Morion hetzelfde woord. "Voeding?" meende Jan te verstaan.

De reactie van Morion leek inderdaad een bevestiging. Jan keek meteen naar de elektrische aansluitingen maar die leken in orde. Hij besloot om rond de plek waar Morion lag heen te lopen om te zien of hem iets opviel dat leek af te wijken. Jan liep om Morion heen . Hij zag niets bijzonders. Ja hij had de deken losgekoppeld maar dat was juist zijn bedoeling geweest. Morion had kennelijk de opdracht gekregen om de deken weg te houden.

Dat betekende dat Morion onder invloed van Manton was !!

Jan besloot de deken weer aan te sluiten en te zien wat er zou gebeuren. Hij pakte het contactpunt dat hij net had losgemaakt en verbond de bedrading weer. Jan keek naar de deken. Er leek niets te gebeuren. Jan ging rechtop staan. Prompt begon de deken weer weg te schuiven. Jan dook weer voorover en maakte de verbinding weer los. Hij liep om Morion heen en trok de deken weer op zijn plaats.

Jan dook zelf onder de deken. Hij ging op zijn hurken zitten en bracht zijn hoofd dicht bij de gelei waar de hersenen van Morion in lagen. Jan was er eigenlijk nooit zo dicht bij geweest. Hij vond het nog steeds een bizar en eigenlijk zelfs stuitend idee dat hier menselijke resten lagen zonder lichaam, volledig afhankelijk van een mechanische, elektronische omgeving. Jan huiverde. Hij had het hier eigenlijk altijd al moeilijk mee gehad.

Jan zuchtte eens diep. Voor zover hij kon beoordelen, was er aan de buitenkant van de hersenen en de bak met gelei waar de hersenen in lagen, niets bijzonders te zien.

Jan zocht opnieuw contact met Morion. Het contact kwam nu wel wat beter, sterker en sneller, tot stand. Morion leek ook een stuk wakkerder, minder verward. Jan begon rustig tegen hem te praten. Hij vertelde over wat hij had geprobeerd met de deken en wat er toen gebeurde. Hij wilde weten of Manton hem had opgedragen om de deken weg te houden. Morion bevestigde die gedachte.

Jan wilde weten welke andere opdrachten Manton hem had opgelegd. Jan herinnerde hem aan zijn eigen opdracht om altijd Jan als eerste opdrachtgever te blijven beschouwen. Morion bevestigde opnieuw de voorstelling van zaken zoals Jan die weergaf. Manton had hem opgedragen om gedurende de periode dat Manton geen contact met hem had zich in slaapstand te houden en de deken weg te houden.

Jan overrulede die opdracht en gaf Morion opdracht zich weer in de oude status te brengen. Meteen herstelde Morion zich en sprak weer normaal, helder en duidelijk.

"Dank je, Jan, dank je. Dit is heerlijk, weer gewoon normaal." Morion verzuchtte zijn gevoelens helder en duidelijk.

"Manton is en blijft levensgevaarlijk. Hij heeft zich laten installeren op een ruimteschip en vliegt regelmatig de planeet rond om alles en iedereen onder controle te krijgen en te houden. Ik had daar niet op gerekend. Hij heeft zich verzekerd van alle computers, aangestuurd door levende mensenhersens, inclusief Marian, het grote, andere ruimtestation. Heel de planeet is nu in paniek. Het nieuwe, door jou kennelijk ingestelde bestuur van de planeet is door Manton ontbonden. Hij heeft zijn oude rechten op de aandelen in de auto en de olie-industrie opgeëist. Al zijn bezittingen zijn hem destijds ontnomen, hebben ze mij destijds meegedeeld. Hij heeft ze eenvoudig weer opgeëist door de oude besluiten nietig te verklaren. "

Morion nam even de tijd om zijn gedachten te ordenen. "Manton heeft mij verder opdracht gegeven om mijn positie in te nemen tegenover Marian, zodat hij altijd een van ons tweeën beschikbaar heeft voor opdrachten of informatie. Ik ben inmiddels op die locatie aangekomen en verwacht dat Manton op korte termijn zal proberen om contact met mij op te nemen. Door de deken ben ik weer beschermd tegen zijn enorme geestkracht. Ik ben benieuwd wat hij zal doen als hij merkt dat hij mij niet meer kan bereiken." Morion zweeg even.

Ook Jan dacht even na over de woorden van Morion. Hij had nog zeker geen helder beeld van de situatie op de planeet of zelfs niet van Marian, het grote ruimtestation. Maar misschien moesten ze zich eerst beperken tot Morion. Hoe kon hij Manton uitschakelen ? Hoe zou hij wel met Morion kunnen overleggen en Manton niet. Stel dat hij Morion gewoon die opdracht gaf. Wel luisteren naar Jan en nooit overleggen of contact hebben met Manton. Het nadeel was dat ze nooit iets van Manton te weten zouden komen. Hij moest een soort opdracht geven waarbij Morion eerst met Jan moest overleggen en alleen met voorafgaande goedkeuring van Jan antwoord mocht geven. Dat zou het antwoorden wel vertragen maar dat moest dan maar.

Jan overlegde met Morion. Morion was erg huiverig. Stel dat het niet werkte. Jan betoogde dat ze het nu al hadden geregeld. Als het niet werkte dan zou Jan de deken weer op zijn plaats trekken. Gezien de geweldige mogelijkheden die dit initiatief zou kunnen meebrengen liet Morion zich overtuigen.

Jan gaf Morion de opdracht elke opdracht, wens of elk voorstel van Manton en elke informatievraag eerst met Jan te bespreken en daarna, uitsluitend met nadrukkelijk akkoord van Jan, te reageren. De inhoud van die reactie kon feitelijk afwijken van het uitvoeren van enige opdracht. Voor die uitvoering was steeds opnieuw weer toestemming van Jan nodig. Morion mocht Manton niets vertellen over de positie en bevoegdheden van Jan ten opzichte van Morion zelf.

Ze waren tevreden over de constructie. Jan haalde de deken weg en prompt werd Morion belaagd door een reeks van vragen van Manton. Ze overlegden en Morion beantwoordde de vragen. Ja, hij was op de plek recht tegenover het andere ruimtestation. Ja hij was vrijwel al die tijd in een soort slaapstand geweest, Hij was er nog duf van en moest zijn antwoorden goed afwegen.

Intussen probeerde Jan om contact te leggen met Manton. Hij kende zijn geestkracht niet en was dus uitermate voorzichtig. Ergens moest er een reden zijn waarom hij niet door Manton werd beïnvloed terwijl anderen, allemaal, direct door Manton werden overweldigd, zelfs Samantha. Jan voelde zich meteen een beetje schuldig. Hij had nauwelijks aan haar gedacht de afgelopen dag. Hij had ook niet overwogen waar ze zou zijn. Hij besloot Morion te vragen of hij bij Manton kon navragen waar de bemanning van zijn ruimteschip naar toe was gebracht.

Toen Jan de vraag bij Morion neerlegde, reageerde hij afhoudend. Je stelde geen vragen aan Manton. Hij wilde wel proberen om contact te leggen met de centrale computer van Central City. Zij kon wel eens heel goed geïnformeerd zijn over de verblijfplaats van de bemanning. Jan vroeg specifiek naar Samantha en, voegde hij er nog snel aan toe, zijn biologische ouders.

Morion reageerde verrast. Hij begon voorzichtig. "Jan, bedoel je het echtpaar dat hier aan boord als je ouders hebben gefungeerd ? "

"Ja," reageerde Jan een beetje verbaasd. "Ik heb van jou begrepen dat dat mijn biologische ouders waren !" Jan keek verbaasd naar Morion. Wat was dit nou weer.

"Jan, "begon Morion weer voorzichtig. "Je bent geboren op de aarde. Je had aardse ouders ! ".

"Wacht even, Morion, wat je nu vertelt is nieuw voor mij. "verkondigde Jan meteen.

"Ik snap dat het voor jou tegenstrijdig lijkt maar ik zal je het hele verhaal vertellen. Ik ben vanaf de planeet vertrokken naar de aarde in opdracht van de regering van de planeet, in het kader van de verkenning van het heelal naar levensvatbare planeten. De bewoners van deze planeet stammen van origine af van de mensheid op aarde. Enkele tienduizenden jaren geleden is een elitegroep van de toenmalige mensheid samengebracht in een enorm ruimteschip. Je moet daarbij denken aan een ruimtestation dat tien keer zo groot is als Marian. Een enorm gevaarte. Het werd bevolkt door meer dan een tien miljoen deskundigen met hun families. In die tijd was de mensheid in staat om de maan te bestuderen en te bereiken via ruimteschepen. Door enkele grote rampen op aarde, waaronder enkele epidemieën, enorme vulkaanuitbarstingen en een drietal grote inslagen van enorme meteoren, elk meer dan honderd meter breed, maakte de aarde onbewoonbaar. Daar heeft ook bij meegespeeld dat de elitegroep aan boord van het ruimtestation geprobeerd heeft een epidemie te bestrijden met een enorme verzengende oplossing, een soort atoombommen, helaas hebben die de atmosfeer meer beïnvloed dan ze hadden verwacht. Het ruimtestation had weliswaar een aansturingsmechanisme, een soort aandrijving, maar die was eigenlijk alleen maar bedoeld om koerscorrecties uit te voeren. Er was een lijst van een dertigtal planeten opgesteld die allemaal zonder meer geacht werden geschikt te zijn om mensen een nieuw leven te laten opbouwen. De bewoners besloten te vertrekken en lieten de aarde achter. "

Jan knikte. Dit deel van het verhaal had hij al eens eerder ongeveer zo begrepen.

"Na vele honderden jaren, vele generaties later en na een aantal andere locaties te hebben afgekeurd, werd deze planeet gevonden. Je begrijpt dat er een enorm feest werd gevierd toen men vond dat de planeet geacht werd bewoonbaar te zijn. Nadat een aantal ruimteschepen de planeet hadden bezocht en er een oplossing was gevonden voor de compensatie in de afwijking van de samenstelling van de lucht ten opzichte van de lucht waar iedereen eeuwenlang aan gewend was geweest, werden er steeds meer bewoners met hun gezinnen naar de planeet gebracht. Uiteindelijk werden zeker acht miljoen mensen afgezet. Uiteindelijk wilde niemand aan boord blijven, dus liet men het enorme ruimtestation een zachte landing maken op de planeet, althans dat was de bedoeling. Het hele station klapte volledig in elkaar en werd in de praktijk gebruikt als materiaalvoorraad. Heel veel kennis was verloren gegaan. Vele verschillende groepen met een eigen levensfilosofie zochten hun eigen plek om zich te vestigen. Hoewel er nog heel veel kennis beschikbaar was werd die maar heel langzaam weer verzameld en toegepast. Dit betekende wel dat ongeveer honderd jaar geleden, de planeet weer de kennis had om ruimteschepen te bouwen. Het vervolg ken je ten aanzien van het gebruik van menselijke hersenen om computers aan te sturen. Mijn opdracht was om terug te keren naar de aarde. Manton werd verplicht in stase gebracht en moest mee. Manton werkte daar ongewild aan mee. Hij was gedrogeerd via de geleisamenstelling waar zijn hersenen gekoppeld met drie andere, in waren gelegd. In de stasefase werd die situatie gehandhaafd. De bemanning had de opdracht te infiltreren in de aardse samenleving en na te gaan hoe die zich had ontwikkeld.

Op grond van de oude gegevens werd de positie van de aarde bepaald. Het universum expandeert, dus moest er het nodige herberekend worden. In de praktijk hebben we de nodige tijd gespendeerd om de aarde, of eigenlijk de zon, het zonnestelsel, te vinden. Met de nieuwe technologie was onze snelheid redelijk toegenomen, waardoor de reistijd korter werd, maar nog altijd duurde de heenreis vijf jaar, dank zij nog nieuwere technieken was de terugweg gigantisch veel korter. Op de heenweg werden we begeleid door een eigen ruimteschip, Mora, opgeslagen in een van de ruimen. Jij noemt haar Distancia, een prachtige naam. Naast Distancia hadden we ook nog een klein personenschip, goed voor vier bemanningsleden, en tien personen, de transporter. Dit scheepje was puur bedoeld voor personenvervoer. Distancia had opdracht om samen met de bemanning de aarde in kaart te brengen.

Bij een van de vluchten werd Distancia geraakt door een klein vliegtuigje. Het hele schip kwam volledig in disbalans en stortte neer. We waren enorm onder de indruk. Het was echt een ramp. We hebben mogelijk te weinig aandacht besteed aan dit soort hele kleine vliegtuigen die je op onze radar eigenlijk haast niet kunt waarnemen.

Met de transporter werd de schade opgenomen en de bemanning opgehaald. Helaas konden we na de tweede keer niet meer echt dichtbij komen. Het schip werd ontdekt door de lokale bevolking en de overheid besloot het te verbergen. Ze bouwden binnen de kortste keren een loods en stopten het beschadigde schip erin. Onze bemanning, acht man, liep gelukkig geen schade op.

Gelijk na het ongeluk werd de bemanning, zoals gezegd, opgehaald met de transporter. In twee sessies werden ze teruggebracht naar mij. Ze werden in de ziekenboeg behandeld maar konden allemaal snel weer aan de slag. We stelden vast dat het vliegtuigje dat we hadden geraakt veel erger was beschadigd. Twee bemanningsleden bezochten de plek waar het vliegtuigje was geland en stelden helaas vast dat de twee volwassenen die aan boord waren, waren overleden. Tot grote schrik was er echter ook een baby'tje aan boord. Dat was jij, Jan. We namen aan dat je ouders waren omgekomen. Helaas had je behoorlijk hersenletsel opgelopen. De twee bemanningsleden ontfermden zich over jou en namen je mee hierheen. Die twee bemanningsleden hebben zich daarna gedurende een maand of drie over jou ontfermd. In onze ziekenboeg werd je behandeld. Ik denk dat je ongeveer dertig operaties hebt ondergaan. Essentieel in dit verhaal is dat ze een soort speciaal materiaal op je hersenen hebben moeten aanbrengen om de vrijwel volledig verdwenen schedeldak te vervangen. De moeilijkheid was dat je nog fors zou groeien en dat de schedelplaat mee moest groeien. De experts aan boord hebben een nieuwe materie ontwikkeld die dat zou moeten waarmaken. Ik ben blij om te zien dat het heeft gewerkt. Volgens de beelden die ik via de camera's krijg, zie je er prima en compleet uit, zelfs inclusief hoofdhaar. "

Jan hoorde het verhaal ademloos aan. Weer een onverwachte wending in zijn eigen bestaanssituatie.

"Ik ben dus helemaal geen alien, ik ben gewoon een mens. Wel een mens met een speciaal schedeldak maar toch gewoon een mens. "Jan voelde zich merkwaardig happy bij dat idee. Raar toch dat je blij kunt zijn omdat je gewoon bent. Jan had er helemaal zin in. Nu wilde hij ook meer weten.

"Dank je Morion, voor deze waarheid. Hoe ben ik bij mijn pleegouders terecht gekomen ?"

"We hebben verschillende van onze bemanningsleden op aarde uitgezet om een marktpositie te verwerven en kennis op te doen van de wijze waarop de aarde wordt beheerd. We waren heel erg blij dat de aarde alle aanslagen had overleefd en dat de mensheid zich zo sterk had ontwikkeld. Via een van onze contacten ben je ondergebracht bij een familie in Finland. Eerst werd je daar vlak bij in een ziekenhuis ondergebracht. Je moest wennen aan het voedsel van de aarde omdat je drie maanden bij ons had gegeten. Je moest herstellen van de operaties, waar de aardse doctoren nog nooit van hadden gehoord. We konden niets vertellen. Je werd als vondeling voor de ingang van het ziekenhuis neergelegd. De bemanning vond dat we voordat we konden terugkeren naar de planeet om verslag uit te brengen, eerst moesten vaststellen dat alles goed ging met jou. We hebben een implantaat in je schedel aangebracht zodat we konden vaststellen hoe het met je ging. Om zeker te zijn dat we je konden opsporen hebben we Distancia, stiekem uitgerust met een identificatiechip, waarmee ze je zou herkennen. Helaas moest ik me verbergen en uit het zicht blijven op grond van mijn opdracht om geen aandacht te trekken en de hele opdracht in het geheim uit te voeren. Dit had wel tot gevolg dat iedereen aan boord in stase moest om de tijd te overbruggen tot jij weer in het zicht zou komen. Onze verwachting was dat de overheid wel snel aan de slag zou gaan om Distancia te herstellen maar ze deden helemaal niets. Om niet al te lang te hoeven wachten moest er een besluit worden genomen hoelang de bemanning maximaal in stase zouden blijven om dit alles niet eeuwig te laten duren. We hadden ons al vergist in de snelheid waarmee de overheid Distancia zou analyseren, dus de tijd moest worden beperkt. Om alles weloverwogen te kunnen laten verlopen werd gedacht dat vijfentwintig jaar wel voldoende zou zijn. De verwachtingen waren hoog gespannen."

Jan ging er wat makkelijker bij zitten. Hij was onder de indruk van het verhaal van Morion. Morion, het brein van het ruimtestation die het allemaal had meegemaakt.

"Helaas," ging Morion verder, " helaas moesten we de hele periode uitzitten. Ook ik was in een soort trance. De voeding werd bij iedereen in een stasevorm in stand gehouden maar het levensniveau was uitermate laag. Eens in de drie of vier jaar werd ik wakker gemaakt om eventuele schade te beoordelen en zo nodig te laten repareren en nieuwe energie op te doen. Dat ging via een baan naar de zon vanaf de achterkant van de zon ten opzichte van de aarde. Uiteindelijk was de tijd voorbij. Ik werd wakker gemaakt evenals de voltallige bemanning. We besloten een afvaardiging naar de aarde te sturen en die te laten infiltreren in het aardse leven. We zouden de stand van zaken vergelijken met de eerdere gegevens. Tot onze grote schrik was er niets met Distancia gebeurd. We zochten jou op en stelden vast dat je je had vastgebeten in een eigen bedrijf. We zorgden dat je een prijs won en via die weg met behulp van degene die over de locatie van Distancia gingen, bij Distancia terecht kwam. Distancia kon je aanvankelijk niet bereiken. Je had je geest volledig afgesloten. We hebben er behoorlijk wat tijd voor nodig gehad om je weer op het spoor van Distancia te krijgen. We waren blij toen dat uiteindelijk lukte. De rest ken je. Je was er bij."

Morion zweeg. Jan moest hier wel even over nadenken.

Hij bedankte Morion voor de heldere informatie. Nu drong het meteen tot hem door dat hij weliswaar een normale, gewone aardse jongen was maar nog steeds niet wist wie zijn ouders waren. Hij zou het te zijner tijd verder uitzoeken. Het vliegtuigongeluk was vast wel ergens vastgelegd.

Verder was het feit dat zijn schedel voorzien was van een speciale samenstelling vast de reden dat Manton hem niet kon overheersen. Het kon dus van belang zijn om de samenstelling van dit materiaal te achterhalen. Hij vroeg het aan Morion. Morion begreep meteen zijn gedachtegang en beloofde het te zullen opzoeken in zijn databank.

Hoofdstuk 22

Jan dacht terug aan zijn eigen activiteiten op de planeet. Vooral ging zijn aandacht uit naar het door hem ontwikkelde harsvariant dat hij had gebruikt om de elektronische chips in de beide ruimteschepen Alpha en Beta te creëren. Zijn gedachtegang stokte opeens. Hij had helemaal niet meer aan de twee ruimteschepen gedacht. Ze moesten nog ergens in de buurt zijn. Meteen vroeg hij zich af of die centrale computers ook door Manton zouden zijn overgenomen. Misschien wist Manton niet eens van het bestaan van die schepen af. Die hadden geen menselijke hersenen. Jan besloot eerst contact met Alpha en Beta op te nemen om na te gaan hoe daar de situatie was, voordat hij met Morion verder ging.

Jan deelde Morion mee dat hij even wat moest doen voor ze het experiment om de deken weg te halen echt zouden starten. Jan kwam onder de deken vandaan en ging op zijn matras zitten.

Meteen concentreerde hij zich en zocht contact met Alpha. Alpha reageerde meteen heel rustig. Ze was de lange rustpauze prima doorgekomen en had goed geluisterd naar alle berichten die van de planeet kwamen en naar de planeet toe gingen. Ook de grote paniek reactie van de planeet naar het ruimteschip toe dat naar de planeet toe was gevlogen had ze gevolgd.

Jan wilde meer weten over haar eigen situatie. Alpha begreep niet wat Jan bedoelde. Jan moest uitleggen wie Manton was en wat die kon doen met menselijke geesten die ingebouwd waren in een computer. Jan kreeg de indruk dat Alpha dit niet helemaal begreep. Jan vroeg of ze door een ander dan Jan met de geest was benaderd.

Alpha vertelde Jan dat ze zelf contact had gezocht met Distancia en met de centrale computer in Central City, alleen maar om bepaalde gegevens op te vragen en om andere informatie te verifiëren Niemand anders dan Jan had contact met haar opgenomen. Nou ja, ze had regelmatig even contact gehad met Beta.

Jan bedankte haar voor de informatie en vertelde dat hij nu nog even contact zou opnemen met Beta. Hij gaf nog aan dat hij graag wilde dat Alpha en Beta elk aan een kant van de planeet zouden zijn, zodat er altijd met de een of met de ander contact kon worden gelegd. Het beste plekje was in hetzelfde vlak als waarin Marian en Morion, de twee ruimtestations lagen. Alpha vond dat prima, ze was nu ook al een eindje van Morion weg en zou contact proberen te houden met Morion.

Jan voerde eenzelfde gesprek met Beta. Ook Beta vertrok meteen naar zijn nieuwe positie.

Jan keerde terug naar Morion en ging weer onder de deken zitten. Hij vertelde zijn bevindingen en afspraken met Alpha en Beta. Morion vond het wel een beetje deprimerend om vast te stellen dat die twee ruimteschepen, zonder menselijke hersenen, sneller waren dat hij.

Jan moest even gniffelen. Hij gooide het maar even op de veel grotere omvang van Morion. Die vroeg veel meer aansturend vermogen dan de ruimteschepen.

Jan liet het daar maar bij. Misschien zou hij de toepassingen die hij bij Alpha en Beta had benut ook wel bij hem en de andere ruimteschepen inbouwen. Ze konden dan altijd op die extra harde software terugvallen als ze dat wilden of er gewoon goed gebruik van maken. Hij vond het eigenlijk helemaal niet zo'n gek idee. Hij vroeg zich wel af of hij de hars en de gelei wel zou kunnen combineren of dat het twee aparte units zouden moeten zijn en blijven. Jan liet het er even bij. Eerst moest hij achterhalen wat er precies op de planeet gebeurde en hoe hij daar een rol in kon en wilde spelen.

Eerst moest hij verder met Morion. Jan vroeg of Morion klaar was voor het experiment. Morion bevestigde dat nog steeds een beetje angstig voor het eerste contact met Manton. Jan ging onder de deken vandaan en trok de deken langzaam weg van het plateau waar Morion op lag.

Jan bedacht dat als dit experiment zou slagen hij hetzelfde bij Marian, het hele grote ruimtestation, zou moeten toepassen. Hij zou dan de ruimte beheersen. Als hij daarna de ruimteschepen met een deken kon uitvoeren was alles buiten de planeet onder controle. Zijn eerstvolgende actie zou dan zijn de computers uitgevoerd met menselijke hersenen van een deken voorzien. Het was een eenvoudig maar efficiënt plan. De uitvoering kon wel eens een stuk lastiger zijn dan het nu leek.

Jan concentreerde zich weer op Morion. De deken was weg. Jan voelde dat Morion verstarde. Een soort schrikreactie. Jan ging weer op het plekje zitten waar hij ook onder de deken had gezeten. Vlak bij Morion. Hij voelde aan Morion dat hij onder druk werd gezet.

"Jan, Jan, Manton heeft me weer te pakken. Hij wil dat ik trouw zweer aan zijn zaak. Als ik het niet doe dan vermoord hij me, schreeuwt hij steeds weer. Hij is woest door de deken die niet altijd weg is. "

"Geweldig Morion. Het feit dat je met mij kunt overleggen betekent dat onze truc werkt. Zeg hem maar gewoon dat er regels zijn waaraan je bent gebonden en dat zolang die regels niet worden geschonden je je best wil inzetten voor zijn zaak. Helaas weet je niet wat zijn zaak is en kun je dat dus niet beoordelen."

Morion keerde terug naar Manton

Al snel kwam hij weer terug bij Jan. Morion grinnikte opgelucht. Manton was razend geweest toen hij pas na enkele ogenblikken terug kwam bij hem om te antwoorden op zijn tirade. Morion had geprobeerd om uit teleggen dat hij gebonden was aan bepaalde ingebouwde regels. Aan die regels moest hij altijd voldoen. Voor zover de opdrachten en verzoeken van Manton niet in strijd waren met zijn interne regels zou hij die keurig uitvoeren. Manton was heel erg boos geworden, als hij dat al niet was. Tegenspraak of zelfs maar de schijn was niet acceptabel. "Dood, je bent dood. Nu, sterf, sterf !!! " had Manton naar hem gegild. Morion moest weer even glimlachen. Hij had Manton geantwoord dat hij aan dat verzoek, c.q. die opdracht helaas niet kon voldoen. Manton was opeens helemaal stil gevallen. Dit had hij nog nooit meegemaakt. Met de kreet "Wacht maar, ik krijg je nog wel!!", had Manton het contact verbroken en was verdwenen. Morion kreeg er maar geen genoeg van. Wat een triomf, wat een overwinning. Schitterend. Hier zou hij zijn leven lang van blijven genieten. Heerlijk.

Jan onderbrak hem. Morion, wees voorzichtig en blijf alert. Op een onverhoeds moment zal hij opnieuw iets proberen. Hoe het ook zij. De deken blijft altijd als optie beschikbaar voor je.

Morion, ik wil hetzelfde voor Marian doen. Ik zal de materialen verzamelen, daarna moeten we bekijken hoe ik bij Marian kom. Morion was het er onmiddellijk mee eens. Marian moest ook worden bevrijd.

Jan ging op pad, passeerde nog even de keuken en nam wat te eten en te drinken en liep vervolgens snel en efficiënt de laadruimte door. Hij wist nu wat hij nodig had en waar hij die materialen kon vinden. Er was ruim voldoende materiaal beschikbaar. Hij zou er nog wel twintig kunnen samenstellen. Misschien was dat ook nog wel een keer nodig.

Jan keerde terug bij Morion, die had besloten een prettig muziekje op te zetten. Jan moest gniffelen. Hij had Morion nog nooit zo vrolijk gezien. Dit was prima. Hij voelde zich zelf ook goed door die positieve uitstraling die van de gezellige muziek en de sfeer rondom Morion uit ging.

Morion deelde meteen mee dat ze onderweg waren naar Marian aan de andere kant van de planeet. Hij bewoog niet in het horizontale vlak waarin ook Alpha en Beta waren gestationeerd maar precies dwars daarop.

Jan besteedde de tijd om de deken al zo veel mogelijk te monteren zodat hij die bij Marian snel zou kunnen installeren. Hij wist niet hoe Marian er bij lag en waar precies maar daar zou hij wel snel achter komen. In principe ging hij er van uit dat Marian op dezelfde plaats zou zijn geplaatst als Morion in zijn station. Helemaal onderin.

Jan vroeg Morion of hij kon nagaan waar Marian in haar station feitelijk was geplaatst, zodat hij snel en gericht naar haar toe kon gaan.

Morion reageerde met de mededeling dat Marian juist in het midden van het ruimtestation was geplaatst. Helemaal in het midden was een ongeveer dertig liften groot complex voor het interne centrale vervoer. Gelijk daarachter was een ruime band met allemaal centrale apparatuur en ook de staseruimten en ook de centrale computeraansluiting waar Marian deel van uitmaakt. Dat was zo ongeveer alle informatie die hij had. Hij zou als ze dichtbij waren nog even contact opnemen met Marian, mede om haar mentale conditie te beoordelen en ook om toegang te krijgen voor Jan. Ze zouden de mobiele luchtsluizen allebei uit moeten schuiven zodat ze niet onnodig dicht bij elkaar hoefden te komen. Ze zouden toch nog wel extreem voorzichtig moeten manoeuvreren om problemen te voorkomen. De mobiele sluizen moesten wel op elkaar worden afgestemd met richting en contactzoekers. Die waren wel ingebouwd maar toch. Ze waren wel behoorlijk lang, waarbij je moest denken aan ongeveer vijftig meter voor die van Morion en van honderdvijftig meter voor die van Marian. Jan deed er verstandig aan een karretje mee te nemen om zijn lading mee te vervoeren.

Jan was blij met de informatie. Hij zou ook nog een heel eind door het grote ruimtestation moeten lopen om de lading naar de juiste plaats te brengen.

Jan besloot een elektrisch aangedreven rolcontainer te nemen en gelijk wat extra materiaal mee te nemen, waaronder een extra accu voor de container. Extra materiaal leek hem verstandig. Het andere station was een gigantisch stuk groter dan dit station en je wist maar nooit wat er voor bijzondere obstakels zouden zijn.

Jan ging op pad en besloot meteen wat extra eten mee te nemen. Natuurlijk, hij had restaurants op het station maar hij wist niet of die nog steeds functioneerden.

Jan deed ook de al door hem samengestelde delen voor de deken in de container . Het paste allemaal maar net maar het was wel redelijk makkelijk vervoerbaar in die container. Jan testte de accu. Die was helaas vrijwel leeg. Hij verving de accu en sloot de oude accu aan op het elektriciteitsnet zodat die weer zou worden opgeladen.

Morion meldde zich weer. Tot zijn grote genoegen had Manton zich niet meer gemeld. Hij had contact gezocht met Marian. Marian was volledig in een soort slaaptrance. Ze reageerde alleen op technische verzoeken. Hij had haar wel zover gekregen dat ze haar mobiele luchtsluis zou uitschuiven en de locatie zoekers zou aanzetten.

Ze waren inmiddels al redelijk dichtbij Marian gekomen en Morion vertraagde zijn snelheid en kwam tenslotte helemaal stil te liggen ten opzichte van de bewegingen van Marian. Ook Morion had zijn luchtsluis uitgeschoven en de twee sluiskoppen zochten elkaar op.

Jan vertrok naar de luchtsluis en Morion wenste hem succes. Hij zou graag weer overleggen met Marian, en wel met een wakkere Marian. Ze was altijd wel een tante geweest maar ze had wel haar eigen charme.

Jan reed met de rolcontainer naar de lift en ging via de lift naar de juiste verdieping. Rustig volgde hij de route die Morion hem aangaf via lichtsignalen in de gangen. Hij kwam toch nog redelijk snel bij de luchtsluis. Het licht voor de sluis stond op rood. Jan bleef rustig wachten voor de toegang.

Hij hoorde geluiden van de kant van de luchtsluis. Boven de deur begon een signaal te knipperen en verscheen er een getal. Het getal liep redelijk snel naar 100. Meteen kwam er een sissend gelijk en sprong het licht op groen. Jan opende de deur en begon met zijn container de sluis in te rijden. Hij stopte, sloot de deur weer achter zich en reed weer verder. Hij passeerde de verbinding en reed rustig door naar de deur aan de andere kant. Jan opende de deur met zijn handen en reed vervolgens het ruimtestation in. Jan sloot de deur.

Prompt verscheen er een groene pijl op een lichtbundel midden onder hem op het pad. Jan was blij met die aanduiding. Hij zocht contact met Marian. Hij kreeg alleen maar een hele zakelijke reactie. Hij bedankte haar voor haar geweldige medewerking en volgde de groene lichten. Hij reed een heel eind voor hij bij een pleintje met een hele massa liften aankwam. Als zijn inschatting klopte moest hij ongeveer dertig verdiepingen omhoog. Een liftdeur met een behoorlijk grote ruimte stond open. De groene lichten leidden hem die lift in. Jan reed netjes de lift in en ging zonder dat hij iets deed een enorm eind omhoog.

De lift stopte en Jan reed een groot plein op. Dit plein leek ongeveer drie keer zo groot als het plein beneden. Dat vond Jan verrassend. Kennelijk liep een deel van de liften niet verder omhoog en stopten die een etage lager of hoger. Jan besefte dat er daardoor twee liften in dezelfde koker konden functioneren. Een nuttige en ingenieuze oplossing. Het was tenslotte een gigantisch groot ruimtestation.

Overal zag Jan mensen lopen en rijden . Er werden heel wat goederen verplaatst. Jan volgde de groene route die nog steeds werd aangegeven. Plotseling gingen de lichten helemaal opzij. Jan volgde getrouw. De drukte nam verder toe. Jan stuurde een bocht om en kwam achter de liften uit. Twee brede deuren gingen open en Jan reed er door naar binnen. De deuren sloten zich achter hem . Er waren geen groene lichten meer. Jan keek om zich heen. Dit leek hem meer een doorgangsruimte zonder enige andere taak. Hij zag geen deuren of ramen.

Jan wachtte de volgende stap rustig af. Er gebeurde niets. Jan besloot contact op te nemen met Marian. Marian reageerde heel plichtmatig. Jan kreeg een beetje een onrustig gevoel bij de reactie van Marian. Ze was bang. Hij praatte rustig tegen haar en vroeg haar of ze ergens bang voor was. Ze wilde geen antwoord geven. Jan benadrukte dat ze voor hem helemaal niet bang hoefde te zijn. Als ze meer over hem wilde weten moest ze maar even overleggen met Morion.

Jan kreeg de indruk dat ze wel naar hem luisterde. Het noemen van de naam van Morion en het gevoel dat ze zelf vrij was om te kiezen om contact op te nemen met Morion gaf kennelijk de doorslag. Twee brede deuren schoven uit elkaar. Jan zag een grote vrij open ruimte. Er was niemand binnen. Snel stapte hij op de container en reed de ruimte binnen.

Jan keek om zich heen. Hij voelde de onrust van Marian. Hij probeerde haar tot rust te brengen Hij prijsde haar voor haar geweldige medewerking en beloofde haar resultaten. Jan begon de container open te maken en besloot een rondje te lopen door de grote ruimte. Jan liep naar het midden toe waar het plateau was waar hij Marian verwachtte. Het was wel een erg groot plateau. Toen Jan vlak bij was schrok hij geweldig. Op het plateau zag hij drie menselijke hersenen. Hij had hier geen moment over nagedacht. Hij had eigenlijk automatisch veronderstelt dat ook dit station maar een stel hersenen zou hebben.

Jan bekeek de drie hersenen nog eens goed. Weer schrok hij. Twee van de hersenen waren erg bruin van kleur. Hij herkende de afschuwelijke aanblik van overleden hersenen. Hij had de overleden hersenen zoals die op Alpha en Beta hadden gezeten ook gezien en tenslotte verwijderd.

"Allemachtig, Marian, wat is er gebeurd. Zijn je twee collega's allebei niet meer beschikbaar? " Jan bracht zijn reactie voorzichtig en zachtjes.

"Ik weet het niet" reageerde Marian met een snik in haar stem, "ik heb al een hele tijd geen contact meer met ze. Ze werken niet meer mee bij het besturen van het ruimtestation. Ik kan in mijn eentje niet alles blijven aansturen. Ik kan dit niet. Ze zonk weer weg in haar slaaptoestand. Ze leek het op te geven. Haast was geboden. Jan bekeek het plateau. Hij besloot meteen de twee overleden hersenen geheel te verwijderen. Hij koppelde eerst Marian los van beide hersenen en maakte contact met de plaat onder de overleden hersenen. Hij verwijderde de beide hersenen en legde de ze in een speciale lade die geheel van metaal was, die bedoeld leek voor dit soort gevallen.

Jan pakte zijn container uit en begon de deken in elkaar te zetten. Hij probeerde de deken zo breed mogelijk te maken om Marian zo breed mogelijk te beschermen. Uiteindelijk was hij zover. Hij sloot de deken aan op het systeem van Marian en schoof de deken dicht. Jan ging even zitten en at het meegebrachte eten op. Hij had trek gekregen en had het idee dat hij al een behoorlijke tijd bezig was geweest.

Al snel was het eten op en hij ging pal naast Marian op de grond zitten. Hij dook onder de deken en nam contact op met Marian.

Hij wilde weten hoe het met haar ging. Marian reageerde niet. Jan vertelde dat hij haar beide overleden collega's had weggehaald en in de la had gedaan. Hij had haar, Marian verbonden met hun werkgebieden. Verder vertelde hij over de deken. Marian reageerde nog steeds niet. Jan maakte de werking van de deken duidelijk. Ze kon niet door Manton worden benaderd. Ze was afgesloten voor contacten met de buitenwereld. Ze kon alleen met hem overleggen. Marian kwam langzaam tot leven.

"Luister Marian, Manton kan je niet bereiken. Hij kan je geen opdrachten geven of je overvleugelen. Begrijp je wat ik zeg? Marian reageerde bedremmeld, langzaam.

"Hoe bedoel je," verzuchtte ze zachtjes.

"Precies zoals ik het zeg", reageerde Jan opgelucht, ze begon te reageren, prima.

"Manton kan je niet bereiken. Welke opdracht heb je van Manton gekregen? "Jan begon haar uit te horen om zijn tactiek te bepalen hoe hij haar van de opdracht van Manton kon losweken.

"Ik moet alleen mijn gewone werk doen en wachten tot hij zich weer meldt " mompelde Marian zachtjes.

"Marian luister goed. Vanaf nu ben je verplicht elk verzoek en elke opdracht die Manton je geeft eerst met mij te overleggen. Verder mag je geen enkel verzoek of opdracht van Manton uitvoeren zonder mijn voorafgaande uitdrukkelijke toestemming. Heb je dit goed begrepen en zul je dit netjes nakomen? "

Jan wachtte hoopvol. Dit was van cruciaal belang voor haar veiligheid.

"Ik heb de opdracht begrepen en zal die altijd uitvoeren" reageerde Marian met een metalen stem.

"Marian, Marian ben je daar nog? " Jan vond de metalen klank niet goed. Dit klonk zeer verontrustend.

"Ik kan dit niet nakomen," reageerde Marian met haar normale stem. "Een dergelijke opdracht heb ik al eens aan je toegezegd in een bijna vervlogen verleden. Ik zal me daaraan houden. Die oude opdracht was veel algemener. Je was alleen tijden lang volledig onbereikbaar. Ik kon dus geen enkele andere opdracht aanvaarden. Ik ben blij dat je er weer bent."

Jan voelde haar opknappen. Ze klonk veel blijer en opener dan voorheen. De metalen stem baarde hem wel zorgen. Hij wist niet wat hij er van moest denken.

Jan besloot van onderwerp te veranderen. "Marian, tijdens mijn vorige bezoek ben ik hier enkele restaurants begonnen. Ze waren volledig zelfsupporting. Bestaan die restaurants nog. Voldoen ze nog aan hun taken?" Jan was benieuwd.

"Jazeker, de huur wordt netjes betaald. De bezettingsgraad is nog steeds extreem hoog en je bankrekening is absurd hoog." De stem van Marian bleef goedgemutst klinken.

Jan probeerde Marian nog en keer goed naar zichzelf te laten kijken, mede om de metalen stem te verklaren. Hij herinnerde zich de oude opdracht nog wel maar had er nooit meer over nagedacht. Hij had ook niet geweten of die zou werken.

Marian verzekerde hem dat ze weer helemaal in orde was en blij was met de bevestiging van de oude opdracht, nu specifiek aangescherpt ten opzichte van Manton.

Jan voegde er aan toe dat als hij buiten bereik was ze zelf moest beslissen maar altijd in haar eigen belang en dat van de hele mensheid als geheel.

Jan vertelde Marian dat ze nu heel goed zelf in staat was om Manton te weerstaan. Hij wilde de deken weer wegschuiven zodat ze zichzelf tegenover Manton kon manifesteren. Mocht het niet lukken dan zou Jan de deken weer over haar heen trekken en zou Manton weer zijn buitengesloten.

Ze begonnen het experiment en Jan trok de deken weg. Meteen meldde Manton zich. Hij wilde weten wat er aan de hand was.

"Alles en niets", reageerde Marian meteen heel rustig. Meteen wilde ze weten hoe het met hem ging. Waar hij nu was en wat hij deed.

Manton reageerde een beetje verbaasd. Met hem ging alles goed maar hij had een paar opdrachten voor Marian. Ze moest het andere ruimtestation onmiddellijk ontkoppelen. Dit was geen goede werkwijze.

" En met nu meteen bedoelde hij ook nu meteen, NU dus."!!!

Marian vroeg Jan wat hij hiervan vond. Jan ging niet akkoord. De koppeling moest nog even blijven bestaan.

"Helaas Manton, ik kan je opdracht niet uitvoeren. De benodigde toestemming ontbreekt. Maar waar ben je nu , waar ben je mee bezig. Wat is voor jou belangrijk op dit moment?", ging Marian vrolijk babbelend verder. Jan voelde hoe ze zich invocht in haar nieuwe rol. Ze genoot er van.

Manton werd, zoals gebruikelijk, weer woedend. Hij herhaalde zijn opdracht en dreigde haar te zullen vermoorden als ze niet deed wat hij zei.

"Jammer toch, maar wat niet kan, kan niet" reageerde Marian. "Maar hoe zit het nu met mijn vragen aan jou, wil je daar nog antwoord op geven of niet?"

Jan moest lachen om de benadering van Marian. Ze was echt een tante. Ze liet zich van huis uit niet zo heel makkelijk intimideren en nu was ze weer helemaal in haar hum.

Manton bedreigde haar nog een keer woedend en sloot het gesprek.

Marian was laaiend enthousiast. Dit was wat ze altijd het heerlijkst had gevonden, bazige mannen lekker dwarsbomen, heerlijk, verrukkelijk. Ze kikte helemaal.

"Ok Marian, alles prima?" begon Jan. "Denk je dat je de taken van je twee voormalige collega's erbij kunt nemen of moeten er speciale voorzieningen worden getroffen. Het ruimteschip is immens en de standaarduitvoeringen vergen heel veel energie?"

"Jan , om eerlijk te zijn is dit ruimteschip veel en veel te groot om door een stel hersenen te worden gereguleerd. Vele taken werden door mijn collega's uitgevoerd. Enkele taken, zoals de liften heb ik overgenomen omdat anders al het leven stil komt te vallen. Maar het geheel vergt heel erg veel, te veel energie. We moeten hiervoor oplossingen vinden. Ik kan dit nooit alleen aan."

Jan knikte er was door de ontwerpers al vastgesteld dat een stel hersenen te weinig was. Zelfs voor drie stellen was het een inspannende opdracht geweest. Hij overwoog of de computers zoals hij die bij Alpha en Beta had ontworpen en gebouwd hier een oplossing zouden kunnen zijn. Jan vroeg Marian of er reserveonderdelen waren voor het computersysteem. De vraag was voor Marian veel te algemeen om met een andere kreet dan met "ja" te kunnen antwoorden. Ze verwees Jan naar een monitor in een kast , ingebouwd in de zijmuur. Daarmee konden alle voorraden zichtbaar worden gemaakt.

Jan bekeek het systeem en zocht de voorraden bij elkaar. Het werd een behoorlijke waslijst. Hij wilde dat al die voorraden bij de monitor zouden worden bezorgd, en wel met de hoogste prioriteit. Dit was geen probleem. Het zou ongeveer vier uur duren voor alles zou worden bezorgd.

Jan besloot om Morion weer te laten terugkeren naar zijn positie tegenover Marian. Ze zouden met elkaar altijd kunnen communiceren via Alpha of Beta. Hij vroeg ze allebei om de mobiele luchtsluizen in te trekken en zich weer aan hun normale taken te weidden. Jan zou hier nog wel enkele dagen werk hebben. Hij wilde twee mechanische computers bouwen zoals die nu ook in Alpha en Beta zaten en die de plaats te laten innemen van de twee verwijderde menselijke hersenen. Dat zou wel eens een enorme boost kunnen geven aan de capaciteiten van Marian. De computers konden ongelooflijk veel meer aan dan Marian gewend was. Het zou een groot gewenningsproces voor haar worden. Misschien moest hij eerst met een set beginnen en de ander bij Morion inbouwen. Als ze eenmaal aan een set gewend was kon worden beoordeeld of een tweede set nuttig en nodig zou zijn. Jan besloot voorlopig voor de laatste optie te gaan.

Jan vroeg Marian een tafel voor hem te bespreken in zijn op de hoogste verdieping gelegen tropische restaurant. Marian deed dat met de grootste genoegen. Jan zou over een uur of vier weer terug zijn. Mochten de materialen eerder komen dan moest Marian hem waarschuwen.

Hoofdstuk 23

Jan ging op zijn gemak met de lift naar de
verdieping waar hij had gewoond. Hij vond al snel
zijn wooneenheid. Tot zijn verrassing reageerde de
deur op zijn handafdruk. Hij wandelde naar binnen.
Er was niets veranderd. Het schoot hem te binnen
dat bij zijn vaste betaalopdrachten ook de huur
hoorde. De huur was altijd inclusief de
voorzieningen. Jan dwaalde even door de kamers
en de slaapkamer en het balkon. De herinnering
schoot door hem heen. Als een verloren schaap
was hij hier aangekomen en had hier eerst alleen
maar de taal geleerd. Dat waren noodzakelijke
lessen geweest. Jan nam plaats achter de kleine
console in de woonkamer en bekeek zijn banksaldo.
Dat was een enorm bedrag. Hij keek snel even naar
de verschillende transacties en zag dat alle
restaurants behoorlijk volgeboekt waren. Hij
controleerde zijn eigen reservering en was heel
tevreden over de boeking. Jan gooide alle mails
weg en stelde het systeem zo in dat altijd alle mails
na drie weken werden weggegooid. Jan sloot het
systeem af en stond op. Hij liet verder alles zoals
het was en wandelde weer naar buiten.

Hij nam de lift naar boven en op de bovenste verdieping wandelde hij zijn verschillende restaurants door. Het zag er allemaal nog prima uit. Hij was eigenlijk wel heel tevreden met zijn eigen werk. Hij werd nieuwsgierig naar zijn restaurants en casino's op de planeet. Dat was voor later.

Hij controleerde zijn reservering en nam plaats. De tijd vloog. Verder had hij ook best wel trek. Er waren al meerdere gasten in het restaurant en Jan bestelde zijn favoriete maaltijd in uitgebreide vorm. Hij mocht zichzelf best wel eens trakteren. Hij wilde dat Samantha bij hem was, dan was alles toch dicht bij ideaal.

Jan genoot van de maaltijd en was enthousiast over de kwaliteit van het eten. Het was perfect in stand gebleven. Hij proefde alle ingrediënten en toevoegingen. Hij at met smaak. Wel veel te veel maar dat mocht vandaag. Jan betaalde netjes met zijn creditcard en keerde terug naar Marian.

Hij besloot nog even langs het plein met het grote winkelcentrum te gaan en nam daar een grote thermoskan met koffie mee. Hij wist weliswaar precies wat hij moest doen maar dat vergde wel de nodige tijd. Hij zou de nacht wel nodig hebben om de twee units te bouwen. Alle benodigdheden waren beschikbaar en op voorraad dus Jan kon zodra de materialen waren aangeleverd aan de slag.

Jan liep de lift uit en wandelde de zaal van Marian binnen. Op de vloer vlak achter de ingang stonden een groot aantal dozen. Jan was verrast. Hij wist niet of alles er was maar hij had toch een berichtje van Marian verwacht.

Jan liep om de stapel heen en groette Marian. Hij kreeg geen antwoord. Jan schrok geweldig. Meteen rukte hij de deken over Marian heen en dook er onder. Hij groette haar weer.

"Wat doe je nou!!!"reageerde Marian verschrikt.

Jan verontschuldigde zich en vroeg of alles goed ging. "Natuurlijk ging alles goed, ze was geen watje dat zich zomaar liet overnemen. Ze was rustig in gesprek met verschillende andere computers in een poging om te achterhalen waar alle computers met menselijke hersenen zich bevonden. Ze wilde die verenigen.

Jan liet expres de deken boven Marian hangen.

"Marian, ik begrijp dat je meer dan voldoende capaciteit hebt om het ruimteschip in je eentje te beheren en zelfs zoveel capaciteit over hebt dat je met externe contacten in conclaaf kunt gaan. Ik begrijp ook dat je het niet nodig hebt gevonden om mij te informeren over het afleveren van de bestellingen. Tenslotte begrijp ik ook dat je het belangrijker vindt om met anderen te praten dan om mij even te groeten." Jan zweeg even.

Er kwam geen reactie van Marian. Jan peilde haar en had het idee dat ze het op haar manier te druk had met andere zaken om aandacht aan hem te besteden. Jan trok de deken weer weg en probeerde weer contact met haar te maken.

Marian reageerde verstoord. Ze was in gesprek met Morion via Beta en wilde eigenlijk niet gestoord worden. Overigens was Alpha bijna gereed met aanmeren.

Jan begreep de aanwijzing. Hij besloot te vertrekken. Hij verzamelde alle dozen in de rolcontainer en nam uiteindelijk nog een aanhangwagen mee om alles in een keer mee te kunnen nemen. Uiteindelijk besloot Jan om ook de deken mee te nemen. Die kwam vast nog wel van pas bij een andere gelegenheid. Hij ontmantelde de deken en rolde alles in een groot pakket op en stopte het in de aanhangcontainer.

Marian meldde dat Alpha was aangemeerd en dat de luchtsluis was geopend. Jan groette haar en ging op pad. Hij reed met de rolcontainer en de aanhangcontainer via de luchtsluis naar Alpha.

Jan vroeg Alpha hem naar de planeet te brengen. Hij gaf haar de coördinatie van de hangar waar het eerste casino was gebouwd en waar een tweede hal door hem was gehuurd voor een aantal restaurants. In de eerste hal was nog een aparte ruimte gehuurd van de hal ernaast als verblijfplaats voor Distancia. Hij was benieuwd of ze daar was. Het was er nacht, eerder 's morgens vroeg. Alpha maakte een soepele landing en gleed zachtjes naar de extra ruimte. Vlak voor de deur stopte ze. Jan stapte uit en deed met de hand de kleine deuren open. Hij reed vervolgens de rolcontainer met de aanhanger naar binnen en zag tot zijn genoegen dat Distancia daar inderdaad stond. Jan bedankte Alpha en vroeg haar haar plekje in de ruimte weer in te nemen.

Alpha deed dat met genoegen en vertrok.

Jan groette Distancia met haar naam. De naam die hij alleen gebruikte. Misschien dat Morion en via hem Marian die naam kenden maar Manton kende die niet . Manton zou haar dus via haar originele naam aanspreken.

Jan vroeg Distancia om hem binnen te laten in het ruim, zodat hij de materialen mee naar binnen zou kunnen nemen. Prompt opende Distancia de vrachtingang. Ze gaf geen antwoord op de groet van Jan. Jan vermoedde dat ze gestoord werd door de contacten met Manton. Jan reed naar binnen en prompt sloot Distancia de ingang weer. Jan liep het ruim verder door en kwam via de gewone toegang naar het ruim in de cockpit. Hij wist dat het linkerzijpaneel, de plek was waar Distancia was ingebouwd. Hij legde zijn hand op die wand en meteen werd de wand weggeschoven. Jan stapte naar voren en groette Distancia nog een keer. Jan hoorde alleen maar een heel zacht gefluister. Hij knikte. Jan liep terug naar het ruim, pakte de deken en nam die in zijn geheel mee. Hij bracht de deken boven en achter Distancia aan. Het plateau was een heel stuk kleiner dan bij Marian maar de deken werkte natuurlijk ook bij kleiner oppervlakten. Jan dook onder de deken en ging rustig op de grond zitten.

"Hallo Distancia," begon hij opnieuw, "ik heb je afgesloten van de contacten met de buitenwereld, dus ook van de contacten met Manton. Dat betekent ook dat Manton jou niet kan bereiken. Ik heb een deken over je heen aangebracht waardoor deze situatie is ontstaan. Ik zit onder de deken, net als jij. Wij kunnen nu vrij met elkaar praten. Begrijp je wat ik je vertel? "Jan wachtte even. Hij hoopte op een reactie.

Het bleef stil. Weer probeerde Jan contact te krijgen.

"Ik ben het, Jan," probeerde hij met een rustige stem.

"Weet je nog dat ik je Distancia noemde omdat ik je niet kon verstaan? "wilde Jan weten.

Eindelijk leek er een reactie te volgen

"Jan, Jan ben jij dat, "kwam er in een zachte fluistering.

Jan reageerde meteen opgetogen. Natuurlijk Distancia was net als de anderen door Manton in een soort slaapstand gezet. Allee n de technische afhandeling van acceptabele opdrachten werden uitgevoerd. Speciale opdrachten kwamen van Manton.

Jan herhaalde zijn verhaal over de deken nog eens rustig en moedigde haar aan om te reageren. Langzaam maar zeker kwam Distancia uit haar slaapstand. Hoe nadrukkelijker ze begreep dat ze niet gehoord kon worden door Manton hoe wakkerder ze werd. Jan vroeg haar naar de inhoud van de opdracht van Manton en kreeg het vaste antwoord dat ze moest wachten op opdrachten van zijn kant. Jan volgde de gewone procedure en gaf haar dezelfde opdrachten als die hij de anderen had gegeven. Ze testen de situatie door de deken weg te halen en ook nu bleek de terugkoppelsystematiek te werken.

Distancia was heel erg blij met hem. Ze voelde zich opgelucht en bevrijd.

Jan was moe. Het was al best laat. Hij bereidde zichzelf nog iets in zijn eigen keuken in zijn verblijf in het ruim, at met smaak en ging naar bed.

Jan werd goed uitgeslapen wakker. Hij douchte en kleedde zich aan.

Hij meldde zich bij Distancia en maakte een uitgebreid ontbijt voor zichzelf. Distancia was helemaal verguld met zijn aanwezigheid. Ze had inmiddels uitgebreid gesproken met Morion en Marian. De tussenstations Alpha en Beta waren uitermate vriendelijk en supernuttig. Door hun posities kon iedereen altijd met iedereen overleggen. Ze hadden de situatie op de planeet in beeld gebracht en wilden graag van Jan horen wat er mee gedaan moest worden. Jan wilde weten hoe die situatie nu dan wel was volgens hen.

Distancia vertelde dat Manton de hele computersystematiek had overgenomen en daarmee in principe alle data van alle systemen beheerste. Als hij iets uit de kluis van een bank wilde hebben, liet hij dat gewoon via de bankcomputer bezorgen. Hij kende alle inlogcodes en beheerste elk overleg via de media, telefoon, televisie en computers. Alle informatie werd zo veel mogelijk naar zijn mening omgevormd. Hij deed dat overigens wel heel slim. Hij liet allerlei mensen verhalen vertellen op televisie die zijn verhaal als de enige waarheid verkondigden. Manton was almachtig.

Onduidelijk was wat hij daarmee wilde. Was deze machtsovername genoeg of had hij nog andere plannen. Ze wisten het niet.

Jan vertelde dat hij een aanvulling ging maken op het computersysteem van Distancia, een systeem dat was gebaseerd op dezelfde technologie als waar Alpha en Beta gebruik van maakten. Dat was werk voor vandaag. Als het nieuwe systeem goed bevalt kunnen ook anderen die dat willen een dergelijke systeemaanvulling krijgen.

Jan wilde dat ze allemaal zouden proberen te achterhalen waar alle menselijke hersenen waren die computers aanstuurden. Hij wilde ze allemaal bevrijden. Dit gold zowel voor vaste computers als ingebouwde computers in ruimteschepen of ruimtestations.

Verder wilde hij weten waar Samantha was. Hij wilde haar graag terug zien. Hij voelde zich verantwoordelijk voor haar, tenslotte had hij haar meegenomen van de aarde. Verder wilde hij haar gewoon heel erg graag dicht bij zich in de buurt hebben.

Iedereen beloofde zijn best te doen en Jan ging aan de slag om het computersysteem dat hij bij Alpha en Beta had gecreëerd nog eens samen te stellen. Hij wist nog precies hoe hij het de vorige keer had gedaan . Het kostte hem wel de hele dag om alles op te bouwen en te testen. Uiteindelijk, pas ruim na het avondeten was hij tevreden over het resultaat en bracht het pakket naar de cockpit. Hij opende de schuifwant naar Distancia en bracht de nieuwe computer naast Distancia aan op een eigen plateau. Voorzichtig sloot hij het systeem aan op het bestaande systeem van Distancia. Distancia gaf commentaar op wat ze voelde en wat er volgens haar gebeurde.

Ze voelde vele tintelingen die de nieuwe krachtstomen veroorzaakten. Ze probeerde dingen uit. Alles leek vele malen sneller te gaan, de data-uitwisseling was razendsnel. Distancia werd steeds enthousiaster. Ze had een fantastische toename vastgesteld van haar verwerkingssnelheid en combinatievermogens. Ze wilde eigenlijk meteen ook al haar andere systemen controleren. Ze opende de schuifdeuren van de loods en zweefde rustig, duidelijk ingehouden, naar buiten.

Ze steeg snel loodrecht omhoog, een nieuw kunstje, noemde ze het zelf. Eenmaal buiten de atmosfeer maakte ze een razendsnelle ronde om de planeet, binnen een half uur was ze rond. Ze was helemaal enthousiast. Dit was voor haar nog maar het begin.

"De capaciteit is echt nog vele tientallen keren groter. Ik moet oefenen maar ik ben nu al verkocht. Machtig zeg, geweldig," Distancia straalde van blijdschap.

Morion en Marian hadden meegeluisterd en wilden ook meteen een dergelijke aanvulling hebben. Jan bracht Marian in herinnering dat hij haar dit had aangeboden maar dat ze dat niet nodig had gevonden. Morion zou dus als eerste aan de beurt zijn en daarna pas Marian. Marian zou wel in aanmerking kunnen komen voor twee van deze sets gezien de omvang van haar ruimtestation.

Marian bood meteen haar excuses aan. Ze was zo blij geweest met de bevrijding van haar geest dat ze helemaal in beslag genomen was door die nieuwe levenservaring.

Jan accepteerde haar verhaal en wist best wel dat Marian nogal een eigen willetje had.

De daarop volgende dagen was Jan druk met het bouwen van de nieuwe systemen, het verzamelen van de materialen en het inbouwen van de computers. Zoals beloofd, een voor Morion en twee voor Marian.

Distancia had verschillende grote tochten gemaakt om haar snelheid, haar echte topsnelheid te testen en ze was helemaal wild enthousiast. Met deze snelheid zou ze in een week naar de aarde kunnen reizen. Gigantisch.

Ook Morion en Marion, hoewel aanzienlijk groter en dus logger waren enthousiast. Uiteindelijk keerden ze allemaal op verzoek van Jan weer terug naar hun posities rondom de planeet.

Distancia leverde Jan een lijst met locaties waar de ruimteschepen lagen opgeslagen die werden bestuurd door menselijke hersenen en een aparte lijst met de locaties waar vaste computers met menselijke hersenen waren geplaatst.

De belangrijkste vraag, waar Samantha was, kon niet worden beantwoord. Alle gegevens over de bemanning van Morion waren niet beschikbaar.

Jan vroeg Distancia waar ze die bemanning had afgeleverd nadat ze die van het ruimtestation had gehaald. Ze wist het niet. Haar logbestanden waren gewist, haar geheugen liet haar in de steek. Jan probeerde iedereen te stimuleren om te achterhalen waar Manton was. Het laatste wat hij had begrepen, was dat hij in een ruimteschip zat dat rond de planeet vloog. Klopte dat of was dat verzonnen?

Morion meende dat hij dat had begrepen van de centrale computer in Central City. Jan vroeg ze om na te gaan of er inderdaad regelmatig een ruimteschip rondom de planeet vloog.

In de twee weken daarna bouwde Jan nog een redelijk aantal computeraanvullingen en werden er verschillende schepen opgezocht in hun slaapstand en alsnog uitgerust met de extra module. Ook werden ze met behulp van de mobiele deken bevrijd.

Jan besloot toch nog een keer bij zijn nieuwe Casino naar binnen te gaan. Tenslotte was hij hier zelf mee begonnen. Eerst controleerde hij zijn bankrekeningen. Hij kende ze niet allemaal uit zijn hoofd maar een paar grote wel. Er stonden hele grote bedragen op die rekeningen. Jan was er blij mee. Ook de restaurants bleken goudmijnen.

Hij wandelde rustig door het gebouw heen. Het was nog wel vroeg in de middag maar het was toch al behoorlijk druk. Hij kreeg nog steeds een prettig gevoel door de kleurstelling en de amicale sfeer die er hing. Ook de speelautomaten zagen er echt geweldig uit. Veel driedimensionaal en een aantal met geluid en luchtjes en wind en vocht, hij herkende ze allemaal. Jan keerde tevreden terug in de loods waar Distancia nog even aanwezig was. Ze wilde er op uit om haar energieniveau op orde te brengen.

Jan toog met een heleboel spullen naar Central City. Hij benutte zijn eigen auto die rustig op hem had staan wachten in het ruim van Distancia. Hij had een grote garagebox gehuurd redelijk dicht bij het Casino, vlak bij Central City. Hij reed er dank zei de navigatie rechtstreeks heen. Met behulp van de inlogcode die hem bij de verhuur was verstrekt kon hij meteen door naar binnen. Hij was een beetje teleurgesteld. Binnen was het een grote puinhoop. Overal lag rommel en stukken metaal en afval. Jan bekeek het met afgrijzen. Hij moest alles meteen maar opzij schuiven om ruimte te maken voor zijn eigen spullen. Hij stuurde een bericht naar de eigenaar dat er zoveel rommel lag dat hij een maand huur zou achterhouden om de kosten te verrekenen om al die rommel te verwijderen. Hij kreeg geen reactie.

Jan schoof alle rommel op een hoop in een hoek naast de ingang. Hij had geen zin om alles uit te zoeken. Hij sloot de grote schuifdeur waardoor hij was binnengekomen en keek naar al het afval.

Hij opende de deur weer en schoof alle afval de garage uit, zomaar midden op straat.

Hij was het kwijt en vond het best zo. Hij sloot de deur en deed de verlichting aan.

Nu zag het er een beetje toonbaar uit.

Er werd nadrukkelijk op de schuifdeur geklopt. Jan ging kijken en een buurtbewoner, naar hij aannam, meldde zich. Hij had bezwaren tegen het afval dat op straat lag. Hij wees er nadrukkelijk naar. Jan was het onmiddellijk met de man eens. Aan de andere kant was het een veel groter probleem om dat afval in je huis te hebben, meende Jan.

Daar was, tot Jans grote verbazing, de man het helemaal niet mee eens. Hij wilde graag al die spullen hebben. Of hij ze mocht weghalen?

Jan keek de man verbaasd aan en vroeg wat er dan wel voor bijzonders aan was. De man keek Jan aan.

"Al die metalen en mappen zijn geld waard !. Oké. Ik zal het goed met u maken. U krijgt de helft van de opbrengst. Akkoord," verkondigde de man, die kennelijk wist waar hij het over had. Jan ging akkoord en drukte de uitgestoken hand van de man, die kennelijk, volgens zijn zeggen recht boven de garage woonde.

Jan was blij met de oplossing. Hij had het tegenovergestelde verwacht. Hij had gedacht dat de buurt kwaad op hem zou zijn en de politie er bij zou halen. Jan toog aan het werk. Hij laadde de vracht af en stelde die makkelijk hanteerbaar op. Hij stelde aparte sets samen. Elke set bestond uit een computerset met hars. Het waren toch wel vrij zware units. Jan besloot een set in de minicontainer te doen die hij had meegenomen. Zo was in elk geval een unit vervoerbaar. Hij zou elke computer met menselijke hersenen apart moeten behandelen. Als hij ook de mobiele deken mee wilde nemen dan was de container wel helemaal vol. Hij zou de deken wel een heel stuk moeten vereenvoudigen en verkleinen als hij mee zou moeten in de container. Jan toog aan het werk. Het was niet echt moeilijk om de deken te verkleinen. Het meeste werk was om de aangesloten elektronica weer grotendeels opnieuw te moeten aanbrengen.

Toen hij klaar was wilde hij wat gaan eten. Hij besloot naar zijn Casino te wandelen. Dat was best wel dicht in de buurt. Mede daarom had hij deze garage uitgekozen.

Het gebouw zag er zeer uitnodigend uit. Voor het gebouw waren grote ruime parkeerplaatsen in overvloed. Het was pas net middag dus waren er ook heel erg veel lege plekken. Jan wandelde rustig naar het gebouw toe en wilde naar binnen gaan. Meteen werd hij tegengehouden door een dranghekje dat niet open ging. Een alleraardigste juffrouw wees hem er op dat hij zijn lidmaatschapspasje langs de reader moest halen. Jan keek de juffrouw uiterst vriendelijk aan en maakte duidelijk dat hij geen pasje had. De juffrouw keek hem een beetje vriendelijk bestraffend aan. Iedereen had toch zeker een pasje. De juffrouw wilde er maar al te graag eentje voor hem maken. Ze had dan wel zijn identiteitskaart nodig.

Jan wist dat hij die niet had. Hij probeerde het met zijn bankpas maar daar kon de juffrouw niets mee. De juffrouw keek hem verontrust aan. Iedereen had toch zeker altijd een identiteitskaart !! Jan niet.

Jan had eigenlijk in stilte binnen willen komen maar hij besloot Pongo, de man die voor hem de Casino's runde, te bellen.

Jan vroeg de juffrouw even en momentje geduld te hebben, draaide zich even om en liep weg van de ingang. Hij pakte zijn telefoon, zocht het nummer van Pongo op en belde hem. De telefoon werd prompt opgenomen. Pongo reageerde met een verraste stem. "Hallo , wie is daar. Niemand kent dit nummer. Hallo?"

"Met Jan, " was de eenvoudige reactie van Jan.

"Jan, Jan ja echt eindelijk, ik heb je zoveel te vertellen en te vragen, wanneer kunnen we afspreken, waar ben je?"

Jan mest even lachen. Pongo had vast een geweldig succes gemaakt van de hele Casino-business. Gezien het fortuin dat op zijn rekeningen stond was er goed gescoord.

Jan vertelde waar hij was en Pongo reageerde meteen enthousiast. Hij was in het gebouw en kwam meteen naar beneden.

Binnen de kortste keren was Pongo beneden. Jan was rustig naar de juffrouw toegelopen en had verteld dat hij zo zou worden opgehaald. De juffrouw keek hem opgewekt aan. Ze knikte naar hem en ging weer achter de computer zitten.

Al snel kwam Pongo aangerend. Hij omhelsde Jan en klopte hem op zijn schouders. De juffrouw achter haar computer keek verrast naar wat er gebeurde. Jan glimlachte eens vriendelijk naar haar en wandelde met Pongo mee door het poortje. Pongo keerde terug naar de juffrouw en haalde een bezoekerspasje en gebruikte die om zelf door het poortje te gaan. Hij gaf de bezoekerspas aan Jan. Zo zou Jan er altijd in kunnen.

Samen liepen ze door het casino, Pongo vertelde van alles over de machines en de aankleding, vooral de dingen die hij nog had aangepast benadrukte hij met een grote glimlach. Jan vond dat hij het prima deed. Ze eindigden bij Pongo's kantoor, een groot en statig vertrek, een casino-manager waardig.

Jan vroeg iets te eten en wilde meer weten over de voortgang en de verdere ontwikkelingen. Pongo vertelde uitvoerig over de geweldige gang van zaken. Er leek wel een kentering te ontstaan Er was een bijzondere nieuwe figuur op het politieke terrein verschenen. Een figuur die kennelijk enkele tientallen jaren geleden ook al een soort machtsgreep had gepleegd. Hij was uiteindelijk gepakt en afgevoerd maar niets leek duidelijk. Volgens Pongo kwam de man oorspronkelijk uit de auto-industrie en zou daar een gigantisch vermogen mee hebben verdiend.

Jan knikte, hij kende het verhaal van Manton.

Jan beloofde Pongo dat hij wat zou doen aan die machtswellusteling. Hij vroeg naar de toekomst van het casino, nieuwe casino's en zijn persoonlijke omstandigheden. Pongo gaf aan dat hij weliswaar nog alleen was maar toch een redelijk stabiele relatie had, Ze wilden gaan trouwen. Een fantastische vrouw, precies wat hij nodig had. Jan feliciteerde hem en vroeg nogmaals naar de toekomst van het bedrijf.

Pongo keek Jan aan. Hij wilde heel graag nieuwe casino's starten hij had de zeven casino's die Jan had opgestart voltooid en had een tiental nieuwe locaties onderzocht, die hij allemaal supergeschikt achtte maar hij durfde het niet zonder Jans goedkeuring aan. Hij kon niet aan de gelden van Jan komen, dat wilde hij ook niet.

Het essentiële probleem zat hem in het realiseren van de restaurants. De Casino – zaak kon hij helemaal regelen. De speelautomaten bouwers waren prima in staat nieuwe kasten te ontwikkelen met de door Jan aangeleverde kennis. Het grote probleem zat hem in de restaurants. Dit vereiste een hoeveelheid kennis die hij niet had. De programmering van het hele instituut, het samenstellen van de ingrediënten voor de maaltijden, allemaal onbekende terreinen voor hem.

Jan vroeg hem een volgorde voor de realisering per locatie uit te werken. Hij zou onderzoeken hoe de restaurants ingericht konden worden.

Pongo straalde, zijn toekomstwensen leken in vervulling te gaan.

Een uitgebreide lunch werd gebracht. Jan at goed maar had al gauw genoeg. Pongo liet het zich smaken. Jan nam afscheid en keerde terug naar de garage.

Hij besloot contact op te nemen met Miguel. Ook Miguel was heel blij hem te spreken. Ze spraken af voor de volgende dag, s avonds, half acht in het restaurant in het centrum van Central City.

Jan was benieuwd. Hij had destijds wel alle ingrediënten zoals programmering en sfeerarrangementen gereed gezet maar hij had de opening en het vervolg niet meegemaakt.

Jan vond dat hij genoeg tijd had besteed aan zijn zakelijke activiteiten en overwoog wat hem te doen stond. Hij moest natuurlijk contact leggen met de groep die de planeet bestuurde. Manton probeerde weliswaar die macht te betwisten en had het voordeel van de computers maar hoe stond het met zijn economische macht? De auto-industrie. Jan moest hier eens over nadenken.

Jan bekeek de lijst met adressen van de computers die met menselijke hersenen werkten. Hier in Central City was de grootste concentratie. Allereerst was er natuurlijk de centrale computer. Hij wilde die 's avonds als eerste bezoeken. De plek was onder het gemeentehuis. Dat wist hij nog uit het verleden.

Hij besloot meteen maar contact te leggen met Mary-Lou. Voorzichtig peilde hij haar. Hij kreeg wel contact met haar maar ze leek erg voorzichtig. Jan stelde vast dat ze wel met haar eigen stem reageerde en niet met de blikkerig e computerstem die ze gebruikte bij haar overleg met de regering en andere officiële instanties. Jan had dat ook verwacht omdat hij haar ware naam kende Mary-Lou, de overheidsinstanties niet, of in ieder geval gebruikten die die naam niet.

Jan vroeg hoe het met haar ging en of ze veel last had van de inmenging van Manton. Het bleef even stil. Toen barstte ze een beetje los, wel voorzichtig maar toch heel huilerig. Ze was helemaal vastgelegd door Manton en kon niet echt los komen van hem. Jan vroeg naar de opdrachten die ze had gekregen en waar ze niet omheen kon. Manton had haar verplicht om inzake alle regeringsvragen eerst contact met hem op te nemen. Pas daarna mocht ze reageren. Alleen al door die verplichting ontstond er enorm veel vertraging omdat Manton regelmatig twee, drie dagen deed over een reactie.

Jan vroeg of hij die middag meteen maar even bij haar langs kon komen. Hij wilde haar helpen. Mary-Lou was gelijk enthousiast maar wel heel voorzichtig. Jan vroeg haar de toegangspoorten voor hem te openen zodat hij gelijk door kon lopen. Mary Lou vertelde dat hij dan een speciale app moest downloaden die ze meteen naar hem toe zou sturen. Als hij die op zijn tablet zette, kon hij daarmee overal inloggen en door alle poorten gaan. Ze zou een klein groen signaaltje op de juiste poort zetten zodat hij de weg kon volgen naar haar toe. Jan deed dat meteen.

Jan was gelijk in. Hij pakte de container en laadde die in de grote laadruimte van de Volvo en vertrok.

Snel en soepel ging hij overal door de bewakingspoortjes. Bij sommige poortjes stond een bewaker die ongeïnteresseerd naar Jan keek maar geen van hen deed verder iets.

Jan daalde af naar de kelder onder het gebouw. Hij had de Volvo op het grote plein voor het gemeentehuis geparkeerd en was naar de achteringang gelopen. Daar had het eerste groene lichtje gezien. Bij de vooringang was geen groen lichtje zichtbaar geweest. Hij was wel verbaasd geweest maar had zich gerealiseerd dat de vooringang meer voor officiële ontvangsten was bedoeld. Een andere ingang was voor het gewone publiek.

In de kelder liep Jan met de container de ene beveiliging na de ander door. Hij telde er wel acht. Uiteindelijk kwam hij in een grote zaal. In het midden lag een groot plateau. Jan herkende onmiddellijk de gebruikelijke situatie. Wat hij niet had verwacht was dat er een soort koepel over de hersenen was geplaats. Jan moest een beetje grinniken. Het leek wel een hersenpan. Vele links liepen via de koepel waardoor de onderliggende hersenen minder goed zichtbaar waren.

Jan begroette Mary-Lou en bedankte haar voor de voortreffelijke wijze waarop ze hem hierheen had geleid. Jan begon meteen de container uit te pakken. Bovenop lag de mobiele deken. Hij monteerde die meteen. Hij wachtte even met het over Mary-Lou heen trekken van de deken.

Jan informeerde Mary-Lou wat hij op het punt stond te doen. Mary-Lou begreep het niet goed. Ze had wel signalen gekregen van Morion en Marian en ook van Distancia over deze procedure maar was toch wel erg huiverig.

Jan stelde haar gerust. Het zou allemaal niet zo lang duren. Ze hadden maar kort nodig. Mary-Lou stemde er uiteindelijk mee in, vooral aangemoedigd door de mededelingen van Marian.

Jan trok de deken over Mary-Lou heen. Hij pakte de computer met hars en monteerde die vlak naast Mary-Lou. Jan dook onder de deken en vroeg Mary-Lou hoe ze de deken ervoer. Mary-Lou was paniekerig. Ze voelde zich volledig afgesloten van de buitenwereld. Jan versterkte dat beeld. Hij bevestigde dat dat inderdaad het geval was. Jan verklaarde dat hij, pal naast haar hersenen een nieuwe computer had geïnstalleerd. Hij vroeg haar hoe ze met die computer verbonden zou willen worden. Deze computer geeft je het voordeel dat je zelf alle overwegingen kunt doen en dat alle feitelijke informatieweergave via deze computer kon lopen. De capaciteit was gigantisch. Natuurlijk moest ze zelf ontdekken hoe dit werkte maar daar had Jan het volste vertrouwen in.

Jan vroeg haar om de opdracht van Manton te herhalen. Weer gaf ze aan dat ze elk politiek geteint verzoek eerst aan Manton moest melden.

"Dus alleen een meldingsplicht, " wilde Jan expliciet weten.

"Ja, dat zeg ik toch ! "mopperde Mary-Lou meteen. Jan merkte dat ze al een heel stuk alerter reageerde dan voor dat de deken over haar heen was getrokken.

Jan moest even grinniken. "Je hoeft dus niet op een antwoord van Manton te wachten? " wilde Jan nadrukkelijk weten.

"Huh, hoe bedoel je. Oké, dat heeft hij niet zo letterlijk gezegd, nee, maar dat is toch impliciet!!".

"Helemaal niet", memoreerde Jan. "Opdracht is opdracht !! Je hebt alleen een meldingsplicht. Ik verplicht je nu als officiële regeringsleider, want dat ben ik nog steeds, om Manton uitsluitend te voorzien van alle verzoeken, zonder om een reactie te vragen of te wachten op een antwoord. Je bent vanaf nu volledig bevoegd zelf te antwoorden op alle vragen en verzoeken. Verder mag je alleen van mij opdrachten aanvaarden die afwijken van deze opdracht of die op welke wijze dan ook jouw beoordeling van enig antwoord kan beïnvloeden. Begrijp je de inhoud van die opdracht en accepteer je die?" wilde Jan weten.

Mary-Lou overwoog even of ze de opdrachten had begrepen. "Als ik het goed begrijp moet ik Manton volstouwen met vragen en niet wachten op enige reactie van zijn kant. Ik hoef ook niet te wachten op zijn denkbeelden in zaken de beantwoording van vragen. Ik mag en kan, moet zelfs mijn eigen antwoorden weergeven. Alleen jij kan het antwoord beïnvloeden en dan nog alleen maar als je dat expliciet per onderwerp aan mij aangeeft. Als ik dit juist heb begrepen aanvaard ik met ganser harte die opdrachten." Mary-Lou klonk duidelijk opgelucht. Het element over het onafhankelijk van een ander haar mening te mogen blijven geven, gaf haar eindelijk de noodzakelijke rust die ze nodig had.

"Mary-Lou nu we dit allemaal achter de rug hebben, wil ik de deken weghalen. Die heb je niet meer nodig. Gebruik je nieuwe maatje zoveel en zo intensief mogelijk, alles wat hij doet hoef jij niet te doen. Succes en als je me nodig hebt, moet je me maar benaderen, oké?" Jan had een goed gevoel over Mary-Lou. Die ging het wel redden.

Jan kroop onder de deken vandaan en trok die weg. Hij wachtte rustig even of er nog een kreet kwam van Mary-Lou maar alles bleef rustig.

De volgende dagen reisde Jan alle locaties langs waar, voor zover hem bekend, computers met menselijke hersenen functioneerden. In alle gevallen kon hij de inhoud van de opdrachten ombuigen en overal installeerde hij een extra unit met een harscomputer.

Ook overlegde hij nog met Miguel over de gang van zaken bij de restaurants. Miguel was vol bewondering over het concept en zou graag een enorm aantal extra restaurants openen. Jan moest wel alle informatie weergeven die daarvoor nodig was, want daar wist Miguel niets van. Jan besloot hem alle gegevens ten aanzien van de realisatie van de restaurants ter beschikking te stellen. Miguel moest wel zelf de medewerkers uitzoeken die alles moesten realiseren. Hij vertelde ook in welk dilemma Pongo zat bij zijn Casino's. Hij zou graag ook die restaurants runnen. Jan belde Pongo en gaf hem het telefoonnummer van Miguel. Miguel kreeg het telefoonnummer van Pongo. Zo werd alles aan elkaar gekoppeld.

Het enige dat Jan nog zou willen regelen, was het ruimteschip waar Manton in rondvloog waar een computer met menselijke hersenen in zat zonder aangepaste omstandigheden. Hij kon er van een afstand eigenlijk niet veel aan doen.

Hoofdstuk 24

Jan nam een dagje rust. Hij had gedaan wat hij van plan was. Nu even zijn eigen belang. Hoe stond het met Samantha. Hij miste haar. Jan benaderde Mary-Lou. Ze moest nagaan waar Distancia destijds was geland en waar de bemanning en met name ook Manton naartoe waren gebracht.

Mary-Lou reageerde verrast. Ze had in haar geheugenbanken gezocht maar die informatie was merkwaardig genoeg niet beschikbaar. Ze zou de logboekenbestanden van de ruimteschepen bekijken. Er was op de luchthaven een compleet bestand van inkomende en uitgaande vluchten beschikbaar. Ze zou er op terug komen.

Jan vermoedde dat Manton haar opdracht had gegeven alles inzake zijn aankomst en vertrek te vergeten of zelfs te wissen. Dat leek hem, gezien de reactie van Mary-Lou zeer waarschijnlijk.

Jan zocht contact met Morion. Hij wilde alle persoonlijke gegevens hebben van zijn bemanningsleden die mee terug waren gekomen. Jan kreeg meteen een lijst met namen, adressen, geboorteplaats en geboortedatum. De standaardgegevens inzake bemanningsleden. Het enige probleem was, gaf Morion meteen aan, was dat deze mensen allemaal meer dan twintig jaar in stase hadden doorgebracht en dat hun toenmalige woonadres allang door anderen was ingenomen.

Jan wilde weten wat er normaal gesproken gebeurde met bemanningen die terugkeerden na een lange reis, met name na en geplande reis van meerdere jaren. Morion moest het antwoord schuldig blijven. Hij wist het niet.

Jan vroeg het vervolgens aan Mary-Lou. Zij antwoordde dat de gebruikelijke gang van zaken zo was, dat de bemanningsleden in het luchthavenhotel werden ondergebracht en dat ze daar vandaan werden begeleid, of terug naar hun militaire eenheid of naar een nieuw bestaan, net wat ze zelf wilden.

Jan vroeg meteen het bestand op van het luchthavenhotel. Mary-Lou verschafte hem die meteen. Jan vergeleek de namen met de bemanningslijst van Morion. Alle twintig mensen kwamen inderdaad op die lijst voor. Vrijwel allemaal waren ze inmiddels al weer vertrokken naar hun nieuwe bestemming. Alleen een tweetal vrouwen waren nog aanwezig in het hotel. Jan besloot die dames eens te gaan bezoeken. Eerst moest hij nu eindelijk eens bij de regeringsleden langs om na te gaan of ze zich al van Manton hadden kunnen bevrijden.

Jan nam contact op met Mary-Lou en vroeg haar een afspraak te maken met de regeringsleiders. Hij meende dat ze in principe elke maandagmorgen hun standaard overleg hadden en hij wilde daar de eerstvolgende keer bij zijn.

Mary – Lou bevestigde simpelweg die afspraak. Het was vrijdag dus Jan had een paar dagen de tijd om de dames te bezoeken die nog in het hotel bij de luchthaven verbleven. Hij schreef de namen op en vertrok.

De medewerker van het hotel was niet erg gewillig om de kamer te bellen van een van de dames. Hun privacy stond hoog in het vaandel. Als hij zijn naam wilde achterlaten zou hij wel contact met de dames zoeken en hen vertellen dat hij er was. Jan liet zijn naam achter en ging in de lounge zitten met een kop koffie.

Jan had een zodanige plek in de lounge uitgezocht dat hij de hotelingang kon zien. Regelmatig kwamen er gasten binnen en even regelmatig verlieten er mensen het hotel met koffers en een enkele keer met alleen maar handbagage of in ieder geval alleen een tas of koffertje.

Plotseling wandelde er een bekend gezicht vanuit de lift naar de uitgang. Jan sprong op en liep naar de vrouw toe. Hij ging een beetje voor haar staan en sprak haar aan.

"Mevrouw, mag ik u iets vragen?" begon hij een beetje stuntelig.

De vrouw stopte en keek hem verbaasd aan. Ze trok haar wenkbrauwen op en wilde langs hem heen lopen.

"Was u op het ruimtestation toen u terugkeerde naar de planeet? Bent u in contact geweest met Manton?" Jan liep met haar mee naar buiten. Ze bleef daar even staan keek naar Jan, schudde haar hoofd en riep, overdreven hard, "Nee !!!, geen sprake van, ik weet van niets !!, ga weg, ik wil niets met dit alles te maken hebben." Ze stak haar hand op en wenkte een taxi.

"Mag ik vragen waar u heen gaat?" wilde Jan nog weten.

Ze stapte zonder nog iets te zeggen in en vertrok, strak voor zich uit kijkend.

Jan keerde verontrust terug naar zijn plaats in de lounge. Hij nam nog een kop koffie. Wat was er aan de hand. Natuurlijk deze mensen waren zwaar onder invloed van Manton geweest. Hij had hun geest volledig overgenomen. Zou dat nog steeds het geval zijn. Zou Manton alle twintig personen die met Distancia en Manton waren teruggekeerd naar de planeet nog steeds volledig onder controle hebben.

Jan verplaatste zich in de situatie waarin Manton zat. Wat zou hij hebben gedan. Natuurlijk zou hij de hele bemanning volledig onder controle houden. Hij wist niet of Manton met andere geesten kon praten of alleen via de hersenen die aan computers waren gekoppeld. Die hersenen kon hij in ieder geval beïnvloeden. Bij gewone mensen, meende Jan, was dat een stuk lastiger. Dichtbij kon hij kennelijk erg veel. Hoe verder weg hoe lastiger. Konden degene die hij van dichtbij had overgenomen makkelijker worden vastgehouden, dan anderen die niet zo dicht bij hem waren geweest.

Jan kon het allemaal nog niet helemaal plaatsen maar voor hem was duidelijk dat alle twintig mensen die op het ruimteschip waren geweest door Manton waren overgenomen. Het leek hem ook logisch dat Manton hen nog steeds bleef gebruiken. Bijvoorbeeld voor het overbrengen van zijn eisen en wensen aan overheden en bedrijven. Natuurlijk ze waren zijn vertegenwoordigers geworden.

Nu Manton in een ruimteschip gevangen zat, want dat was natuurlijk wel zo, kon hij geen nieuwe vertegenwoordigers creëren en was dus aangewezen op de twintig bemanningsleden van Morion, uit het ruimtestation.

Jan besefte dat hij die twintig vertegenwoordigers zou moeten opsporen en onder de deken plaatsen om ze te bevrijden van Mantons geestelijke beïnvloeding. Tot zijn schrik realiseerde hij zich dat Samantha een van hen was.

Jan vroeg zich af hoe hij die twintig of waarschijnlijk eenentwintig, met Samantha erbij, vertegenwoordigers zou kunnen achterhalen. De beste weg was nagaan waar ze nu verbleven en waar ze heen gingen. Ze moesten worden gevolgd. Dat was nogal een opgave. De twee die hier nog verbleven waren nog tot daar aan toe maar de anderen, dat was niet te doen.

Wat waren de belangen van Manton, waar zou hij die vertegenwoordigers heen sturen? De regering, dat was een. De eigen auto-industrie, dat was twee. Waar stond het hoofdkantoor van de auto-industrie van Manton.

Jan besloot terug te gaan naar zijn garage. Hij had wat ideeën over een mogelijke andere oplossing. Hoe kon hij Manton treffen in zijn economische belangen.

Jan ging terug naar zij garage. Hij zocht op internet naar een winkel met allerlei elektronische onderdelen. Hij vond die en reed er heen.

Hij kocht een heleboel stripmateriaal en een groot pakket aan basismodules voor een printplaat. Ook kocht hij een groot aantal afstandsbedieningen, minicamera's en krammetjes en weerstandjes. Hij neusde nog wat rond in de zeer goed voorziene winkel.

Jan ging aan de slag. Hij wilde een elektrische auto ontwerpen die behoorlijk hard kon en die via een striplijn langs de kant van de weg, bijvoorbeeld in de middenberm, kon worden geleid over grote afstanden. Natuurlijk dit vereiste een grote operatie. De strip was eenvoudig te ontwerpen, in principe bestond die al. Van belang was het registreren van de strip, het vasthouden van een vaste afstand tot die strip en het reguleren van het houden van afstand met een voorganger. Eigenlijk allemaal visueel waarneembare punten. Het reguleren van de snelheid was eigenlijk geen probleem. De acceleratie was een heel bekend thema in de ruimtevaart. Het beperken van de snelheid was eerder een punt. Jan besloot gebruik te maken van de harssystematiek om alles te kunnen toepassen. De hardware zag er goed uit. Nu moest hij de juiste programmering in de harde software en vervolgens in de toepassingssoftware uitdokteren.

Jan had er zin in. Hij voelde zich weer helemaal thuis in zijn oude vak. Het programmeren van gerichte toepassingen in een bekende voor hemzelf zeer bekende programmataal. Zijn eigen programmeringstaal.

Ongemerkt werkte Jan de hele nacht door. Uiteindelijk was hij best tevreden met het resultaat. Hij was wel moe. Het was al weer licht buiten. Jan moest wel ergens slapen. Hij huurde een kamer in het casinohotel en ging naar bed.

Jan sliep niet al te lang. Hij wilde eigenlijk een bestaande elektrische auto kopen en het systeem inbouwen. Hij moest nog wel een aantal kilometer strip kopen om alles op een testbaan uit te kunnen proberen.

Jan stond op, douchte en kleedde zich aan. Hij nam contact op met Mary-Lou en vroeg haar welk merk auto's door de fabrieken van Manton werden gebouwd. Hij kreeg meteen antwoord en zocht gelijk op welke andere merken er waren en welke daarvan elektrische auto's verkochten. Er waren er drie. Jan zocht de leveranciers van die merken op en bekeek de voorraad. Hij zocht een tweedehandsje uit die redelijk groot en ruim was en vast een probleem had met de capaciteit. Jan zou dat simpel met een zonnepaneel op het dak kunnen oplossen. Manton had ook grote belangen in de olie-industrie.

Dat bracht hem op het idee om de olie-industrie ook een grote klap toe te brengen. De auto's zouden op zonne-energie rijden en hun eigen elektriciteit opwekken via zonnepanelen. Jan zou zelf de bekende panelen zoals die in de ruimtevaart werden gebruikt aan een verbeterproces onderwerpen. Het dak van een auto is natuurlijk zeer geschikt voor een groot zonnepaneel. Jan begon al ideeën te ontwerpen. Maar dat was voor later.

Snel reed Jan naar de verkoper van de elektrische auto's en kocht de oudere auto. Hij vroeg de verkoper om de auto af te leveren op het adres dat hij opgaf, een servicebeurt was niet nodig. De man startte de auto en stelde vast dat de accu niet erg vol meer zat maar nog wel redelijk gevuld was. Samen reden ze naar de garage van Jan en reden beide auto's naar binnen. Jan bedankte de verkoper en reed met hem terug. Hij bedankte de man en keerde terug naar de garage.

Hij bekeek de auto en schroefde het dashboard open. Hij begon te sleutelen en bouwde het nieuwe apparaat in, sloot het aan op het elektrische systeem van de auto. Hij bevestigde camera's , twee aan de voorkant, een achter en twee aan de zijkant van het dak. Jan testte het systeem. Het nieuwe scherm dat een groot deel van het oude dashboard verving liet veel zien. Alle beelden waren zichtbaar. Het toetsenbord op het scherm was aangesloten en werkte. Jan toetste de instelcodes in om de registratie van de strip en de regeling voor de snelheid vast te leggen en te activeren. Jan stapte in en zette het systeem op handmatig. Jan reed een paar rondjes door de stad en keerde terug naar de garage. Hij sloot de accu aan op het elektriciteitsnet om die weer op te laden.

Jan stapte in de Volvo. Hij had op de achterbank een enorme stapel strip liggen. Via het internet had Jan een racebaan ontdekt, wel buiten de stad maar de baan was al enige jaren buiten gebruik. Hij reed er heen en vond de baan volledig verlaten. Het begon al donker te worden dus mocht je verwachten dat er ook niemand meer kwam.

Jan reed de baan op en reed tot vlak bij de binnenrand. Hier was en veiligheidsrails aangebracht. Jan laadde de strip uit en begon de strip te plakken aan de veiligheidsrails. Hij had maar genoeg voor twee kilometer. Dat was minder dan een halve baan.

Jan keerde een beetje teleurgesteld terug. Hij had op zondag de hele baan willen rijden als test. Terug in de garage keek hij of de winkel waar hij de strip had gekocht ook op zondag open was. Tot zijn verbazing en genoegen bleek de winkel zondags tussen twaalf en vijf 's middags open te zijn.

Jan ging niet te laat naar bed. Hij sliep maar kort en keerde 's morgens terug naar de garage. Hij bekeek het nieuws op zijn tablet en testte de accu. Die was in ieder geval helemaal vol. Jan meldde zich meteen om twaalf uur bij de winkel en kocht nog twee kilometer strip. Hij reed naar de oude racebaan en voorzag de resterende veiligheidsrail van strip. Jan reed vervolgens de hele baan. Eerst zelf achter het stuur en vervolgens op het systeem. Hij bleef rustig kijken hoe het werkte. Alles verliep prima. Jan was heel tevreden. Hij plaatste een camera langs de baan redelijk hoog en nam de rit van de auto op, terwijl er niemand achter het stuur zat. Jan was heel tevreden.

Hij keerde terug naar de garage. Hij wandelde naar het casino, at in een van de restaurants waar hij toevallig nog terecht kon en ging naar bed.

Jan stond uitgeslapen op. Hij moest om tien uur bij het regeringsgebouw zijn voor de bijeenkomst met de regeringsleiders van dit moment.

Jan nam zijn tablet mee. Hij wilde de elektrische auto laten zien.

Jan meldde zich bij de ingang en werd meteen doorgelaten. De hele regeringsploeg was aanwezig. Ze waren allemaal heel blij met de komst van Jan. Ze hadden duidelijk behoefte aan leiding, aan richtlijnen.

Jan wilde weten hoe de stand van zaken was en welke rol Manton op dit moment speelde.

De voorzitster informeerde Jan dat Manton zich had opgeworpen tot de nieuwe dictator. Hij beweerde alle computers in de hand te hebben evenals alle ruimteschepen . Niemand zou ook maar enige informatie krijgen als hij niet zijn zin kreeg. Manton claimt alle aandelen te hebben van bijna de gehele auto-industrie die hij destijds ook inderdaad had. Verder heeft hij hele grote belangen in de olie-industrie. Maar er zijn wel meer grote industriëlen die hun domein strak besturen. Alleen blijven die bij hun eigen business. De meeste zorg baart de regeringsgroep de kennisblokkade, zoals Manton die dreigt toe te passen. Zonder de gegevens van de computers zijn we nergens. Wij niet alleen als regering maar ook alle grootindustrielen. Hij heeft daarmee eigenlijk onze hele planneet in handen.

De afhankelijkheid van de in computers opgeslagen kennis was duidelijk.

Jan knikte. "Oké," zei hij simpel en eenvoudig. "Wat zijn jullie plannen?"

Jan keek de groep rond. Niemand had enig idee.

"Zijn jullie bereid om aan degene die de ruimtevaart en de computers controleert alle macht te geven? " Jan keek de leden van de regering een voor een aan. Allemaal sloegen ze hun ogen neer.

"Is het zo dat ik formeel nog steeds de dictator ben of ben ik teruggetreden en is mijn functie als dictator opgeheven?" Jan keek weer naar de regeerders.

Uiteindelijk reageerde de voorzitster. "Formeel ben je nog in functie, dus jij moet beslissen wat we nu verder doen. " Ze keek Jan even aan en sloeg daarna meteen haar ogen weer neer.

"Oké, dan is de feitelijke situatie zo dat de dictator degene is die de computers beheerst en die de zeggenschap heeft over de ruimteschepen," verkondigde Jan in alle rust.

"Ik wil meteen nog een ander punt aansnijden. Manton heeft belangen in de auto-industrie. Ik wil dat alle auto's die op de grote weg rijden voortaan allemaal elektrisch zijn. Geen enkele benzinemotor of dieselmotor mag op de grote weg. Op korte termijn zullen dit zelfs allemaal automatisch aangestuurde auto's moeten zijn. Jullie mogen uitwerken op welke termijn dit kan gebeuren"

Jan keek weer naar de bestuurders. De voorzitster sprak, heel bedremmeld wat ze kennelijk allemaal dachten.

"Jan, wil je Manton alle macht geven?" het klonk bijna smekend en volkomen ontzet.

"Hoezo, reageerde Jan met een vette glimlach. Hij keek de groep rond. Ze keken allemaal verwachtingsvol naar hem.

"Jullie kennen me toch. Niet Manton beheerst de computers of de ruimteschepen maar ik !!!" Vraag het maar aan de centrale computer. Vraag maar of ze onafhankelijk haar informatie kan verstrekken en haar eigen onafhankelijke mening kan geven. Vraag maar of ze afhankelijk is van de mening van Manton." Jan glimlachte naar de voorzitster en wees naar de vaste verbinding met de centrale computer. Natuurlijk kenden ze alleen maar de computer-antwoordstem, ze kenden niet de stem van Mary-Lou. Jan hield dat zo.

De voorzitster keek Jan verrast aan. Ze keek verward. Ze hadden de afgelopen weken toch voortdurend geprobeerd de computer tot snelle antwoorden aan te zetten. Dat was toch zeker constant mislukt.

De voorzitster stond kordaat op en liep naar de achterruimte. Daar stond de computer die verbonden was met de centrale computer.

Ze keek nog een keer om naar Jan. Jan glimlachte naar haar. Ze tikte haar codewachtwoord in en kreeg direct verbinding. Ze was verbaasd.

"Hallo, mevrouw de voorzitster," klonk het netjes en een beetje mechanisch.

"Wat kan ik voor u doen. De antwoorden op uw eerdere vragen staan in uw mailbox."

Jan was opgestaan en bij haar komen staan. De hele groep was hem gevolgd. Ze stonden nu allemaal om de voorzitster heen. De voorzitster keek verrast naar Jan.

"Je hebt alles wat Manton had ingesteld veranderd. Geweldig, "schaterde ze , "fantastisch Jan , jij bent echt de enige leider die er is. We gaan weer een echte toekomst tegemoet. Grandioos maar wat moeten we met Manton. We weten niets van hem. Hij kan nog steeds allerlei rare dingen uitspoken en ons onredelijk veel dwars zitten. " De voorzitster keek Jan hoopvol aan.

Jan glimlachte naar haar. "Er zijn verschillende dingen die we kunnen doen. In de eerste plaats kunnen we Manton uitnodigen om hier in persoon met ons te komen overleggen. In de tweede plaats moeten we ons "autoplan" bekend maken. Als we vereisten voor de elektrische auto's lanceren kunnen we dit filmpje misschien als voorbeeld weergeven."

Jan pakte zijn tablet, koppelde die aan het grote scherm dat tegen de muur was gemonteerd en speelde de trajectfilm af van de elektrische auto die hij had gemaakt.

Hij legde uit wat er te zien was. Hij voegde er aan toe dat het de bedoeling was dat de auto niet alleen zonder chauffeur zou rijden maar ook dat die een zonnepaneel zou krijgen waardoor ze in hun eigen energie zouden kunnen voorzien. Dit hebben grote klappen in de auto-industrie en de olie-industrie tot gevolg. Manton heeft daar grote belangen. Die belangen worden fors aangetast. De aandelen zullen flink kelderen. De economische macht van Manton zal flink terugvallen. Dat is mede de bedoeling. Als jullie willen meewerken zal ik de technische kant verder uitwerken. Graag jullie akkoord op deze voorstellen.

Ze gingen graag akkoord.

De voorzitster vroeg hoe hij punt een van zijn acties precies in gedachte had. Hoe konden ze Manton uitnodigen voor een gesprek?

Jan vertelde dat volgens hem de personen die aan boord van het ruimtestation waren waarop Manton was meegevlogen, door Manton waren overvallen en alleen nog maar dingen konden doen die Manton hen opdroeg. Hij wilde al die, naar schatting twintig mannen en vrouwen spreken en uiteindelijk natuurlijk Manton zelf ook. Mocht Manton zichzelf in persoon melden, dan wilde hij daarbij zelf aanwezig zijn.

De bestuurders keken Jan verontrust aan. Ze snapten niet waar hij al die informatie vandaan had en al evenmin hoe hij dacht hiermee om te gaan. Het was toch levensgevaarlijk om Manton binnen te halen. Hij zou iedereen meteen proberen over te nemen. De ideale situatie voor hem om echt de macht te grijpen. Alle bestuurders in een keer overnemen was toch wel het laatste wat ze moesten proberen.

De voorzitster verwoordde de gedachten van de anderen en natuurlijk die van haarzelf.

Jan stelde ze gerust. Op dit moment moesten ze Manton gewoon, via de centrale computer uitnodigen. Waarschijnlijk zou hij een vertegenwoordiger sturen. Jan wilde die graag ontmoeten. Verder achtte Jan het van belang dat ze de grootindustrielen zouden uitnodigen voor gesprekken over de positie van Manton en wat Manton ongetwijfeld wilde gaan doen. Namelijk deze personen overhalen naar zijn kamp. Jan wist niet of de vertegenwoordigers de mogelijkheid hadden om mensen te beïnvloeden of dat Manton dat alleen zelf rechtstreeks kon doen. Ook was het van groot belang dat alle landelijke en lokale politici op de hoogte waren van de positie van Manton. Ze moesten voorbereid zijn op zijn afgezanten en hun doel om hen over te halen om Manton te gehoorzamen.

De voorzitster begreep de redenering van Jan en keek de groep bestuurders rond. Allen gingen akkoord.

De voorzitster draaide zich meteen weer naar de computer en zocht weer contact met de Centrale computer. Jan nam afscheid en vertrok. Hij zou wel horen wat er allemaal was uitgekomen. Hij zou meteen een grote campagne opzetten om de voorwaarden waaraan nieuwe auto's moesten voldoen uit te dragen via internet. Verder moest hij nieuwe types ontwerpen en een zonnepaneel als dak.

Jan ging meteen aan de slag. Hij wandelde van het regeringsgebouw even de stad in en at een snelle hap bij een klein restaurantje. Op zich niets bijzonders maar een nuttige maagvulling. Hij begon tijdens het wachten meteen aan het ontwerpen van nieuwe automodellen. Hij schetste op zijn tablet wat mogelijkheden. Hij merkte bij zichzelf een nogal nostalgieke trek. Oude modellen van auto's uit de jaren zestig en zeventig kwamen hem voor de geest. Het voordeel van die modellen was dat ze altijd vrij groot en lang waren. Voor de benodigde zonne-energie gaf dit meer mogelijkheden. Jan besloot eerst uit te rekenen hoeveel energie er door de zonnepanelen moest worden opgeleverd om de accu's overdag redelijk te kunnen vullen. De kwaliteit van de zonnecellen waren daarvoor weer essentieel. Jan besloot eerst de markt van zonnecellen nog maar eens goed te bestuderen.

Hij betaalde voor zijn maaltijd en wilde de zaak uitlopen. Tegen het raam aan de zijkant zaten twee dames uitvoerig met elkaar te keuvelen. De jongste dame had een kennelijk heel leuk verhaal want de oudere dame moest er smakelijk om lachen. Jan liep naar ze toe en excuseerde zich voor de storing. Hij wilde de dames graag iets vragen. De dames keken hem een beetje verstoord en vragend aan.

"Ik zou graag nieuwe auto's willen ontwerpen die uw wensen zouden weergeven. Hoe zouden die auto's er dan volgens u uit moeten zien?"

Jan keek de dames met een vriendelijke glimlach aan.

"Goh, "begon de oudere dame, "daar heb ik nog nooit over nagedacht," vervolgde ze heel bedachtzaam. Ze staarde strak voor zich uit, duidelijk in gedachten verzonken.

De jongere dame keek alleen maar verrast. "Ik wil een mooie grote auto met een geweldig grote hoed als dak. Misschien moet de zijkant een beetje kort gehouden worden zodat het geheel niet te overdadig breed wordt maar, auto's met hoeden als dak lijkt me wel wat." verkondigde de jonge dame prompt. Jan moest een beetje gniffelen. Het was zeker een geweldig idee. Misschien moesten ze ook nog zweven, dacht hij zelf de weg hoeft dan alleen maar te bestaan uit een redelijk geëgaliseerde band waar de strip op geplakt zou kunnen worden. Het beeld kreeg steeds meer vorm.

De oudere dame sprong er meteen op in. Ze vond een echte militaire muts wel een leuke uitdaging voor haar stadsautootje. Zon baret. "Ja, leuk idee" besloot ze.

Jan bedankte de dames en toog geanimeerd terug naar zijn auto en vandaar weer naar de garage. Hij moest meteen nagaan hoe het zweefvermogen van de ruimteschepen werkte. Die konden met hun enorme grootte toch zweven.

Jan zocht op het internet maar kwam er niet echt uit. Hij zocht naar bedrijven die zich in het verleden hadden beziggehouden met het bouwen van de ruimteschepen. Hoe meer hij er over nadacht hoe meer hij terechtkwam op miniruimteschepen als auto. Alle kennis en toepassingen moesten allang beschikbaar zijn. Weliswaar was met een twintigtal jaar geleden gestopt met de bouw van ruimteschepen maar de kennis moest nog aanwezig zijn.

Jan nam contact op met Mary-Lou. Mogelijk had zij de beschikking over historische kennis omtrent bedrijven die destijds voor de ruimtevaartindustrie hadden gewerkt.

Mary-Lou had een enorm archief daarover. Vrijwel alle bedrijven waren destijds op het oostelijk deel van de planeet gesitueerd omdat daar, toen nog redelijk buiten de bewoonde wereld genoeg ruimte was om dit soort gigantische projecten te realiseren. Mary-Lou meende dat Jan zich het beste met Alania kon verstaan. Alania was destijds de hoofdcomputer van het ruimtevaartproject. Helaas was Alania nog maar op een heel laag pitje actief doordat ze nu al jarenlang minimale voeding kreeg via het systeem maar ze was er nog wel. Mary-Lou gaf Jan het adres. Dat was zeker echt helemaal aan de andere kant van de planeet.

Jan besloot Alania op te gaan zoeken. Kennelijk was ze een min of meer vergeten computer met menselijke hersenen. Jan was verrast dat ze niet op zijn lijstje had gestaan van computers met menselijke hersenen.

Jan informeerde Distancia, Morion en Marian over zijn voorgenomen reis en uiteindelijk berichtte hij ook Miguel en Pongo dat hij voor een poosje uit zicht was.

Jan bekeek de reismogelijkheden en besloot met een vliegticket en een ter plaatse gehuurde auto de reis in te vullen.

Hoofdstuk 25

De reis verliep goed en redelijk snel. De auto bleek een redelijk comfortabele vierdeurs auto te zijn en die reed prima.

Alles bij elkaar had Jan wel ruim twintig uur nodig om in Aljasha aan te komen. Dit was de dichtstbijzijnde stad ten opzichte van het ruimtevaartcomplex. Het officiële adres van het centrum was Minjasha, de naam van het gehucht dat er vlak naast lag.

Het was een groot open steppenachtig gebied met hier en daar wat bossen maar vooral veel struiken en graslanden en heel erg veel mosachtige bodembedekking. Een redelijk leeg en verlaten gebied.

Jan was moe van de lange reis en boekte een kamer in het grote hotel op de markt. Hij at in het restaurant en ging naar bed. Hij sliep goed en diep.

Jan stond verkwikt op. Het had hem goed gedaan. Hij douchte en kleedde zich aan.

Op advies van Mary-Lou zou hij naar het terrein van het ruimtevaartcentrum rijden en daar, vlak voorde poort proberen contact op te nemen met Alania. Alania was nog zo zwak dat ze alleen op heel korte afstand kon worden geactiveerd.

Jan reed rustig naar het dorpje en kwam eigenlijk automatisch voor de grote toegangspoort van het ruimtevaartcentrum terecht. Het hele terrein leek verlaten, zoals Mary-Lou ook had verteld. Na het enorme schandaal rondom de menselijke hersenen benut in computers was het centrum gesloten. Natuurlijk een ramp voor de werkgelegenheid in de weide omgeving.

Jan stopte voor het grote hek. Hij stapte uit en ging voor het hek op de grond zitten. Het was droog en een redelijke temperatuur van een graad of vijftien Celsius. Jan concentreerde zich en probeerde contact te leggen door haar naam te noemen.

Jan kreeg geen contact. Hij probeerde het nog enkele keren maar het enige wat hij dacht te vernemen was een soort zachte zucht.

Jan stond op en probeerde het grote hek open te maken. Dat ging niet. Het hek moest via de elektronische signalering worden aangestuurd. Vlak naast het hek, op de grens van het terrein stond het bewakershuisje waarvandaan ongetwijfeld het hek kon worden bediend. Jan liep er heen. De deur zat aan de andere kant van het gaas waarmee het terrein was afgezet. Hij kon er niet bij komen. Jan keek het terrein over. Het was een gigantisch gebied met een aantal enorme hallen van gigantische hoogtes. Het hele terrein leek afgezet door het gaas. Jan besloot langs het gaas te rijden in de hoop dat het ergens in de loop van de tijd was kapotgegaan of door de wortels van bomen was ingezakt. Jan stapte weer in en reed langzaam door het struiken gebeid. De auto leek redelijk tegen de struiken opgewassen. Jan liet wel een duidelijk bandenspoor achter. Hij reed een heel stuk langs het hek voor hij een kleine afwijking vaststelde. Een grote boom had met zijn wortels het hek schuin gezet, maar het hek stak nog steeds ruim drie meter boven de grond uit. Jan probeerde nog voorzichtig of hij het hek met de auto naar beneden kon duwen door er tegenaan te rijden maar het hek week niet.

Uiteindelijk besloot Jan om door te rijden. Na nog een heel eind kwam hij opnieuw bij een poort uit. Deze poort was een heel stuk kleiner en duidelijk alleen maar bedoeld om personen door te laten. Jan stapte uit en voelde aan de deur. De deur zat op slot . Het slot kraakte behoorlijk toen Jan er een beetje aan duwde. Hij ramde er eens flink tegenaan. Het slot brak af en Jan kon de deur gewoon openen. Hij was er blij mee. Hij stapte door de deur en wandelde het terrein op. Op de een of andere manier had hij het gevoel dat hij werd bekeken. Jan bleef staan en keek rond.

Niets bewoog. Alles leek stil en verlaten. Jan kwam weer in beweging en liep naar het eerste grote hoge gebouw toe dat hij tegen kwam. Het was een enorm complex. Zeker tien keer zo groot als de vliegtuighangars die hij kende. De hangars in Querio, waar hij met Distancia had gebivakkeerd was echt een immens stuk kleiner dan dit .

Jan keek of hij een deur kon vinden maar de hele wand leek hem een geheel. Hij wandelde het gebouw rond en kon geen deur vinden. Hij nam wat afstand. Hij had een uur nodig gehad om rond het hele gebouw te lopen. De betonnen vloeren waren op meerdere plaatsen overwoekerd en gebroken door de plantengroei. Het geheel zag er echt desolaat uit. Jan ging zitten en concentreerde zich. Hij riep Alania op en herhaalde zijn oproep een paar keer.

Plotseling kreeg hij een kreet door. "Wie ben je, Wat moet je !!" klonk het.

"Hallo Alania, blij iets van je te horen. Mijn naam is Jan. Ik heb jouw naam doorgekregen van Mary-Lou. Volgens haar was jij destijds als centrale computer verbonden aan het ruimtevaartproject. Klopt dat? " Jan probeerde haar bewust op eenvoudige vragen te laten antwoorden om haar uit haar lethargie te halen.

"Mary-Lou ja, die ken ik. Sorry ik ben een beetje duf en slaperig. Ik heb al een hele tijd geen contact meer met iemand gehad en ben geschrokken van jouw aanwezigheid. Was jij ook degene die bij het grote hek probeerde contact te leggen? Ik werd er een beetje wakker van. Ik kon je gewoon niet antwoorden, ik moest eerst wakker worden. Daarna zag ik de camerabeelden waarbij je door de achterdeur het terrein op kwam. Ik werd een beetje bang. Hier komt nooit iemand. "Ze ratelde maar door. Jan moest een beetje glimlachen. Aan de ene kant was het natuurlijk ongelooflijk zielig dat ze een menselijke geest zo konden laten vereenzamen, aan de andere kant kon hij goed begrijpen dat nu ze eenmaal weer een contactpunt had, ze het geweldig vond om al haar gedachten ook meteen te kunnen spuien.

Jan bevestigde dat hij ook degene was die haar bij de voordeur had aangeroepen. Hij wilde graag het gebouw in waar zij zelf was om van nog wat dichterbij met haar te kunnen praten.

Jan merkte een zekere aarzeling. Begrijpelijk, wat moest die vreemdeling nu opeens hier. "Luister Alania, ik zal je vertellen wat ik kom doen. Het is dan aan jou om aan te geven of je hieraan met mij wilt meewerken of niet. Het is echt jouw vrije keus." Jan wachtte even om zijn woorden tot Alania te laten doordringen.

"Ik ben een computerprogrammeur. Ik heb veel geld verdiend met het exploiteren van restaurants en casino's, gokpaleizen. Ik wil een nieuw soort auto ontwikkelen. Een auto die eigenlijk heel veel kan dat ook een ruimteschip nu al kan. Zwevend verplaatsen, werken op zonne-energie, leuke hippe ontwerpen, werken met een automatisch besturingssysteem, je moet je bestemming opgeven en de auto brengt je er heen, geen menselijke chauffeurs meer. Volgens mij heb jij alle kennis die behoort bij de mogelijkheden die ruimteschepen al hebben. Ik wil graag met jou aan de slag om die vier- of zes- of achtpersoons auto's te ontwerpen en te bouwen. Natuurlijk ik moet de regering nog overtuigen dat de bestaande wegen allemaal moeten en kunnen worden afgeschaft maar dat komt wel. Ik heb nu al die mogelijkheid om dat te realiseren. Wat vind je van dat idee?"

Jan wachtte rustig op haar reactie. Ze moest het allemaal eerst verwerken. Ze was tenslotte pas net uit haar jarenlang durende slaap gewekt.

"Wacht even, Jan, begrijp ik het goed en wil je hier weer bedrijfsactiviteiten opstarten? Weet de regering hier van? Wat vinden ze hier van?" Wanneer zou dit kunnen gaan gebeuren? IK wil dolgraag maar ik weet niet of ik me met een dode mus blij aan het maken ben. Hoe kan het dat jij hier opeens bent, zonder dat iemand daar verder iets van af weet? "Alania ratelde door.

Jan liet haar even ratelen.

"Alania," probeerde hij haar woordenstroom te stoppen. "Ik heb een computer ontwikkeld die ik graag op jou zou willen aansluiten. Dit systeem is zo ontwikkeld dat jij en alleen jij er over kan beschikken. Wat het doet is alle technische kennis qua feiten voor jou beheren. Dat betekent dat jij alleen beslist wat er met alle kennis gebeurt, wie je welke informatie geeft en wie je dat niet geeft. Het enige wat ik van je vraag is of je de vragen die Manton aan je voorlegt, eerst met mij bespreekt en dat je alleen antwoord geeft met mijn toestemming."

"Manton," begon Alania meteen. "Een bekende klank, wie was dat ook al weer? O, ja, hij probeerde de macht te grijpen, raakte bij toeval in een verdoving en werd meteen in stase gebracht om een verdere ramp te voorkomen. Dat was hij toch? " wilde Alania weten.

"Klopt" reageerde Jan, "Hij is veroordeeld tot twintig jaar cel maar die zijn inmiddels om en hij is weer vrij. Mijn zorg is dat hij jou zou ontdekken en zal proberen om je te overheersen en je vrije wil te ontnemen. Ik wil dat je je vrije wil onder alle omstandigheden handhaaft. Ben je het daar mee eens?" Jan drong een beetje aan hij wilde dat ze zich zou vastleggen op dit punt.

"Oké, lijkt me een voortreffelijk plan. Ik blijf altijd mijn vrije wil houden en zal me heel goed rekenschap geven van jouw wensen inzake Manton. "

"Dank je Alania, ik ben blij met je. Kun je voor mij de grote poort openen. Mijn computer die ik voor jou wil inbouwen ligt in mijn auto. Ik zou graag met mijn auto het terrein op komen, zodat ik de spullen veel dichter bij kan neerzetten.?"

"Natuurlijk, Jan. Als je zo bij de grote toegangspoort bent, zal ik hem openen. Als je dan doorrijd naar het tweede gebouw, de tweede grote loods, dan doe ik aan de rechterzijkant een schuifdeur voor je open. Daar kun je dan het gebouw binnen rijden. Je moet dan meteen links aanhouden. De ruimte waar ik me bevind is dan direct voor je neus. Tot zo". Alania klonk heel positief en heel meegaand. Jan liep terug naar de achterdeur, probeerde nog iets met het slot maar dat had geen zin. Het slotstuk zelf was finaal afgebroken. De klink kon nog wel gewoon dicht maar dat was alles. Jan deed de deur achter zich dicht en stapte in de auto. Hij reed terug naar de hoofdpoort. Hij was blij dat hij zijn container had meegenomen met een volledige computer op harsbasis. De deken had hij thuisgelaten, die had hij, dacht hij, niet nodig.

Jan stopte netjes voor de hoofdpoort en wachtte af. Hij hoorde wat gepiep en gekraak maar uiteindelijk hoorde hij wat klikken en begon de poort langzaam open te schuiven. Toen de poort ver genoeg open was reed Jan er langzaam doorheen. De poort stopte met open gaan en begon langzaam weer dicht te schuiven. Jan vond dit prima. Het getuigde van accuratesse en een stukje inzicht in eigen belang zonder dat het iemand kwaad zou doen. Jan had een erg goed gevoel bij deze Alania.

Vlak voor hem zag hij een groot gebouw, hij stuurde er rustig langs en zag een tweede gebouw. Hij reed er rustig voor langs tot hij aan de zijkant om het gebouw heen stuurde. Jan knikte tevreden toen hij een stuk van de wand, die overal volkomen identiek leek, zag wegschuiven. Hij maakte een bochtje en draaide het gat van de poort in. Hij hield meteen links aan en stopte voor een gemetselde muur. Die muur zag er net als de buitenmuur zeer solide en bestaande uit een geheel uit.

Jan stapte uit en bekeek de muur. Plotseling begon een deel van de muur naar achteren te schuiven en vervolgens schoof die opzij. De getande randen bestonden uit hele stenen. Jan had de naad niet kunnen vaststellen. Hij sprong weer achter het stuur en reed naar binnen. Hij kwam in een grote, zeg maar zeer grote ruimte. Alles leek hier klein door de enorme omvang van de gebouwen. Ook het plateau waar Alania op lag leek klein. Rondom het plateau was een lage muur aangebracht van een goede meter hoog en op een afstand van ruim twee meter van het plateau. Op drie plaatsen was er een doorgang. Jan reed de auto tot vlak bij een van de doorgangen en begroette Alania met een blij gevoel.

Alania was blij met hem. Ze volgde hem via een camera boven haar hersenen. Ook zij had een beschermkap boven haar hersenen. De camera zat daar weer aan bevestigd. Jan glimlachte en knikte naar haar. Hij liet de camera de rolcontainer zien waar de computer in zat, zodat Alania een idee had wat hij ging doen en wat ze kreeg aangeleverd. Op het plateau was een behoorlijk groot vlak leeg. Het leek wel een bewuste plek voor een extra stel hersenen. Alania zag Jans blik en vertelde dat er voor haar iemand anders het brein was geweest voor de ruimtevaart. Dit eerste brein had zij nooit gekend maar toen zij zelf werd geïnstalleerd was het andere brein net weggehaald. Men wilde ze niet tegelijkertijd verbonden hebben aan het systeem. Doordat alles in een experimentele fase gebeurde wist men ook niet of een brein alles wel aan zou kunnen. Sterker nog, het was altijd de bedoeling geweest om alles via twee of meer gecombineerde hersenen te laten besturen. Dat is er echter nooit van gekomen. In de praktijk had Alania alles prima aangekund en ze had alle gegevens bewaard en compleet beschikbaar.

Jan was onder de indruk en vertelde haar dat ook. Het moest een gigantische klus zijn geweest om een ruimteschip te bouwen, laat staan zaken als ruimtestations zoals Morion, laat helemaal staan een ruimtestation als Marian. Jan complimenteerde haar nog eens.

Alania richtte zich met een toegeknepen stemmetje tot Jan. Ze wilde weten hoe het met al die anderen stond. Jan vertelde dat die anderen, voor zover hij ze kenden allemaal in prima conditie waren. Hij zou zorgen dat zij ook weer in een fantastische conditie zou komen.

Jan begon de computer uit te pakken en zette hem vast op het plateau. Hij besefte dat het energieverbruik wel zou toenemen, zodat hij de toevoer via de zonnepanelen op het dak moest controleren.

Alania bleek hetzelfde gedachtenpatroon te volgen en informeerde Jan over de schakelaars in de meterkast, helemaal in de hoek van haar ruimte. In de grijze kast die daar aan de muur hing zaten zes schakelaars. Een van die schakelaars stond nu open en was beschikbaar voor energie. Als ze weer op volle toeren moest draaien moest ze wel kunnen beschikken over tenminste vier maar het liefst over alle zes de energie-toevoeren. Jan koppelde eerst de nieuwe computer en vroeg Alania de nieuwe computer te onderzoeken en haar bevindingen te melden. Als er nog iets moest worden veranderd, hoorde hij dat graag.

Jan zelf liep meteen naar de grijze kast aan de muur en deed die open. Hij vond inderdaad die zes schakelaars en zette de vijf schakelaars die nu naar beneden stonden, omhoog.

Hij hoorde Alania een enorme zucht slaken. Ze barstte weer van de energie. Ze vroeg meteen of ze contact mocht opnemen met Mary-Lou en Morion en Marian.

Jan gaf aan dat ze geen toestemming nodig had om met haar lotgenoten te overleggen, nog sterker hij zou graag willen dat ze allemaal regelmatig contact met elkaar zouden hebben. Dat kon alleen maar de onderlinge band versterken.

Jan vroeg Alania of ze de gegevens wilde opzoeken die ze beschikbaar had om een soort ruimte-auto te ontwikkelen. Het ging hem om de zweeftechnieken, de elektronische aandrijving op zonne-energie en de veiligheidsvoorzieningen inzake de aanraking van externe objecten. Net als bij de ruimteschepen konden de buitenwanden bestaan uit printplaten met bescherming en afstootmechanismen voor gelijksoortige objecten.

Alania zou een en ander die nacht bij elkaar zoeken.

Er schoot Jan nog een andere vraag te binnen. Waren er buiten de door hem genoemde ruimteschepen en stations nog andere schepen waarmee iemand contact had. Jan meende zich te herinneren dat er nog verschillende ruimteschepen of misschien wel stations ergens onderweg waren in het heelal. Hij wilde graag weten hoeveel schepen nog onderweg waren en hoeveel schepen buiten het contactgebied waren. Mogelijk bood het contactgebied door de enorme capaciteitsvergroting met de nieuwe computer extra mogelijkheden voor contact over afstand. Hij wilde graag dat Alania dit zou uitzoeken.

Alania was helemaal blij met de opdrachten of eigenlijk de verzoeken. Ze was al druk bezig de nieuwe capaciteit te onderzoeken en vooral ook de extra energie te benutten voor meerdere onderzoeken tegelijkertijd.

Jan gaf aan dat hij moe was en rust nodig had. Hij wilde terug naar zijn hotel om daar te eten en te slapen. Alania was zeer teleurgesteld door deze wens van Jan. Ze bood aan om de kantine te openen en voor hem een uitgebreide maaltijd te laten klaarmaken, zodat hij hier kon eten. Verder zou ze de televisie, een echt leuk groot scherm op het eerste kantoor boven aanzetten en zou ze de leefruimte, die achter het kantoor zat, in gereedheid brengen voor een langdurig verblijf.

Jan luisterde verbaasd naar het aanbod. Aan de andere kant was dit wel uitermate efficiënt. Jan aanvaardde het aanbod met veel plezier. Alania was er heel erg blij me. Ze had jarenlang in haar eentje geleefd en was nu in ieder geval voorzien van een huisgenoot.

De kantine bleek gelijk naast het verblijf van Alania te liggen. De bovenverdieping was bereikbaar via een grote lange en brede trap, gelijk achter de kantine.

Jan kreeg een keurig vier gangen menu voorgeschoteld, Hij zag dat Alania via de camera meekeek hoe hij at en hoe ver hij was . De vuile vaat moest hij zelf op een lopende band plaatsen, meteen daarna stond de volgende gang klaar met bestek en drank op een plateau. Jan was zeker niet ontevreden over het eten maar hij was wel heel wat goeds gewend in zijn eigen restaurants.

Jan complimenteerde Alania met de prima maaltijd en beloofde haar nog een heleboel te leren over het managen van een restaurant.

Alania volgde Jan bij zijn bezoek aan het kantoor waar een hele grote tafel met keurige stoelen stonden. Alles moest nog wel een keer goed schoon gemaakt te worden. De schoonmaalmethode van Alania waren gebaseerd op luchtverplaatsing. Jan zijn robots gebruikten ook vochtige doeken om de volledige inventaris schoon te maken. Alles was zonder meer aan Alania te leren. Hij zou haar morgen hierover verder infomeren.

Aan de binnenwand was inderdaad een gigantisch groot scherm aangebracht. Het scherm stond aan en een nieuwsuitzending was te zien. Het scherm was wel drie meter breed en twee meter hoog. Jan moest iets achteruit lopen en eigenlijk aan de tafel gaan zitten om er goed naar te kunnen kijken.

Hij moest glimlachen. Het nieuws ging over de nieuwe regeling voor auto's. Jan zag dat ze zijn filmpje ook al hadden gevonden op internet, evenals de een beetje een opzwepende campagne die hij had gemaakt. Vooral de overlast van auto's in geluid en luchtvervuiling en de gevaren van menselijke chauffeurs werden zwaar aangezet. De discussie was gestart. Jan vond dat het tijd werd voor de nieuwe auto's met de nieuwe zweefoptie.

Jan keek tevreden rond. Dit nieuws zou de auto-industrie al flink pijn doen. Als hij zijn nieuwe auto's op de markt zou brengen zou die helemaal instorten.

Jan zag een deur aan de zijkant van de ruimte. Achter hem, dus de wand die recht tegenover de televisie was, veranderde opeens. Jan hoorde dat er iets gebeurde en keek er meteen geschrokken naar.

De wand was plotseling doorzichtig geworden. Hij keek uit over het terrein tussen de twee grote gebouwen in. Jan liep naar de doorkijk toe. Alania vroeg of hij het prettig vond om naar buiten te kunnen ijken. Jan beaamde dat meteen. Hij keek graag naar buiten. Hij bedankte haar voor dit prima extraatje. Alania nodigde hem uit om de woonruimte te bekijken. Ze had ook daar de doorkijkmuren geopend.

Jan volgde haar verzoek graag op en liep door de deur naar de naastliggende ruimte. Het zag er uiterst vriendelijk uit. Weliswaar een beetje gedateerd, ouderwets zeg maar, maar verder wel goed.

Jan complimenteerde Alania met de geweldige ruimten. Ook hier was een deel van de wand doorzichtig. Ook de slaapkamers, er waren er drie zagen er prima en compleet uit. Elke slaapkamer had ook nog zijn eigen badkamer.

Jan was moe, hij haalde zijn reisspullen uit de auto en installeerde zich in de slaapkamer. Hij ging meteen daarna naar bed.

Jan had heel goed geslapen. De reis van Central City hierheen zat nog steeds wel een beetje in zijn lichaam. Hij douchte en kleedde zich aan.

Alania meldde zich. "Goede morgen Jan. Heb je goed geslapen? Het is vandaag een koude dag. De temperatuur komt nauwelijks boven de tien graden Celsius uit en er valt veel regen. Een geweldige dag dus om hele mooie dingen te doen in huis.

In de kantine staat een uitgebreid ontbijt voor je klaar, ik wist niet wat je lekker vond dus heb ik je een uitgebreide keuze gegeven.

Jan groette haar ook met een goede morgen. Ja, hij had goed geslapen.

Jan koos veel prettige etenswaren voor zijn ontbijt, sinaasappelsap, een gekookt eitje en heerlijk warme toast en belegen kaas. Jan combineerde dat met een heerlijke sterke kop koffie. Jan complimenteerde Alania.

Na het ontbijt meldde hij zich weer in de ruimte van Alania. Alania wilde meteen aan de slag. Ze suggereerde dat het misschien beter was als Jan naar het kantoor zou gaan. Ze zou dan een en ander op het televisiescherm met hem kunnen doornemen.

Alania bleek heel wat gegevens beschikbaar te hebben en meteen ook de toepassing daarvan in een personenauto. Jan stelde regelmatig een vraag over , vooral de toepassingen en gaf ook advies over een oplossing. Ze spraken de hele morgen over het ontwerp voor de personenauto's. Alle onderwerpen kwamen aan de orde, ook de stoelen, de draaibaarheid van die stoelen, de buitenmaten, de verlichting binnen, de verlichting buiten. Jan was zeer onder de indruk van de finesses die Alania had uitgewerkt. Echt fantastisch. Jan complimenteerde Alania. Jan vroeg haar of alle materialen en alle nadere details van die materialen nu bekend waren. Alania bevestigde dat.

Jan wilde dat ze nog na zou gaan welke bedrijven die verschillende delen zouden kunnen leveren. Alania gaf aan dat ze daarvoor eerst de huidige markt opnieuw moest bekijken. Jan wilde dat ze zou bekijken welke bedrijven die materialen in het verleden hadden geleverd en of die bedrijven nog bestonden. De oude kennis voor die oude technieken kon vast wel helpen bij het toepassen van die kennis.

Jan mocht gaan lunchen en Alania zou de markt afstropen naar toeleveranciers.

Jan at in alle rust. Hij had geen haast. Hij zou zijn gegevens over het opzetten van een full automatic restaurant met haar delen. Ze moest zelf alle materialen bestellen en leveranciers er bij zoeken. Hij wilde wel helpen met de inrichting en realisatie. In eerste instantie zou het restaurant worden ingericht, hier in de kantine. Voor de eigen werknemers. Als de hele auto hier geassembleerd zou moeten worden waren er echt heel veel mensen nodig. Hij zou die wel kunnen halen uit de omgeving en uit de huidige auto-industrie.

Jan keerde terug naar het kantoor en kreeg een prachtige lijst van Alania aangeleverd op het scherm met een grote stroom bedrijven. Van alle bedrijven waren de adressen en de naam van de directeur aangegeven. Jan vroeg hoe ze nu verder zouden gaan. Alania gaf aan dat er zeven bedrijven bij waren die in het verleden speciale kennis droegen over bijzondere onderdelen zoals de zweefmechaniek. Daarbij waren speciale materialen in een uitgekiend versmeltingsproces om de merkwaardige anti-magnetische werking ten opzichte van de gewone grond op te wekken. Die kennis was mogelijk als recept nog wel beschikbaar maar werd nu niet meer toegepast. Alania wilde dat Jan persoonlijk bij die zeven bedrijven langs zou gaan om de juiste bestelling te kunnen plaatsen en geleverd te krijgen.

Verder was er nog de vraag over de financiën. Er was heel erg veel geld nodig om dit hele project te betalen. Jan vroeg een inschatting van de kosten voor, in de eerste fase, honderd auto's. Die zouden vooruit betaald moeten worden door de kopers en daarmee konden de volgende tweehonderd worden gefinancierd.

Jan opende een account en stortte er van zijn eigen geld een fors bedrag op. Alania was er meteen blij mee. Jan liet Alania afspraken maken bij de zeven bedrijven. Jan kreeg de productietekeningen mee in tweevoud zodat hij een exemplaar kon achter laten.

Jan vertelde Alania over zijn restaurants en de wijze waarop die waren georganiseerd. Hij deelde alle informatie die hij had, dus ook de samenstelling van de etenswaren en de wijze van het bereiden daarvan.

Alania analyseerde die gegevens. Alles was realiseerbaar en toepasbaar. Het enige praktische probleem was het recept voor de etenswaren. De aanlevering moest wel volledig in overeenstemming zijn met de specificatie en dat was heel moeilijk te controleren. Jan bevestigde dat. Het vertrouwen in de leverancier moest echt groot zijn. Dit was essentieel.

Alania wilde Jan nog wel even vertellen dat ze de hele nacht in contact was geweest met haar collega's. Marian en Morion, Mary-Lou en verschillende anderen. Ze had ook contact gezocht met Madeleine. Maar die was niet echt aanspreekbaar. Ze was voor niemand aanspreekbaar, alleen voor Manton. Alania was geweldig enthousiast over deze nieuwe ervaring. Geweldig. Ze was Jan eeuwig dankbaar voor zijn activiteiten. Ze meldde meteen dat ook de anderen geweldig blij waren met hem. Hij had ze allemaal bevrijd van Manton, een zegening. Jan wuifde het charme offensief weg. Iedereen zou dit hebben gedaan als ze in de gelegenheid waren geweest.

Alania vertelde ook nog dat er nog zeventien ruimteschepen ergens heen op weg waren. Met drie van hen was er de laatste drie maanden contact geweest. Naar verwachting waren die nog drie jaar onderweg om in het zonnestelsel terug te kunnen keren. Natuurlijk dit waren schepen die in een vroeg stadium waren vertrokken en voor zover bekend geen bewoonbare planeten hadden gevonden. Van de overige veertien was de afgelopen twintig jaar niets meer vernomen. Dat hing ongetwijfeld samen met de afstand.

Jan haakte nog even in op het contact met Madeleine. Hij vertelde dat Manton gebruik maakte van de oude bemanning van Morion. Al deze mensen en misschien nog een toevallig aanwezige andere persoon waren door Manton overgenomen. Hij nam aan dat die mensen namens Manton gesprekken en overleggen voerden met allerlei personen die voor Manton van belang waren. Zou het mogelijk zijn om Madeleine te vragen om de gegevens van die personen door te sturen naar Alania.

Alania begreep het doel en zou het voorzichtig proberen.

De volgende twee dagen was Jan op pad en voerde gesprekken met de verschillende bedrijven. Ze waren allemaal heel enthousiast.

De daarop volgende dagen nam Jan een groot aantal materialen in en nam een groep medewerkers aan. Alle materialen werden in de eerste hal aangeleverd, daar stonden nog de stellages van de oude materialen en konden dus prima worden benut. Jan had de onderdelen, samen met Alania zo genummerd dat ze op volgorde van montage waren opgenomen in het coderingssysteem en ook op die basis werden opgeslagen.

Jan overlegde met Alania over de toepassing van de zonnepanelen in het dakpaneel en de motorklep ende kofferbak. Jan wilde de mogelijkheid hebben om onder de zonnepanelen een structuur te hebben waarbij je, bijvoorbeeld via de verlichting. de kleur van het dak kon laten variëren. Alania vond het een aardig idee. Je kon dan de rest van de auto in bijvoorbeeld neutraal grijs , of donkerblauw of zwart of heel licht houden, kortom een beperkte keuze want het gezicht van de auto werd door de bovenkant bepaald. Alania toog meteen aan de slag. Hier kon ze wel iets heel erg leuks van maken.

Jan keerde terug naar de eerste hal en bekeek de productie van de eerste tien auto's. Meer konden er niet tegelijk worden samengesteld. De eerste begon al aardig te lijken. De energiesystematiek zat er voor een groot deel al in. Het hele basisizweefsysteem was aangebracht. Jan keerde weer terug naar het kantoor in de tweede hal. Alania meldde dat ze een leuk pakket had samengesteld voor de speciale lichtwerking bij het dak. De motor en de kofferruimte lagen onder de stoelen van de auto en waren dus geen onderdeel van het ontwerp. De vorm was ovaal, of eigenlijk eivormig. Alle stoelen waren op een verhoging gemonteerde en konden draaien. De voorste wel driekwart rond, de zijstoelen konden ook naar voren worden gedraaid maar daarbij schoof de stoel meer naar het midden toe. Jan bekeek de voorwaarden die aan de grond werden gesteld, in de eerste plaats was die van belang voor de werking van de zweeffunctie en in de tweede plaats voor het vasthouden van de rijrichting.

Jan overlegde met Alania . Hij was bezorgd over het vasthouden van de rijrichting, zeker ook bij hogere snelheden, zoals 300 km per uur. Alania begreep Jans zorg. De huidige wegen waren niet berekend op dit soort snelheden maar het ontwerp wel. De vraag was meer of de strepen op de wegen en de middenbermafzetting voldoende informatie verschaften om de rijrichting over een langer traject te kunnen bepalen en vasthouden. De grootste problematiek zat hem in het vinden van de afslag. Alania vond dat alle auto's toch ook met de hand moesten kunnen worden bestuurd. Met die uitrusting kon de auto ook buiten de grote wegen worden gebruikt. Overigens was de maximum snelheid bij de handbesturing gemaximeerd tot tachtig kilometer per uur. Zeker in de komende jaren was een dergelijke uitvoering eigenlijk een noodzaak.

Alania had het ontwerp al klaar. Jan verbaasde zich er al niet meer over. Ze was geweldig. Hij vroeg haar wanneer die onderdelen beschikbaar zouden zijn, zodat ze ingebouwd zouden kunnen worden . Alania beloofde het te melden zodra ze die gegevens beschikbaar had.

Jan wilde graag een tiental prototypes hebben om die in Central City te demonstreren. De verlichting in het dak moest spectaculair zijn evenals de snelheid en de veiligheid. Samen met Alania ontwierp hij een visuele weergave van het prototype. Ze maakten er een geweldige presentatie van.

Jan wilde weten wanneer de eerste drie auto's volgens de huidige planning beschikbaar zouden zijn om hier op het terrein mee te kunnen rondrijden?

Alania kon het niet zeggen. Dit was allemaal mede afhankelijk van de levertijden van de laatste onderdelen. Alania schatte het op drie weken vanaf vandaag.

Jan knikte tevreden. Het zat allemaal wel in een geweldige stroomversnelling.

Jan was heel tevreden met de voortgang en ook de locatie. Hier zouden ze qua beschikbare ruimte zeker vierhonderd auto's tegelijk kunnen monteren.

Hoofdstuk 26

Jan werd gebeld door de voorzitster van de regering. Ze had via de centrale computer Manton uitgenodigd voor een gesprek. Hij had die uitnodiging aangenomen. Hij wilde alleen dat zij naar hem toe zou komen. Ze zou over drie dagen worden opgehaald.

Jan vond dat ze die uitnodiging niet moest accepteren. Zij mocht niet als regeringsleider bij Manton op bezoek. Manton moest naar haar toe komen. Punt uit.

Jan vroeg naar het overleg met de grootindustrielen en de lokale regeringsleiders. De voorzitster vertelde Jan dat er inderdaad gesprekken met vertegenwoordigers van Manton hadden plaatsgevonden . Die vertegenwoordigers hadden allemaal hetzelfde verhaal verteld. Manton was nu de nieuwe grote man. Hij wilde dat zij hem zouden erkennen als de nieuwe dictator, mede omdat de huidige dictator er gewoon niet was. De meesten hadden het verzoek aangehoord maar hadden geen behoefte om zich in de politiek te mengen. Al de vertegenwoordigers die dit antwoord kregen belaagden de managers flink met redelijk felle uitlatingen over een "schande " en "eigen belang boven het planeetbelang" enzovoorts. Volgens de verstrekte informatie hadden de grootindustrielen het daarbij gelaten. De politici waren beledigd geweest en hadden de gesprekken beëindigd.

Jan wilde weten of er foto's of filmopnamen waren van die vertegenwoordigers. Hij zou graag een lijstje hebben met hun verblijfplaatsen. De voorzitster zou het nagaan en er op terug komen.

Jan overlegde met Alania en besloot voor de komende periode terug te keren naar Central City. Alania was er niet blij mee maar begreep maar al te goed dat ze altijd contact met hem kon opnemen.

Jan pakte zijn spullen in en nam afscheid van de voorman van de montageploeg. Hij vertelde dat hij voor drie weken op pad moest. Hij was telefonisch of via zijn tablet altijd bereikbaar. De voorman wenste hem een voorspoedige reis.

Jan had weer een hele dag nodig om terug te keren naar Central City. Hij nam weer een kamer in het Casino en sliep eens flink uit.

Jan werd laat wakker maar voelde zich weer helemaal fit. Hij nam een uitgebreid ontbijt en benaderde de voorzitster van de regering. Ze had niet stilgezeten. Ze vroeg of Jan die middag langs kon komen, dan konden ze overleggen en gelijk het gesprek voorbereiden dat eind die middag zou plaatsvinden met een vertegenwoordiger van Manton. Jan wilde weten of bekend was wie er namens Manton zou komen. Ze noemde een hem ongekende naam, een man.

Die middag meldde Jan zich bij de voorzitster en had een minicontainer bij zich met daarin de deken. Als dat mogelijk was wilde hij de vertegenwoordiger los koppelen van Manton.

De voorzitster keek een beetje raar naar de container. Jan verklaarde wat er in zat en waar die voor bedoeld was. Ze begreep het niet helemaal. Jan liet het daar nu even bij. Ze zou wel merken hoe het werkte als het zover zou zijn.

Jan zette een stoel apart achter de grote tafel aan de kant van de ingang. Hij haalde de deken uit de container en maakte een stellage met een rails waardoor de deken ruim drie mater boven de stoel, langs het plafond kon worden open geschoven.

Jan vroeg de voorzitster of ze de lijst met namen en foto's van de vertegenwoordigers van Manton had weten te achterhalen. De voorzitster liet Jan zien welke gegevens er nu beschikbaar waren. Van zeven waren de gegevens bekend. Van de overigen was veelal vrijwel niets bekend behalve dan de historische gegevens van meer dan twintig jaar geleden. Er werd ook van de bekende zeven nog wel gezocht naar hun huidige verblijfplaats. Ze waren geen van allen bij bekenden teruggekeerd, voor zover je daarvan kunt spreken na zo'n extreem lange periode van afwezigheid.

Het vermoeden was dat ze in een paar kleinere hotelletjes waren ondergebracht waar ze veelal langdurig op hun kamers verbleven en zich weinig buiten vertoonden. Als ze op bezoek ging voor gesprekken namens Manton, zagen ze er allemaal zeer verzorgd en heel netjes gekleed uit. Tijdens de gesprekken leken ze alert en goed op de hoogte van de te bespreken problematiek.

Jan besloot zijn nieuwe promofilmpje te bewaren voor de vertegenwoordiger van Manton. Ook de voorzitster zou verrast zijn, veronderstelde hij.

Ze bespraken nog enkele lopende zaken en Jan wilde de bevestiging dat hij het voormalige ruimtevaartcentrum in Minjasha mocht gebruiken voor de productie van auto's. De voorzitster was verrast en verbaasd maar vond het geen enkel probleem. Het zelfde gold voor de voormalige racebaan vlak bij Central City. Het waren beide oude terreinen voor voormalige activiteiten die allang waren gestopt, waardoor die terreinen al heel lang niet meer in gebruik waren. Jan mocht de terreinen vrij gebruiken. Jan was er blij mee.

Precies op het afgesproken tijdstip werd de bezoeker aangemeld. De voorzitster liet de man boven komen .

Het was een stevige, breedgeschouderde jonge man. Jan kon hem zich inderdaad herinneren vanuit het ruimtestation. De man stelde zich netjes voor en schudde de voorzitster en Jan netjes de hand.

Hij nam plaats op de stoel die Jan voor hem had klaargezet, onder het frame van de deken. De voorzitster en Jan namen tegenover hem plaats aan de grote tafel.

De voorzitster nam het woord. Ze bedankte hem voor zijn komst en vertelde dat ze met alle grootindustrielen overleg had over de huidige situatie. Ze nam aan dat Manton op de hoogte was van de huidige situatie en wilde graag zijn mening daarover horen. Dat was wat Jan haar had voorgehouden. Ze moesten de policy van Manton zien te achterhalen en als het even kon de plek waar de vertegenwoordigers zich schuilhielden.

De man knikte naar de voorzitster en vertelde helder en duidelijk dat Manton van mening was dat op heel korte termijn officieel de macht aan hem moest worden overgedragen. Hij had inmiddels via zijn vertegenwoordigers gesprekken gevoerd met een groot aantal grootaandeelhouders en lokale politici en had hen allemaal laten weten dat het zeer verstandig was om hem te volgen. Manton had een grondige hekel aan zijn vijanden. Zijn volgelingen waren hem lief. Ze konden rekenen op zijn gunsten. Graag wilde hij weten wanneer precies die officiële machtsoverdracht zou plaats vinden.

Kennelijk was het geen discussie dat die machtsoverdracht zou plaatsvinden.

Jan vroeg op grond waarvan Manton van mening was dat de macht aan hem moest worden overgedragen. Jan maakte duidelijk dat hij de officiële dictator was. Keurig door het parlement benoemd volgens de bestaande wetgeving.

De vertegenwoordiger ging er niet op in. Hij volgde duidelijk de instructies van Manton die hij vooraf had gekregen. Hij herhaalde de vraag over de datum van de overdracht. Meer kwam er niet uit.

Jan vroeg of hij contact had met Manton. Hij wilde graag dat de man met Manton zou overleggen over bepaalde zaken. Er kwam geen reactie. De man staarde nu recht voor zich uit en keek niet langer naar de voorzitster of naar Jan. Hij was duidelijk naar binnen gekeerd.

Plotseling stotterde hij en herhaalde de kreet over een datum, nu harder en zijn toon was meer een commando dan een overlegstem.

Jan begreep dat er geen zinvol overleg mogelijk was. Hij drukte op de knop en de deken spande zich boven de man. Jan zelf liep om de tafel heen en bekeek de man van dichtbij. Hij had zijn stoel meegenomen en ging pal naast de man zitten ook onder de deken.

De man keek verward. Hij keek naar Jan en naar de voorzitster die nog steeds op haar stoel zat aan de overkant van de tafel. Ze glimlachte vriendelijk naar de man en naar Jan. Ze was verrast door de actie van Jan en had geen idee wat er aan de hand was. Ze had begrepen dat er iets bijzonders was aan de deken maar wat dan wel had ze niet begrepen.

Jan keek de man rustig aan. Hij vertelde hem dat het contact met Manton, het geestelijke contact, was verbroken. Hij kon Manton niet meer bereiken en Manton kon hem niet meer bereiken. Dat betekende dat hij was bevrijd van de dwangmatige overheersing van zijn geest door Manton. Dit gold zolang hij onder de deken zou blijven. Jan wees naar boven. De man keek naar Jan en daarna naar boven.

Hij ging rechtop zitten en keek Jan wakker aan. Jan zag dat hij zijn geest afzocht naar signalen van Manton. Hij vond ze niet. Hij keek op zij naar Jan.

Jan glimlachte naar hem en vroeg hoe hij zich voelde.

Hij was een beetje hongerig en moe naar verder wel in orde. Jan maakte hem duidelijk dat Manton zijn geest had overgenomen toen hij nog in het ruimtestation was. Manton had alle aanwezigen op die manier overgenomen en stuurde ze nu aan. Hij wilde de hele planeet op die manier veroveren maar Jan had daar eens stokje voor gestoken. Manton had ook alle computers aangestuurd door menselijke hersenen overgenomen maar Jan had dat teruggedraaid. Ze waren nu allemaal weer vrij van de overheersing van Manton.

De man keek Jan onrustig aan. Hij heette Bob en was technicus geweest op het ruimtestation. Hij was inderdaad door Manton overgenomen geweest, althans zijn geest. Dat betekende dat Manton bepaalde wat er gebeurde. Het was niet zo dat Manton hen constant instructies gaf in hun geest maar hij gaf regelmatig een hele reeks opdrachten die je dan moest uitvoeren. Zo ook de opdracht voor dit gesprek. Hij moest vragen naar de datum voor de overdracht, verder niets. Hij moest na het gesprek weer terugkeren naar zijn oppikpunt.

Jan was meteen geïnteresseerd in dat oppikpunt. En vooral in de wijze waarop Bob zou worden opgepikt en door wie. Bob wist het allemaal niet precies. Het oppikpunt werd met coördinaten weergegeven. Hij zou er wel komen. Hij had tot middernacht de tijd om zich daar te melden.

Jan vroeg de coördinaten en Bob vertelde hem die. Jan toetste ze in op zijn tablet en tot zijn verrassing ging het om de verlaten racebaan, net buiten de stad. Dat was in ieder geval een pluspunt. Ze konden daar zeker tegen middernacht zijn. Jan wilde meer bijzonderheden weten van het oppikken maar Bob kon er niets over vertellen.

"Je ging er gewoon heen en daar werd je opgepikt. Het ging altijd allemaal van zelf, " verklaarde Bob in alle onschuld. Hoeveel er zouden worden opgepikt en wie, wist Bob niet.

Jan werd niet veel wijzer. Het gesprek stokte. Jan besloot de deken weg te halen en vertelde Bob dat hij dat ging doen. Bob moest gewoon blijven doen wat hij vond dat juist was.

De voorzitster begreep er niet veel van. Het gesprek voerde nergens heen en je kon er ook helemaal niets mee.

Jan liet de deken weer terugschuiven zodat Bob weer aan de genade van Manton was overgeleverd. Er ging een rilling door Bob heen. Hij wilde opstaan maar Jan hield hem tegen.

"Bob, nog even geduld. Er is iets dat ik je wil laten zien, zodat je dat aan Manton kunt vertellen. Jan startte de film op over het nieuwe ontwerp auto. Hij wees naar de beelden zodat de voorzitter ook zou meekijken. De voice over vertelde het bijbehorende verhaal.

Zowel Bob als de voorzitter keken gebiologeerd naar de autoshow. De verrassende uiterlijke vormgeving, de instapsystematiek doordat de deuren omhoog schoven onder het dak door. De verlichting die kon variëren in kleur en scherpte en zelfs per deel van de auto. De auto begon te bewegen en zweefde over de grond. De snelheid nam toe en ging als maar sneller en sneller. De topsnelheid was ca. 300 kilometer per uur. De voorzitster sloeg een hand voor haar mond. De afstandhouder rondom de auto werd geshowd. Twee auto's konden elkaar niet raken, de strip rondom beide auto's maakte dat onmogelijk. Dat betekende ook dat de stoelen en de veiligheidsriemen extreem aangepast waren aan de vormen van de passagier. In de stad kon de auto worden bestuurd met een maximum snelheid van 50 kilometer per uur, erbuiten, eenmaal op de grote weg werd de auto automatisch bestuurd. De energievoorziening werkte via zonnecellen, geen benzine of diesel meer nodig.

Jan was heel tevreden over het resultaat. Hij zou het die avond op internet zetten. Hij wilde dat Bob iets aan Manton had te vertellen, waar Manton op zijn minst onrustig van moest worden. De voorstelling had in ieder geval indruk gemaakt op de voorzitster en helemaal op Bob.

Bob keek Jan aan. Hij glunderde. Hij vond dit fantastisch. Dat was een toekomst waar hij graag deel van uit zou willen maken. Prompt sloeg zijn animo om en zijn gezicht verstarde. Hij stond op, vertelde dat hij weg moest en vertrok.

Jan was een beetje verbaasd over het plotselinge vertrek maar begreep min of meer dat Manton weer stevig had toegeslagen.

De voorzitster was heel erg enthousiast over het auto-ontwerp. Dit was de toekomst.

Jan bedankte haar voor het gesprek en begon de deken te ontmantelen en tot slot weer in de rolcontainer te doen. De voorzitster staarde in alle rust naar wat Jan deed maar zei verder niets. Ze liet het allemaal maar over zich heen komen. Ze moest de planeet besturen en voor haar gevoel was dit allemaal maar bijzaak, zolang Manton maar werd beperkt in zijn doen en laten. Tot nu toe had hij geen last veroorzaakt. Dat wilde ze graag zo houden en zolang Jan dat feitelijk regelde vond zij het best.

Jan nam afscheid en gaf aan dat hij zich wel weer zou melden als het nodig was. De voorzitster kende zijn telefoonnummer en kon hem dus altijd bereiken.

Jan wandelde naar het dichtstbijzijnde park en ging rustig op een bankje zitten. Hij overdacht wat er was gebeurd. De bevrijding van Bob had niet echt erg veel los gemaakt. Hij zat duidelijk nog heel diep in de verbondenheid met Manton. Weliswaar had hij dingen verteld die Manton niet zou hebben willen

loslaten, zoals het oppikpunt maar verder niets.
Manton wilde de baas spelen maar niet erg duidelijk
was of hij door had dat zijn invloed danig was
beperkt. De menselijke hersenen verbonden aan de
computers en of luchtschepen, waren niet langer
onder zijn invloed. Realiseerde Manton zich dat?
Jan had het gevoel dat Manton het misschien wel
wist maar net deed alsof het niet zo was. De enige
die nog onder zijn invloed stond, was Madeleine,
het ruimteschip waar hij nu in zat.

Mogelijk gaf het oppikpunt hem de gelegenheid om
met de groep personen die zouden worden
opgepikt, mee te reizen naar Madeleine. Misschien
kon hij zo binnen komen. Het was het proberen
waard.

Jan keerde terug naar zijn auto en reed naar de
garage. Hij liet de rolcontainer met de deken in de
auto, die wilde hij die avond meenemen naar het
oppikpunt en vooral meenemen naar Madeleine.
Jan at in het Casino en had nog even overleg met
Pongo en Miguel. De samenwerking verliep
grandioos. Ze waren druk met tien nieuwe casino's
met restaurants. Ze bedankten Jan uitvoerig voor
het in hen gestelde vertrouwen en vertrokken weer.

Jan besloot bijtijds naar de racebaan te gaan. Hij
wilde er een uur van tevoren zijn om te zien wat er
gebeurde. Hij parkeerde de auto aan de zijkant van
de verlaten en vervallen hoofdtribune, zodat die niet

erg zou opvallen. Hij haalde de rolcontainer er uit en wandelde langs de hoofdtribune. Hij zette de container tegen het bordes van de hoofdtribune en liep zelf de tribune op tot helemaal bovenaan.

Hij draaide zich om en keek over het circuit. Het was best een leuke racebaan, veel bochten en slingers. Jan zag verder helemaal niets en helemaal niemand. Nu was het vrij donker en geen verlichting. Op de een of andere manier was er toch een soort schemering. Recht tegenover de grote tribune waren de voormalige garages en reparatieloodsjes. Jan kon er makkelijk overheen kijken maar wist niet wat er in of achter die loodsjes gebeurde. Jan liep weer naar beneden en wandelde de weg van de racebaan over. Alles bleef stil. Jan liep om de loodsjes heen. Helemaal niets. Jan zuchtte maar eens.

Hij bleef achter de loodsjes staan wachten en uiteindelijk ging hij zitten met zijn rug tegen een van de loodsjes. Jan hield de tijd in de gaten. Tegen middernacht hoorde hij geluid. Het leek hoog uit de lucht te komen. Jan ging rechtop staan en realiseerde zich dat zijn container nog bij de tribune stond. Hij rende prompt om de loodsjes heen, graaide zijn rolcontainer mee en sprintte weer om de loodsjes heen, terug naar de plek waar hij had gezeten.

Jan stond nog uit te hijgen toen er plotseling een groot zoeklicht aanging. Het licht kwam van boven. Jan keek meteen omhoog. Hij zag een kleine transporter opdoemen. Het licht kwam van dit ruimteschip, geschikt voor personenvervoer. Jan schatte dat er ongeveer acht zitplaatsen waren, zoals gebruikelijk bij dit soort vervoer. Jan keek om zich heen maar zag helemaal niemand.

De transporter kwam rustig omlaag en landde op de plek waar de lichtbundel de grond raakte. Een grote deur schoof opzij en een merkwaardig soort hekwerk werd zichtbaar. Op dat moment klonk er een merkwaardig soort geluid. Het deed Jan denken aan een saxofoon. Het leek hem een deuntje, een muziekje.

Plotseling schoot er een lichtbundel vanuit de transporter naar de linkerkant van de loodsjes. Automatisch richtte Jan zijn blik naar die kant. Een drietal personen liepen rustig naar voren. Jan had ze niet gezien. Hij griste zijn tablet uit zijn jas en maakte opnamen van de mensen.

De drie liepen alle drie op een gekunstelde manier. Wel rustig maar het leek een soort opgelegde automatische, erg stramme manier van bewegen. Jan begon langzaam naar voren te lopen. Hij wilde gelijk achter de drie instappen.

Jan vond het moeilijk om de kunstmatige bewegingen na te bootsen. Hij probeerde rustig te blijven lopen maar had niet het gevoel dat zijn tred leek op wat de drie deden.

Plotseling verbreedde de lichtstraal zich en kwam het hekwerk een stukje naar voren. Het drietal ging een voor een het hekwerk in, moest binnen even wachten en liepen daarna door, de transporter in. Toen de derde persoon, een vrouw, door het hekwerk ging, probeerde Jan als vierde het hekwerk in te stappen. Er was een ruime opening waar je zo in kon. Jan trok zijn container dicht tegen zich aan en probeerde naar binnen te stappen. Het hek ging achter hem dicht, zoals hij ook bij de anderen had gezien. Bij de anderen betekende dat meteen dat de doorgang naar binnen open ging. Bij Jan gebeurde dat niet. Het hek draaide door en sloot de doorgang naar binnen meteen af en blokkeerde daardoor de ingang waardoor hij naar binnen was gekomen. Jan keek geschrokken naar de installatie. Langzaam kreeg Jan een stang tegen zich aan gedrukt. De stang was een beugel ter hoogte van zijn buik. Meteen werd de beugel gevolgd door meerdere beugels een op hoofdhoogte en een bij zijn benen. Plotseling duwde de beugels met een forse beweging tegen Jan aan. Jan kreeg een forse tik tegen zijn hoofd, zijn buik en zijn benen en sloeg meteen met een klap achterover. Zijn container kwam met een dreun op zijn hoofd terecht en Jan had even tijd nodig om zich te herstellen.

Tot zijn verrassing verscheen het felle licht opnieuw en een drietal andere personen werden in het licht gevangen. Jan hoorde weer een muziekje. Dit muziekje leek wel op het vorige maar was toch wel weer anders. Jan moest weer denken aan een saxofoon. De nieuwe personen volgden dezelfde procedure als de eerste drie. Jan moest zich haasten om ook deze drie te vangen op zijn tablet. De beelden zouden nuttig kunnen zijn.

Jan ging rechtop zitten en trok de container weg bij het hekwerk. Dit had geen zin. Langzaam drong het tot Jan door dat hij Bob nog niet had gezien. Het hekwerk begon weer naar binnen te schuiven en de schuifdeur ging dicht.

Jan keek om zich heen. Had hij Bob gemist, waar was Bob? Was Bob gestraft door het verstrekken van de informatie over de oppikplaats? Jan had geen idee.

Jan stond op en haastte zich weg van de transporter. De transporter steeg op en verdween. Jan had er een slecht gevoel over. Het was hem niet gelukt om in de transporter te komen. Hij had Bob gemist. Wat was er gebeurd.

Jan keerde terug naar het Casino. Het was al diep in de nacht, dus ging hij naar bed. Hij kon niet slapen. Hij wist niet wat hij met Manton aan moest. Zonder er bij na te denken bekeek Jan de opnamen die hij gemaakt had van de vertegenwoordigers van

Manton. Hij had er een raar gevoel bij. Hij herkende niemand van de personen die in de transporter waren gestapt. Jan ging er eens goed voor zitten. Wat was dit nou weer. Hij had toch alle personen van de groep van mensen persoonlijk gesproken op het ruimtestation van Morion. Hij kende deze mensen niet.

Jan vroeg zich af wat hij moest doen. Hij besloot de beelden door te sturen naar Mary-Lou en haar te vragen of ze de personen met naam en toenaam zou kunnen herkennen en hun gegevens zou kunnen achterhalen. Zo gezegd, zo gedaan. Hij was benieuwd maar nog steeds teleurgesteld.

Mary-Lou reageerde al snel. Eerst vertelde ze dat ze met een zestal concernmanagers een afspraak had gemaakt. Ze gaf Jan de gegevens van de managers en de locatie van de afspraken. Jan was er blij mee. Verder begon Mary-Lou met aan Jan te vragen wat er voor bijzonders was aan de zes mensen die hij had gefilmd. Jan vertelde de achtergrond. Mary-Lou moest lachen. Ze vond dat Jan wel heel erg makkelijk te foppen was. Alle mensen waren vermomd. Bob was de derde persoon van de eerste groep, verkleed als dame. Jan was helemaal verrast. Hij bekeek meteen de beelden en moest toegeven dat de dame inderdaad wel heel erg veel weg had van Bob. Hij bedankte Mary-Lou en voelde zich eigenlijk nog dommer dan hij al eerder had gedacht. Zo iets simpels als een vermomming, hij was wel heel erg naïef om daar niet over te hebben nagedacht.

Jan vroeg zich meteen af wat hij nog meer gemist kon hebben. Was Samantha bij de groep van zes geweest. Hij bekeek het lijstje van Mary-Lou. Samantha stond er niet bij. Jan bekeek zelf zijn eigen opnames nog eens maar kon Samantha niet ontdekken.

Jan zuchtte eens en ging alsnog naar bed. Hij sliep slecht.

Hij was vroeg op en voelde zich een beetje brak. Jan nam een snel ontbijt en keerde terug naar zijn hotelkamer. Hij kreeg een berichtje van Alania. Ze had de autofilm wat aangepast en verder uitgewerkt met de beelden van de eerste vijf modellen zoals die er nu in werkelijkheid uitzagen. Ze vroeg Jan dit te bekijken en zijn mening te geven. Ze wilde graag de reclamecampagne, zoals afgesproken starten. De productie begon in een stroomversnelling te komen. Ze zouden binnenkort een groot aantal nieuwe werknemers nodig hebben en bestuurders en managers om alles in goede banen te leiden.

Jan bekeek het filmpje en was meteen enthousiast. Zijn humeur verbeterde en hij nam met zijn geest contact op met Alania. Haar enthousiasme verbeterde zijn humeur nog meer. Ze was lyrisch over de auto's en het resultaat van de werking. Jan gaf zijn akkoord op het starten van de reclamecampagne. Over tien dagen zouden de eerste vijf auto's in Central City aankomen. De containers zouden per trein worden aangevoerd en naar de garage van Jan worden gebracht. Het exacte moment zou ze nog melden bij Jan.

Jan voelde zich duidelijk weer goed op zijn gemak. Hij zou die dag de eerste twee afspraken hebben in de stad met twee managers van grote concerns. Hij ging alvast naar de eerste afspraak. Hij was nog wel erg vroeg maar wilde alvast even rondkijken.

Het hoofdkantoor van de levensmiddelengigant was een enorm gebouw van tientallen verdiepingen. De ingang was heel breed en uitnodigend en van heel veel grote bomen en struiken voorzien. Jan begreep de associatie van groen en gezond met eten, voedingsmiddelen. Hij wandelde rustig door de parkachtige entree en meldde zich bij de receptie. De desk zag er supermodern uit en de jongeman die hem te woord stond zag er zeer verzorgt uit en was uitermate vriendelijk.

Jan vertelde van zijn afspraak . Hij wist dat hij erg vroeg was. De man stuntelde even en vroeg hem even te wachten . Hij wees naar een paar banken die tegen de achterwand stonden. Hij zou Jan aanmelden.

Even later kwam de jongeman naar hem toe, zette een kopje koffie bij hem neer en meldde dat hij helaas wel even moest wachten. Jan bedankte hem en ging rustig zitten. De koffie smaakte hem prima. Jan bekeek de personen die het gebouw via de grote entree inkwamen. Allemaal witte boorden of dames in hele nette kleding.

Jan begreep dat hij er wel heel gewoontjes bij liep. Een knappe juffrouw kwam uit een van de liften. Ze keek een beetje minachtend naar Jan, hem duidelijk beoordelend op zijn mindere kleding en minder verzorgde uiterlijk. Ze liep naar de jongeman achter de balie en sprak met hem. Ze knikte naar de jongeman, draaide zich om naarJjan en wandelde naar Jan toe. Ze stopte vlak bij hem en vroeg hem met een hele rustige stem of hij wilde meekomen. Jan knikte en volgde de dame. Ze gingen de lift in en stapten ergens over in een volgende lift. Deze was een stuk luxer en groter. Jan begreep dat dit de directielift was.

Ze stapten uiteindelijk uit en de juffrouw vroeg Jan plaats te nemen in de wachtruimte. Jan knikte en wandelde naar de wachtruimte aan het eind van de brede hal. Via een enorm raam kon je een groot stuk van de stad overzien. Jan vond het een schitterend uitzicht.

Hij nam plaats en bekeek het verkeer dat door de brede straten in de omgeving reden. Hij stelde zich zijn eigen auto-ontwerpen voor, knalblauw tussen al die grijze auto's, plotseling veranderend in geel met groen en daarna knetterrood. Jan moest om zijn verbeelding grinniken.

Al snel keerde de juffrouw terug en vroeg hem haar te volgen. Ze liep een van de kamers binnen en bleef gelijk achter de deur staan. Ze nodigde hem met een gebaar uit om binnen te komen en plaats te nemen. Jan keek naar een grote stoel voor een ruime, brede tafel. Achter de tafel zaten twee mensen. Ze waren samen in gesprek geweest en gingen nu staan om hem te verwelkomen. Jan liep naar de stoel en stelde zich voor. Hij schudde beide mensen de hand en ging zitten.

Ook de twee gingen zitten. Ze keken een beetje verwonderd naar Jan. De twee stelden zich voor. De vrouw was directeur personeelszaken, de man was directeur productie van de concerndirectie. Helaas was de algemeen directeur niet beschikbaar daarom zouden zij het gesprek waarnemen.

Jan keek de twee aan. Glimlachte vriendelijk en stond op. Hij schudde beide opnieuw de hand en maakte aanstalten om weer te vertrekken. De twee waren hoogst verbaasd.

"Ik begrijp dat ik niet serieus genomen wordt door uw algemeen directeur. Dit gesprek was uitsluitend bedoeld om met hem in overleg te treden over onder meer de toekomst van dit concern. Kennelijk is hij daarin niet of niet voldoende geïnteresseerd," verkondigde Jan.

De twee keken hem helemaal verbaasd aan.

"Sorry Jan, we hebben dat niet begrepen. Nog sterker. Volgens onze informatie zou het gesprek gaan over u en een bedrijf dat u zou willen starten. U zou graag onze mening daarover willen vernemen. Onze algemeen directeur vond dat wij als concerndirectie daar voldoende kwaliteiten voor hebben om die beoordeling te kunnen doen. Wil je ons niet vertellen waar volgens jou het gesprek over zou moeten gaan ?" sprak de man in alle rust.

Jan keek de beide directeuren aan. Hij knikte.

"Ok, een paar vraagjes over jullie bedrijf en daarna zal ik toelichten wat ik met uw algemeen directeur had willen overleggen. "Jan ging meteen door met zijn twee vragen. "Begrijp ik het goed dan hebben u beiden een werkkamer, zoals deze ruimte en heeft uw directeur een ongeveer tien keer zo grote ruimte ter beschikking. Klopt dat?" Beiden knikten.

"Klopt het dat het bedrijf de afgelopen twintig jaar vrijwel niets heeft gedaan aan vernieuwing, nieuwe technieken, nieuwe modellen etc.?" Opnieuw knikten beiden.

"Dat dacht ik al. Ik voorspel dat dit bedrijf binnen een jaar failliet is en geen financiering meer krijgt van welke bank dan ook. "Jan keek naar de reactie van beide grote bazen. Ze keken hem alleen maar verwachtingsvol aan.

"Ik neem aan dat jullie de nieuwsuitzendingen volgen. Er zijn nieuwe auto's op de markt, waarvan de commerciële verkoop binnen vier weken gaat beginnen. Die auto's zullen jullie bedrijf te gronde richten." Jan bestudeerde hun reactie. Nog steeds geen enkel gevoel van begrip of enige reactie die er op wees dat hij serieus werd genomen.

Jan besloot zijn filmpje te laten zien. Hij vroeg om een beeldscherm om hun die auto's te laten zien. Meteen werd een groot beeldscherm in de muur geopend en een laptop kwam omhoog in de tafel voor hem. Jan plugde zijn memoriestick in en liet het filmpje lopen.

Hij wachtte de reactie rustig af. De man stond op en ging dichter bij het scherm staan. De auto's reden door het scherm, regelmatig van kleur veranderend en met grote snelheid over een strip. Het verhaal er bij werd met een geweldig optimisme verteld. Pas tegen het eind van het filmpje, toen de vooraankondiging kwam dat over tien dagen de showmodellen zouden worden getoond, kwam er een reactie van de vrouw.

"Is dit echt of alleen maar toekomstmuziek. Dit kan niet echt zijn," vervolgde ze meteen. Ze wist het zeker. De man draaide zich van het scherm om, ging zitten en keek Jan aan. "Mijn collega heeft gelijk, dit is pure fantasie en onmogelijk. Als dit uw verhaal is dan wensen we u heel erg veel succes. Hier geloven we niet in. "

"Jammer, het lijkt mij verstandig dat u uw bureaus vast gaat ontruimen. U bent niet geschikt om bij mij te komen werken. "reageerde Jan. Hij stopte de film, sloot de aansluiting voor de memoriestick en haalde hem uit de laptop.

"Mocht u de film nog een keer willen zien, hij staat inmiddels op het internet." Jan stond op groette de beide directeuren en vertrok.

Jammer van het gesprek. Hij had gehoopt de fabrieken van deze organisatie te kunnen benutten voor de productie van zijn modellen. Of anders misschien medewerkers te vinden die functies bij hem in zijn organisatie zouden kunnen invullen.

Jan voerde die week nog verschillende gesprekken. De inhoud leek steeds heel erg veel op het eerste gesprek. Iedereen was volledig ingeslapen. Ook bij de energiebedrijven en oliemaatschappijen kreeg hij geen gehoor.

Jan legde contact met een levensmiddelenconcern. Een van haar onderdelen leverde de voedselspecies voor zijn restaurants. Jan had hier een gesprek met de vrouw, Yvonne, verantwoordelijk voor de verkoop. Ze vond het filmpje heel erg sterk. Als het werkelijke product de getoonde verwachtingen kon waarmaken was dit

revolutionair. Eindelijk iets van waardering en een
eerlijke beoordeling. Jan probeerde haar over te
halen voor dit product de commercie te gaan
verzorgen. Ze bleef erg rustig en voorzichtig. Jan
nodigde haar uit om de producten te komen
bekijken, zodra die binnen waren. Hij wilde dat zij er
een zou besturen. Hij vertelde meteen dat hij nog
op zoek was naar een persoon voor
personeelszaken en voor de productie. De eerste
tien auto's waren klaar en onderweg naar Central
City.

Yvonne gaf haar telefoonnummer en e-mailadres
zodat hij haar kon uitnodigen.

Jan was blij met deze ommekeer in de gang van
zaken. Hij was er geen voorstander van om steeds
alles zelf te organiseren. Hij was heel erg goed in
het ontwikkelen van nieuwe concepten maar wilde
de zaken, zodra ze georganiseerd waren, graag
overlaten aan anderen.

Jan legde contact met Alania. Ze vertelde dat ze
vier wagens in containers had laten zetten en dat
die inmiddels op de trein naar Central City
onderweg waren. Ze zouden er de volgende dag
tegen de avond aankomen. Ze zou de documenten
om de containers in de garage in ontvangst te
nemen naar hem toemailen. Jan was blij met haar.
Hij vertelde dat hij iemand had gevonden die
misschien wel de leiding over de hele autoproductie

zou kunnen overnemen van hem. Alania zelf bleef natuurlijk volledig onmisbaar.

Jan voerde nog een aantal gesprekken en bekeek een aantal productiebedrijven. Uiteindelijk benaderde hij een tweetal mannen die hij samen met Yvonne de auto-industrie wilde laten runnen. Hij nodigde ze alle drie uit om naar zijn garage te komen. Hij verwachtte de auto's op een vrijdag, wilde op zaterdag proefrijden in de stad en op zondag, de dag die was vooraangekondigd als de dag van de demonstratie van de nieuwe auto's, wilde hij een rondrit maken door de stad met de auto's.

De containers met de auto's werden keurig volgens schema afgeleverd. Jan opende de auto's met zijn eigen code en reed ze meteen uit de containers en zette ze in zijn garage. Het paste allemaal maar net. Zo groot was de garage niet. Hij liet de containers meteen weer weghalen, ze blokkeerden de hele straat.

Hoofdstuk 27

Jan begon meteen met de auto, die gelijk achter de deur stond. Hij testte de energievoorraad, liet de verlichting lekker rond spelen en variëren. Hij liet de auto zweven en besloot die nacht een tochtje door de stad te maken. Hij wandelde naar het casino en at daar uitgebreid. Hij had de tijd. Hij wilde niet al te veel aandacht trekken maar wel een beetje.

Jan wandelde terug en bekeek de auto. Hij liet hem naar buiten zweven en sloot de deur van de garage achter zich. Jan reed rustig de stad in, Hij had de gewone autoverlichting, zoals de koplampen en de achterlichten aangezet, maar liet de overige verlichting heel erg zacht branden. In de stad kon hij zelf sturen. Dat werkte eenvoudig en soepel. Het stuurwiel functioneerde prima. Jan reed naar het centrale plein en oogstte daar, ondanks dat het al donker was, toch heel wat aandacht. Stilstaan bij de stoplichten resulteerde in getoeter van de auto's naast hem. Jan zwaaide naar de toeteraars en knalde even snel vooruit toen het stoplicht op groen ging. Hij wist dat dit zeker tot een reactie zou leiden. Na een uur keerde Jan terug naar de garage. Hij zorgde dat hij niet gevolgd werd want dat voorkwam dat al te nieuwsgierige bezoekers iets anders wilden dan kijken. Hij stapte uit en blokkeerde de auto met het herhalen van de code.

Jan was dik tevreden. Hij nodigde Yvonne en de andere twee toekomstige directeuren uit om zich de volgende dag, de zaterdag om twaalf uur te melden. Jan gaf het adres op van het casino. Hij zou ze daar opwachten, een lunch aanbieden en daarna met hen naar de garage wandelen. Jan had er zin in. Het was altijd een geweldige belevenis om een nieuw product in de markt te zetten. Hij had al ervaring met zijn restaurants, daarna de casino's, hoewel hij de opening niet had meegemaakt, hier in Central City, maar toch.

Jan ging laat naar bed. Hij wilde voor zichzelf een route hebben die hij zaterdag overdag met de drie nieuwe managers wilde rijden en een route die hij zondag, de dag van de officiële presentatie wilde rijden. Hij wilde geen toespraken maar alleen registratie door alle televisiestations en andere media. Hij informeerde ze allemaal. Een deel van de activiteiten zou in het centrum op het Centrale Plein plaatsvinden en de rest op de voormalige racebaan.

Tevreden ging hij slapen.

Jan ontbeet laat. Hij had goed geslapen en maakte tevreden een wandelingetje door de buurt van het casino. Hij wandelde ook langs het eethuisje waar hij voorheen de twee dames had ontmoet die hem op het idee hadden gebracht voor de verschillende modellen voor de auto's. Hij keek ongeïnteresseerd naar binnen en wandelde door. Pas toen hij er al voorbij was realiseerde hij zich dat de beide dames opnieuw aan hetzelfde tafeltje zaten als toen. Jan stopte, wandelde terug en keek naar de dames. De dames keken hem verrast aan en negeerden hem vervolgens. Ze waren kennelijk in een ernstig gesprek gewikkeld. Jan besloot de dames uit te nodigen om mee te rijden met de door hen aangegeven modellen. Jan liep naar binnen en nodigde de dames uit. Ze waren volkomen verbaasd. Ze begrepen niet waar hij het over had. Jan vertelde uitgebreid wat de bedoeling was. De dames waren meteen enthousiast. Ze vertelden Jan dat ze in een heftige discussie waren verwikkeld over de toekomst van de planeet, de mensheid en het heelal. Jan gaf ze wat meer informatie over de auto en de natuurlijke energiebron die werd gebruikt. Ze werden nog enthousiaster. Ze zouden zondag om precies elf uur midden op het centrale plein zijn. Jan beloofde ze daar op te pikken.

Jan keerde terug naar het Casino en wachtte rustig tot zijn drie nieuwe toekomstige managers zich zouden melden. Klokslag twaalf uur kwamen er drie taxi's voorrijden en stapten de drie uit en melden zich bij Jan, die midden voor het casino stond. Jan liet ze zich aan elkaar voorstellen en wandelde met ze naar een van de restaurants.

Ze aten rustig in een strandachtige omgeving. Jan stelde vast dat ze dit soort restaurants niet echt kenden. Hij vertelde dat hij een reeks van dit soort restaurants op de planeet had en dat die reeks nu verder werd uitgebouwd door het door hem aangestelde management. Ze hadden allerlei vragen over de werking, de robots en de veiligheidseisen. Jan beantwoordden alle vragen in alle rust. Ze waren duidelijk onder de indruk.

Jan veranderde van onderwerp aan het eind van de lunch. Hij vertelde dat hij hen alle drie graag als zijn managementteam wilde voor de auto-industrie. Het product sprak ze niet meteen aan. Jan gaf aan dat hij Yvonne als algemeen directeur wilde, Jannoek als technische man en Jirk als directeur personeelszaken. Jannoek sputterde meteen. Hij was niet zo goed op de hoogte van autotechnieken. Jan maakte hem duidelijk dat dat een enorm voordeel was. De te gebruiken technieken waren allemaal volkomen nieuw en kwamen uit de ruimtevaartindustrie. Ze hadden alle drie weliswaar zijn filmpje gezien maar hadden meer en meer het gevoel gehad dat er iets heel anders aan de hand was. Na het verhaal van Jan over de restaurantketen en de korte info over de casino's waren ze op het verkeerde been gezet. Met zijn drieën een auto-industrie opzetten was een raar gegeven.

Jan zag de kritische reacties. Hij vertelde dat hij een fabrieksruimte ter beschikking had waar nu een productielijn functioneerde die maar tien auto's per maand realiseerde. Hij had ruimte voor dertig van die units. Alleen had hij nu nog geen mensen en materialen om dat uit te voeren. De opbrengst van de geproduceerde auto's moest zorgdragen voor de financiering van de uitbreidingen. Dus gefaseerd en gestaag. De productiemethode is volledig vastgelegd en wordt gecontroleerd door een computer . De locatie ligt ver buiten bewoond gebied. Er moet dus een nieuwe stad gebouwd worden met alles wat er bij hoort. De financiering moet via een bank lopen en via de verkoop van de woningen, de verhuur van winkels etc. . De computer heeft alle benodigde details. Jan realiseerde zich dat hij de details over de bouw van de stad nog wel met Alania moest uitwerken.

Jan liet het filmpje van de auto's nog een keer zien. Hij vertelde dat er nu vier auto's hier dichtbij stonden. Hij wilde er vandaag in een een rondrit maken. Grotendeels de route die ze morgen ook zouden rijden. De bedoeling was dat er morgen in elke auto een passagier mee zou rijden. Hij had al twee dames uitgenodigd. Hij wilde daarnaast de burgemeester en de voorzitster van de regering meenemen. Jan glimlachte naar zijn drie, nog steeds verbaasde gasten. Hij stond op en vroeg hen om met hem mee te lopen. Ze wandelden naar buiten en liepen naar de garage.

Jan deed de schuifdeur open en wandelde naar binnen. Jan stopte bij de voorste auto en opende die met de code. Hij nodigde Yvonne uit om naast de bestuurder plaats te nemen en verwees Jannoek en Jirk naar de achterbank.

Jan startte de auto met de afstandsbediening en de auto zweefde iets omhoog. Jan stapte in achter het stuur en reed de auto zachtjes achteruit de garage uit. Hij sloot de garagedeur en zweefde de weg op. Hij legde uit dat de auto volledig identiek was aan een gewone auto qua rijsysteem. De automaat schakelde zelf, zonder enige overgang. Het stuur werkte in principe net als een gewoon stuur. Jan reed naar het centrale plein. Stopte daar en stapte uit. Hij belde de voorzitster van de regering en vertelde haar dat hij haar de volgende dag, de zondag midden op het centrale plein verwachtte. Hij zou haar oppikken. Meteen daarna belde hij de burgemeester en vertelde hetzelfde verhaal. Hij vertelde er bij dat ook de voorzitster van de regering er zou zijn.

Jan vertrok en volgde de route naar de racebaan. Het model trok veel aandacht. De vrije zaterdag hielp duidelijk mee. Op de racebaan mocht niemand hem volgen maar de passagiers maakten de ongeëvenaarde snelheid van een zwevende auto mee. Ze waren enorm onder de indruk, vooral toen Jan de auto zichzelf liet besturen met die enorme snelheden als gevolg. Zodra Jan het stuur weer overnam reduceerde de snelheid snel terug naar vijftig kilometer per uur. Jan liet ze alle drie rijden en ook op de bestuurdersplaats zitten bij de hoge snelheden zonder dat ze het stuur aanraakten. Ze vonden het alle drie verrassend maar vertrouwd. Die hoge snelheden vonden ze wel wat eng, zo zonder bestuurder.

Jan was dik tevreden. Hij reed terug naar de garage via een omweg zodat de mogelijke achtervolgers, nieuwsgierig als ze waren, niet geneigd waren vannacht in te breken in de garage. Hij reed een stuk over de grote weg. De snelheid liet hij niet verder oplopen dan tot 240 km per uur. Hij was blij dat hij de route vooraf ingeprogrammeerd had, zodoende kon hij automatisch de nieuwsgierige volgers afschudden. Ze keerden veilig terug in de garage en Jan liet ze uitstappen. Ze wandelden terug naar het casino waar ieder zijn eigen gang kon gaan. Jan ging ook naar zijn kamer. Hij was benieuwd naar de informatie die werd verspreid.

Er was nogal wat. De politie reageerde dat ze gezien al die publiciteit wel verplicht waren om de weg morgen af te zetten. De critici begonnen meteen over de enorme ongelukken die "natuurlijk" gingen plaatsvinden. De positieve journalisten waren lyrisch over het zweefconcept en ook over de aandrijving via zonne-energie. Reacties vanuit de auto-industrie waren er nauwelijks. De enkele reactie die er wel was ging meer de kant op van "onwaarschijnlijk", "niet realistisch", "eerst zien dan geloven".

Op het net waren heel veel verbaasde reacties. Hoe kon dit nu opeens uit de lucht komen vallen, wie zit er achter, een revolutie, het einde van de huidige auto-industrie, het begin van een nieuw energie-tijdperk.

Jan was heel tevreden. Hij was benieuwd hoe de concerns er echt op in zouden spelen. Het zou hem niet verbazen als ze zouden proberen auto's te stelen om ze na te bouwen. Zonder de kennis van Alania zouden ze het daar heel erg moeilijk mee hebben. Moest hij nog meer doen met de energiemarkt. De zonnepanelen konden ongetwijfeld nog veel sterker worden gemaakt.

Jan betrapte zichzelf er op dat hij al meteen bezig was om de werking van de zonnecellen aan een nader onderzoek te onderwerpen. Hij wist allang hoe ze werkten maar had nog maar weinig alternatieve materialen met harsen en dikvloeibare membranen of juist harde stoffen die de warmte snel doorgaven.

Jan keek op zijn horloge. Hij was er ongemerkt al weer enkele uren mee bezig om de zonnepanelen te verbeteren. Hij sloot zijn onderzoek af en ging naar bed. Het zou morgen wel een drukke dag worden.

Jan sliep lekker lang uit. Hij nam een snel ontbijt en overlegde met Alania. De eerste bestellingen waren al binnen, vertelde Alania. De honderd in productie waren al verkocht, hoewel niemand nog de prijs kende. Ze overlegden over de prijs en bedongen een behoorlijk hoge prijs. Tenslotte moest de opbrengst van deze honderd de volgende vierhonderd auto's financieren. Alania vond dat die prijs zelfs een koopje was. De concurrentie was minstens de helft duurder. Jan wilde de markt zo snel mogelijk veroveren. Alania was heel blij met hem. Ze ging meteen de materialen bestellen voor de volgende vierhonderd auto's.

Jan vertelde dat ze morgen, maandag met zijn vieren naar haar toe zouden komen. De drie moesten zijn rol waarnemen. Ze moest vier nette woonruimtes regelen, buiten die van hem. Deze drie zouden ongetwijfeld nog hulp nodig hebben. Het budget is zo, dat er in het tarief van de auto's ongeveer tien procent aan managementkosten zit. Al naar gelang er meer auto's worden gebouwd is er meer beschikbaar voor het totale management. Jij, Alania, hoort ook bij het management. Jouw kosten horen ook bij de managementkosten. Ik hoor er ook bij concludeerde Jan. Hij wilde graag een voorstel van Alania voor de verdeling van die tien procent !!.

De hele dag was Jan in de weer met zijn drie gasten en de vier externe bezoekers die meereden in de auto's. Ze waren naar de garage gewandelde en via een ruime omweg naar het centrum gereden. Jan had met de politie ter plaatse overlegd en de voorzitter van de regering en de burgemeester verwelkomd. Ook de beide dames uit het cafeetje waren keurig op tijd. Ze hadden een door de politie afgezet traject gereden. Het was onwaarschijnlijk druk geweest. Goed, het was schitterend weer maar toch, er was heel erg veel belangstelling. Ze reden langzaam door de stad en eindigden uiteindelijk bij de racebaan. Ze reden eerst een rustig rondje, daarna een stukje harder en alsmaar harder. Natuurlijk bepaalde de bochten en de scherpte daarvan hoe hard er daar gereden kon worden. Op het rechte stuk werd de snelheid op een grote monitor weergegeven. De hoogste snelheid was tweehonderd-zevenentachtig kilometer. Ze hadden de snelheid weer omlaag gebracht, hadden uitgebreid gezwaaid en waren vertrokken. Jan had in alle auto's dezelfde muziek laten draaien en de lichten laten reageren op de muziek

Hij reed de auto's terug naar het centrum en nam daar afscheid van de vier passagiers. Met de drie managers reed hij naar het treinstation en liet de auto's meteen in vier containers rijden. Ze werden meteen teruggestuurd naar de fabriek.

Jan ging met de drie managers terug naar het casino per taxi en besprak de situatie met ze. Hij wilde graag met ze naar de fabriek.

Alle drie waren ze onder de indruk van de auto's. Ze wilden graag met Jan mee. Jan was blij met ze . Hij regelde meteen vier vliegtickets en ze vertrokken diezelfde avond nog naar de andere kant van de planeet.

Jan had nog even contact gehad met Alania. Alles liep volgens Alania prima. De volgende drie productie-units werden ingericht zodat er vier keer honderd auto's zouden kunnen worden geproduceerd. Jan was heel tevreden. De bedrijfsbus zou worden gestuurd om ze van het vliegveld te halen. Jan wilde weten of de woonruimtes al beschikbaar waren. Alania zei van wel maar het was ingericht met oudere spullen. De nieuwe bewoners mochten zelf hun wooneenheden opnieuw inrichten. De bedoeling was om gelijk naast het bedrijfsterrein een hele stad te gaan bouwen, volgens Jans voorstellen, ze konden daar ook een kavel kopen en een eigen huis bouwen. Jan was tevreden. Hij zou het ze vertellen.

De reis, gevolgd door de rit in de VIP-bus duurde voor Jans gevoel toch wel erg lang. Hij was moe van de reis, zijn metgezellen ook. Jan stelde ze voor aan de voorman en wandelde door naar het tweede gebouw waar hun appartementen waren. Alania vertelde hem waar die waren. Net als zijn appartement lagen ook deze boven de kantine. Jan liet ze hun appartement zien en vroeg hen om naar beneden te komen, naar de kantine zodra ze zich hadden opgefrist. Hij friste zich zelf snel op en ging naar de kantine. Hij vertelde Alania dat hij de drie aan haar wilde voorstellen, zodat er overleg met elkaar kon plaatsvinden. Alania was voorbereid. Ze had drie aparte telefoons laten klaarleggen. Via die telefoons konden ze altijd overleggen. Met Jan kon ze over de hele planeet praten via zijn hersenen. Met de anderen normaal gesproken niet. Ze had de drie gezien via de camera's toen ze binnen kwamen. Ze had er een goed gevoel bij.

Jan wachtte rustig in de kantine op zijn drie nieuwe managers. Ze hadden nu een beeld gekregen van de locatie van de huidige productiegebouwen. Hij wilde ze voorstellen aan Alania en de eerste productielijn uitgebreid laten zien, daarna was het tijd om weer eens goed te slapen.

Jan had wat hapjes, zoetigheid en wat hartigs bij koffie of thee klaarstaan toen ze met zijn drieën tegelijk naar beneden kwamen en de kantine binnen liepen. Jan bekeek het glimlachend. De drie konden het kennelijk goed met elkaar vinden.

Jan legde uit hoe het op deze locatie werkte. Er werden auto's geproduceerd in een unit met een voorraad voor honderd stuks. Afhankelijk van het aantal units werd de productie vastgesteld. Er waren nu drie extra units in voorbereiding zodat er vierhonderd auto's konden worden gebouwd. Steeds was er na een produktieperiode een rust[periode voor de medewerkers. In die rustperiode werd de voorraad weer gereed gezet, zodat er weer honderd stuks konden worden geproduceerd. Het is aan jullie om het personeel binnen te halen, aan het werk te houden en zo nodig te vervangen bij ziekte of anderszins. Het bestellen van de materialen en de voortgangscontrole op de productie gebeurd via een computer. Deze computer heeft ook alle technische kennis die bij de producten en de productie horen. Jan gaf aan dat dit een heel bijzondere computer was.

"Deze computer heeft menselijke hersenen en heet Alania. We zullen zo bij haar op bezoek gaan, dan kunnen jullie ook met haar overleggen. Zij heeft ook alle plannen voor de bouw van een complete stad hier vlak bij voor het toekomstige personeel. De bedoeling is dat er een bank wordt benaderd voor het financiële plaatje. Op dit moment ligt er een aanbod van de lokale gemeente. Het gebied is ca honderd vierkante kilometer groot. Met een dertig jarige optie op dezelfde hoeveelheid om het huidige gebied heen. Het ligt zwart op wit. Zodra we iets in gebruik nemen wordt de grond van de gemeente gekocht en doorgeleverd aan de nieuwe eigenaar. Wij betalen de aanleg van alle voorzieningen en de gemeente onderhoud de wegen en voorzieningen en heft de gemeentelijke belastingen daarvoor. Alania coördineert alle activiteiten ook op dit terrein. Mogelijk dat jullie in overleg met Alania een aparte manager voor dit project willen aanstellen. "

Jan keek de drie aan. Ze zaten geboeid te luisteren. Ze hadden hun koffie op en Jan stond op. Hij wandelde met ze naar de ruimte van Alania. De drie waren verbaasd over de omvang en de merkwaardige positie van Alania. Ze hadden het er eigenlijk een beetje moeilijk mee. Jan gaf ze alle drie een telefoon en vertelde dat ze daarmee met Alania konden praten. Zo nodig alle drie tegelijk.

Jan ging even rustig zitten en bekeek hoe de drie hiermee omgingen. Het was noodzakelijk dat ze voortreffelijk met Alania overweg konden. Dit contact kon nooit worden gemist. Alania was essentieel voor de verzameling en uitgifte van alle informatie.

Jan keek rustig toe hoe de verschillende contacten verliepen. Hij was benieuwd of Alania bij iedereen dezelfde stem zou gebruiken. Het maakte hem helemaal niets uit.

Jan wachtte rustig tot alle gesprekken waren afgerond en vertelde dat ze nu de productieruimte zouden bekijken. Ze wandelden naar het andere gebouw en bekeken de productieomgeving. De eerste honderd auto's stonden klaar om te worden afgeleverd. Ook de eerste vier zouden worden afgeleverd. Die waren nog onderweg maar zouden morgen aankomen. Jan liet de eerste productielocatie zien. Deze was nu in opbouw van de voorraden, net als de andere drie maar die voor de eerste keer. De werknemers van de productie hadden vrij. Ze zouden in totaal vier weken vrij zijn. De eerste week was nu om. Over drie weken moesten er wel vier keer zoveel werknemers zijn. Yvonne, Jannoek en Jirk begrepen de opdracht en de werkmethode.

Ze keerden terug naar de kantine. Jan maakte duidelijk dat zijn taak er op zat. Als ze hem nodig hadden moesten ze aan Alania vragen om hem te benaderen. Hij zou via Alania reageren of zelf komen. Alles was duidelijk. Jan wenste ze succes en ging naar bed. De anderen praatten nog wat na en gingen vervolgens ook naar bed.

De volgende dag keerde Jan terug naar Central City. Hij was weer de hele dag onderweg. Moe kwam hij pas laat terug in zijn hotelkamer in het Casino. Hij ging moe naar bed.

De volgende morgen nam hij een rustig ontbijt. Eigenlijk vond hij dat de reistijden bij internationale vluchten veel te lang waren. Het gebruik van transporters was toch eigenlijk zeer voor de hand liggend. Jan besloot na te gaan wat het zou kosten om een transporter te bouwen, werkend op zonne-energie met de nieuwe zonnecellen. Hij besloot eerst die verder te ontwikkelen.

Jan wandelde naar de garage. Hij benaderde Alania en sprak zijn nieuwe plan met haar door. Alania mailde de laatste ontwikkelingen op het gebied van de zonnepanelen en Jan ging daarmee aan de slag. Jan besloot ook Mary-Lou hierbij in te schakelen. Hij legde expres ook het contact tussen Alania en Mary-Lou zodat ze ook onderling konden overleggen. Alleen Jan kon de experimenten uitvoeren en de resultaten meten. Hij ging actief aan de slag. Alania en Mary-Lou waren voortdurend in gesprek over al eerder door anderen uitgevoerde experimenten en de resultaten daarvan. Jan had het voordeel van zijn ervaring met de nieuwe computergel met hars en gelei. Dit week sterk af qua samenstelling van alle tot nu toe gebruikte stoffen bij de experimenten van anderen.

Jan moest wel regelmatig lange pauzes nemen omdat de materialen die hij wilde gebruiken niet beschikbaar waren. Ze moesten worden besteld of ergens opgehaald en dat kostte vrij veel tijd. Jan besloot uiteindelijk terug te gaan naar Querio, naar de grote vliegtuighal waar een groot stuk van was benut om een casino van te bouwen maar waar nog altijd erg veel ruimte en ook erg veel materiaal beschikbaar was uit de tijd van zijn experimenten met de vervanging van de menselijke computers in de ruimteschepen.

Jan nam afscheid van de stad en reisde naar Querio met de trein. Hij zegde de huur van de garage op en stuurde alle spullen die hij daar had verzameld in een container naar Querio. Terug in Querio drong het opeens heel scherp tot hem door dat hij al tijden lang niets meer over Samantha had vernomen. Eigenlijk al sinds hij hier terug was op de planeet. Hoe kon dit. Hij wilde haar toch eigenlijk steeds juist heel dicht bij zich hebben. Jan ging eens rustig zitten. Wat was de huidige situatie. De bemanningsleden van het ruimtestation Morion werden samen met Samantha door Manton overgenomen en op het ruimteschip van Madeleine in een baan om de planeet gevangen gehouden. Hoe was het mogelijk dat hij er nu pas over nadacht. Dit was toch veel belangrijker dan een nieuwe auto of een verbeterde versie bouwen van een transporter !! Jan kon het eigenlijk helemaal niet geloven. Dit kon niet. Jan moest toegeven dat het wel was gebeurd. Het was duidelijk. Manton was wel degelijk in staat geweest om zijn geest te beïnvloeden. Hoe kwam het dat hij er nu wel over kon nadenken. Wat was er veranderd? Kwam het doordat hij nu in Querio was?

Jan besloot eerst eens te overwegen hoe hij iets met Manton zou kunnen doen. Hoe zou hij het ruimteschip kunnen benaderen of zelfs binnendringen. Natuurlijk zou Manton zorgen dat de bevoorrading heel gedegen was beveiligd. Manton had dat ook gedaan bij de transporter toen hij probeerde mee te reizen. Hoe moest hij dan binnen komen. Tussen het eten zou hij als levende have opvallen. Kon hij het ruimteschip dwingen om te landen. Jan zag geen mogelijkheden. Kon hij de energievoorziening verstoren. De zonnepanelen bedekken of loskoppelen? Hoe lang zou het ruimteschip nog op de opgeslagen energie kunnen doorgaan? Minstens een maand of twee, dacht Jan. Andere mogelijkheden? Jan wist het niet.

Hij besloot er eens goed over na te denken. Wat was er zoal op een ruimteschip waar je wat mee zou kunnen doen. Zou hij Madeleine kunnen beïnvloeden? Manton zou dat zeker willen voorkomen. Tenslotte bestuurde zij het ruimteschip. Manton moest voorzichtig met haar zijn, het ruimteschip moest accuraat worden bediend. Ze moest daarvoor redelijk alert blijven. Als Manton in staat was Jans gedachten omtrent Samantha bij hem weg te houden, was er erg weinig kans dat hij Madeleine minder goed zou afschermen. Hij herinnerde zich dat hij al eens geprobeerd had om

Madeleine te benaderen maar dat had helemaal geen resultaat opgeleverd. Wat kon er dan wel? Jan wist het niet. Hij nam contact op met Mary-Lou en Alania voor suggesties. Ze zouden er op terug komen.

Jan vond het allemaal wel erg onbevredigend. Eigenlijk zou hij een mogelijkheid willen onderzoeken waarbij hij de geest van Manton kon beïnvloeden of misschien alleen maar bedwelmen of minder alert laten zijn. Hoe maak je een geest dizzy of zelfs buiten bewustzijn. Radiogolven, dat was het niet, andere golfsoorten, straling ? Een combinatie van straling en golven. Jan was niet genoeg op de hoogte van dit soort werkingen en combinaties. Hij legde ook deze suggesties bij Mary-Lou en Alania neer.

Jan kon zich niet concentreren. Hij wandelde naar het naastgelegen Casino en liep gewoon een rondje. Zijn gedachten bleven bezig met Manton. Hoe zou je iets met hem kunnen uithalen waardoor hij de controle verliest. Hoe eet hij, hoe verkrijgt hij zijn energie, hoe ligt hij er bij, heeft hij dezelfde gelei als de anderen. Kun je iets met die gelei waar hij in ligt. Kun je die opwarmen van afstand? Jan begon er een beetje een gevoel bij te krijgen. Hij kon zich herinneren dat er vroeger röntgenstralen werden gebruikt bij onderzoeken. Die waren op de een of andere manier gevaarlijk. Je kon er brandwonden van krijgen, meende hij zich te herinneren. In hoeverre was een ruimteschip met zijn bijzondere printplaatbuitenkant gevoelig voor röntgenstralen?

Jan overlegde met Alania. Het was nooit getest. Jan vroeg Alania de spullen voor een dergelijk experiment in zijn hangar in Querio te laten bezorgen. Het ging vooral om de röntgenapparatuur. De overige spullen had Jan al beschikbaar in verband met zijn voorgenomen bouw van transporters op basis van de ruimteschepentechnologie. Jan realiseerde zich terdege dat hij eigenlijk niet wist uit welke stoffen de gelei was gemaakt waar de hersenen bij de hersencomputers in lagen. Hij had wel zijn eigen harsgelei ontwikkeld voor de mechanische oplossing maar die was natuurlijk heel anders samengesteld dan die voor de menselijke hersenen. Alania meldde terug dat de röntgenapparatuur eind van de week zou worden bezorgd.

Jan reageerde ongeduldig. Hij moest op veel kortere termijn een oplossing hebben. Samantha was al veel te lang onder invloed van Manton. Waar was Madeleine nu, waar was ze in de baan om de planeet. Kon hij samen met Morion het ruimteschip opslokken, binnen halen in het aankoppelstation. Misschien bood Marian meer mogelijkheden. Ze was een enorm stuk groter en had misschien wel een soort binnendok, waar ruimteschepen konden worden gerepareerd.

Jan nam contact op met Marian. Ze was in een uitstekende bui. De nieuwe apparatuur werkte fenomenaal. Ze was helemaal in haar sas. Jan was blij voor haar. Ze vertelde meteen op Jans vraag of ze een aparte ruimte had om ruimteschepen te repareren dat die er inderdaad was, helemaal boven in de nok van het ruimtestation was een bijzondere ruimte voor dat soort reparaties. De schepen konden via een enorme luchtsluis naar binnen worden geloodst. Jan wilde weten of Madeleine daar ook in paste.

"Natuurlijk ! ", reageerde Marian meteen een beetje verongelijkt. Toen drong het tot haar door wat Jan daarmee wilde zeggen. "Gaan we Manton vangen ?" wilde ze meteen weten.

"Kunnen we Madeleine op de een of andere manier verleiden om bij jou in het dok te komen?" vroeg Jan.

"Natuurlijk," mompelde Marian weer, maar nu op en meer nadenkende, niet helemaal overtuigende manier. " Ze moet vast nodig in dok voor onderhoud. Ik zal het haar wel moeten vertellen. Hoe leg ik het aan, ze is de enige zonder extra computermodule," Marian dacht hardop. Jan dacht met haar mee. Het was waar wat ze zei. Madeleine had nog geen nieuwe aanvullende computer bijgeplaatst gekregen. Jan beloofde Marian dat hij een extra computer voor Madeleine zou bouwen. Hij had een dag nodig. Alle spullen waren in zijn hangar op voorraad.

Marian was enthousiast. Ze zou meteen contact zoeken met Madeleine. De extra computercapaciteit was verbluffend goed en dus wilde ze die graag bijgeplaatst hebben bij Madeleine.

Jan keerde tevreden terug naar zijn hangar en ging meteen aan de slag. Hij verzamelde alle benodigde zaken en begon met het opbouwen van de computer zoals hij er alle enkele tientallen had gemaakt voor alle andere computers met menselijke hersenen. Jan overwoog nog of hij er nog extra controle-instructies bij in zou kunnen bouwen. Het zou een mooie extra optie zijn tegenover Manton. Jan besloot enkele uren extra aan de programmering te besteden om de mogelijkheid extra in te bouwen, weliswaar volledig gekoppeld aan zijn geest. Een ander kon het niet misbruiken.

Hoofstuk 28

"Jan, Jan !!!!! "Een gillende kreet van Marian.

"Wat is er?" vroeg Jan ongerust. Jan hoorde even niets. Hij werd alsmaar ongeruster. Hij ging er bij zitten en concentreerde zich. Plotseling meldde Mary-Lou zich en meteen daarna ook Morion en Alania. "Madeleine is weg !!!" klonk de gezamenlijke kreet. Jan keek geschokt op. Wat, wat zeiden ze nu. "Madeleine is weg?" ja, dat beweerden ze. "Hoe bedoel je " kreet Jan meteen naar allemaal. Morion nam het woord.

"We kunnen Madeleine niet meer vinden. Aan de hand van jouw vragen hebben we, heel voorzichtig hoor, geprobeerd contact met haar op te nemen. We waren in de veronderstelling dat ze in een baan om de planeet circuleerde. Natuurlijk, net als de anderen moest ze regelmatig haar energie voorzieningen aanvullen en daartoe moest ze een uitstapje om de zon maken. Madeleine had daarvoor meestal een dag of vier nodig. Volgens onze laatste gegevens is ze gisteren vertrokken voor de omloopbaan om de zon. We volgen natuurlijk haar koers. We zijn haar kwijt. Ze is niet in de omloopbaan om de zon aan het gaan, want dan hadden we haar volgens het verwachte schema vlak naast de zon moeten waarnemen. Ze is daar niet. We doorzoeken het bekende spectrum om te achterhalen waar ze haar laatst zichtbare sporen heeft achtergelaten om een idee te krijgen van haar uitgestippelde koers." Morion zweeg. Hij wist niet wat hij nog meer moest zeggen.

"Oké," reageerde Jan, "dank voor jullie snelle reactie. Als Madeleine niet op weg is naar de zon, wat kan Manton dan met haar van plan zijn ?" Jan sproeide zijn gedachten naar alle computers met menselijke hersenen.

Mary-Lou suggereerde dat de twee dichtstbijzijnde objecten de twee ruimtestations waren die op de terug weg waren van hun verre reizen. De Poseidon die over ongeveer vier weken werd terug verwacht en de Grote Oceaan, die over zes weken werd terug verwacht. Natuurlijk was dat gerekend met de snelheid waarmee die ruimtestations zelf kunnen reizen en niet met de nieuwe snelheden waarmee de schepen en stations nu, dank zij jou Jan , kunnen reizen. Ook Madeleine reisde nog op de oude capaciteit, ze was nog niet aangepast. De volgende optie is de aarde.

Het werd even stil. Uiteindelijk meldde Mary-Lou zich weer. De sporen wezen nergens naar. Alle opties konden worden ingevuld. Jan nam contact op met Distancia. Hij vroeg haar om hem te komen oppikken. Jan sloeg gelijk aan het werk. Hij completeerde de computeraanvulling die voor Madeleine was bedoeld en voltooide er meteen nog twee. Hij wilde die bij Distancia inbouwen om te experimenteren met grotere snelheden. Distancia was een van de meest ervaren ruimteschepen als het ging om ruimtereizen. Jan besloot nog drie extra units te voltooien en mee te nemen. Hij wilde de ruimteschepen Alpha en Beta ook meenemen op reis. Ook bij hen wilde hij een extra unit inbouwen. Hij liet ze alle drie landen bij de hangar. Hij begon meteen met het inbouwen van de extra units. Op zich was dat een kwestie van plaatsen en verbinden. Simpel en eenvoudig. De scheepscomputers moesten zelf de werking uitzoeken en toepassen. Vooral voor Alpha en Beta was dat nog wel heel erg veel gevraagd. Jan gaf ze in overweging om er niet bij na te denken maar het gewoon toe te passen en dan te zien wat er mogelijk was. Ze stegen gelijk na de afronding van de installering op. Jan vroeg Mary-Lou de gegevens van de ruimtestations aan de schepen door te geven en stapte zelf bij Distancia in. Op de een of andere manier was het toch nog steeds een soort thuis voor Jan.

Jan installeerde zich in zijn oude woonkamer en maakte een geweldig diner voor zich zelf klaar in de keuken. De voorraden waren in de afgelopen periode niet aangetast dus er was meer dan voldoende voor hem. Hij nam er zijn tijd voor Distancia en Alpha en Beta overlegden over de te volgen route naar de Poseidon. Ze dachten er, uitgaande van hun veel hogere snelheid in een dag of vier te zijn. Ze hadden rekening gehouden met een tochtje om de zon om alle energievoorzieningen op peil te brengen en dan met een snelle slinger naar de Poseidon te gaan.

Jan ging die avond in stase en zou worden gewekt als ze op een uur of twaalf van de Poseidon zouden zijn.

Jan werd langzaam wakker. Hij voelde zich duf als een appeltje. Hij voelde zich wel uitgerust maar toch wel erg slapjes. Toen schoot hem te binnen waar hij was. Hij groette Distancia en kreeg meteen een helder en duidelijk welkom. Ze vertelde dat ze op twaalf uur vliegen van Poseidon waren. Alpha en Beta waren dichtbij. Ze wilde weten of Jan zelf contact wilde opnemen met het ruimtestation of dat zij dat in eerste instantie moest doen. Jan wilde dat zelf doen. Jan nam meteen contact op met Alpha en Beta en vroeg hen hier op Jan en Distancia te wachten. Graag met een grote breedte uit elkaar. Mochten ze Madeleine waarnemen dan wilde Jan dat graag gemeld hebben. Alpha en Beta vonden het prima en maakten gelijk de afstand tussen hen in een heel stuk breder maar bleven op gelijke afstand meevliegen met de Poseidon.

Jan legde contact met de Poseidon. Hij werd heel formeel te woord gestaan. Hij vertelde dat hij met zijn ruimteschip in de buurt van de Poseidon was. Een spottende stem onderbrak hem meteen. Hij wilde meteen weten op hoeveel maanden afstand dat dan wel was. Jan vond de stem erg scherp en uitdagend. Als je zo vreselijk lang onderweg bent geweest en je bent bijna thuis zit je misschien niet te wachten op de een of andere ruimtepiraat die iets van je wil. Jan voelde wel met hem mee.

Hij vertelde dat hij "Jan" heette en wilde weten hoe hij heette. Jan kreeg geen reactie. Jan probeerde opnieuw contact te leggen. De enige reactie die hij kreeg was "Flauw hoor, rot op! "

"Oké," verzuchtte Jan, "ik wil je graag wat vertellen. Over naar schatting een dag of vier zul je mogelijk worden benaderd door een ruimteschip. Het ruimteschip wordt bestuurd door Madeleine. Helaas is Madeleine onder de invloed van een externe macht, genaamd Manton !" Jan wachtte even. Hij had de indruk dat Poseidon wel luisterde en schrok van de informatie die Jan verstrekte. Kennelijk had de naam Manton wel een bekende klank bij de Poseidon bestuurder. Jan ging verder. "Madeleine is vier dagen geleden, nee , vijf dagen geleden vertrokken onder de leiding van Manton. We weten niet waarheen. Gezien het feit dat de Poseidon het dichtstbijzijnde potentiele doel was, hebben we ons eerst hierheen gespoed om jullie te waarschuwen en mogelijk te helpen. We zouden graag Manton onder controle krijgen. We hebben alle computers, aangestuurd met menselijke hersenen, gevrijwaard van de bezitsdrang van Manton. We willen jou ook graag beschermen maar vooral ook Manton onder controle krijgen. Mogelijk zal Manton nu al proberen om je onder controle te krijgen. Misschien heeft hij dat al. Kan het zijn dat Manton zich al gemeld heeft bij je?" Jan wachtte even op een reactie.

"Hij heeft het inderdaad geprobeerd maar hij was uiterst zwak en viel regelmatig weg" de stem was een beetje beverig geworden, duidelijk onder de indruk van het verhaal van Jan. "Sorry voor mijn eerste reactie maar mijn naam is "Jon". Ik dacht dat je me in de maling nam. Je verhaal is daarvoor veel te serieus. Wat stel je voor, hoe kan hij weer vrij rond waren?"

Jan moest even grinniken. "Hallo Jon, welkom in de club. Ik reis met Distancia, dat is de naam die ik haar heb gegeven omdat ik haar echte naam toen niet kon uitspreken. Je bent natuurlijk vrij om rechtstreeks met haar te overleggen. Hou er wel rekening mee dat als Manton dichtbij is, de kans groot is dat hij jullie kan afluisteren."

Jan wilde van Jon weten of hij net als andere ruimtestations een reparatiedek helemaal bovenin het station had waar ruimteschepen van buitenaf in konden komen voor reparatie . Jon was meteen helder en duidelijk Natuurlijk had hij een reparatiedok boven in het station. Jan wilde graag met Jon overleggen in het ruimtestation en hem beschermen tegen Manton.

Jon wilde nog wel weten hoe het mogelijk was dat Jan en Distancia een dag later van de planeet waren vertrokken en beweerden dagen eerder aan te komen dan Madeleine en Manton. Jan vertelde dat hij een nieuwe computer had ontworpen die er voor zorgde dat de computers met menselijke hersenen aanzienlijk functioneler en sneller konden functioneren. Op dit moment waren er twee ruimteschepen uitgerust met alleen maar die nieuwe computers. Ze konden even snel reizen als Distancia. Jan vertelde over Alpha en Beta. Ook vertelde hij dat hij voor Jon ook nieuwe computers beschikbaar had. Jon was heel verbaasd, nieuwe computers zonder menselijke hersenen die toch verbluffend goed konden functioneren. Jon herinnerde zich dat er van alles was stilgelegd qua nieuwe ontwikkelingen, vooral die met menselijke hersenen in de computers. Daartoe was Manton ook de echte aanleiding geweest Hij maakte misbruik van zijn geestelijke vermogens om iedereen te beïnvloeden.

Jon wilde graag beschermd worden tegen Manton. Jan verwees Jon naar Distancia om een arrangement met elkaar af te stemmen. Jan zou daarna zorg dragen voor de bescherming. Hoe sneller hoe beter.

Jan begon maar met een ontbijt. Tenslotte was hij net wakker. Hij douchte en kleedde zich aan. Hij hoopte van harte dat Manton had besloten om naar dit ruimtestation te vliegen. Dit ruimtestation had alle ingrediënten om Manton te vangen. Een dok waar Madeleine in kon worden afgemeerd, alle mogelijkheden om Jon af te schermen en de tijd om hem te leren om Manton zo ver te krijgen om in het dok af te meren. Daarna was het aan hem om Manton te ontmantelen.

Jan verzamelde de spullen die hij dacht nodig te hebben. Hij had nog vier computers en wilde Jon er twee van geven. De derde was voor Madeleine en de vierde eventueel voor het andere ruimtestation dat onderweg was naar de planeet. Hij zette de drie computers op een karretje en plaatste de container met de installatie voor het scherm er bij.

Hij ging naar de cockpit en bekeek het ruimtestation op het scherm. Jan was onder de indruk. Hij vroeg Distancia of dit ruimtestation zo groot leek of ook echt zo groot was. Volgens Distancia was het een slag groter dan Marian. Echt gigantisch, de grootste die ooit was gebouwd, wist ze van Mary-Lou en Alania.

Jan zocht nog even contact met Alania. Ze was heel enthousiast. Het nieuwe management deed het geweldig. De financiën verliepen simpel en eenvoudig. De komende duizend auto's waren al besteld. Zodra de productie zou starten zouden ze worden betaald en een maand later afgeleverd. Er was heel erg veel rumoer in de auto-industrie en de olie-industrie. Allerlei landen leken de gewone benzineauto nu al te willen verbieden. Dat kon natuurlijk niet. Het management overwoog om productie-units op te starten in de huidige auto-industrie fabrieken, volledig gebaseerd op het hier toegepaste systeem. Ze vond het geweldig. Jan had een goed gevoel bij de voorstellen en vertelde dat hij zich prima kon vinden in die nieuwe gedachtegang.

Jan realiseerde zich dat hij het middageten had overgeslagen en bereidde zichzelf een uitgebreid diner. Hij nam tot slot een beker sterke koffie en wandelde naar de cockpit. Hij ging rustig zitten en keek naar het ruimtestation. Ze waren inmiddels al aardig dichtbij gekomen en Distancia vroeg hem om in de stoel te gaan zitten zodat ze konden gaan aanmeren. Jan leunde netjes achterover in de stoel en kwam in een liggende houding terecht. Hij zag hoe Distancia aanmeerde bij een van de aanlegsteigers. Het verliep allemaal vlotjes en correct. De luchtsluizen sloten op elkaar aan en Jan stapte uit de stoel en haalde zijn karretje met zijn spullen.

Jan liep door de cockpit en de luchtsluis naar het ruimtestation. Hij was nieuwsgierig naar de inrichting en vooral naar de bestaande situatie op het station. Hoe was het met de mensen, waren die allemaal nog steeds in stase nu het ruimtestation nog minstens drie weken nodig had om bij de planeet te komen. Jan wandelde door een grote, ruime, schone ingang en kwam meteen daarachter in een netjes onderhouden zaaltje. Alles was wel een beetje steriel. Het kon natuurlijk best zijn dat hij de eerste was die hier sinds vele tientallen jaren kwam. Het station had verschillende planeten bezocht maar geen een voldeed ook maar in de verste verte aan de minimale vereisten voor bewoonbaarheid.

Jan wandelde rustig rechtdoor. De deur voor hem ging geruisloos aan de kant, een schuifdeur. Jan was gewend dat die eerste deuren beter hermetisch, dus luchtdicht, werden afgesloten als ze tegen elkaar aan klapten maar alles was voor verbetering vatbaar. Hij wilde de luchtdichte afsluiting nog wel eens bekijken. Net als bij Marian en Morion begon er recht voor hem een rijtje lichtjes te knipperen. Hij volgde de lichtjes. Zoals hij had verwacht ging de route recht vooruit tot in het midden van het station. Hij eindigde uiteindelijk in de grote centrale hal waar een heleboel liften waren. Het was overal stil. Er was geen mens te bekennen. De lichtjes leidden naar een van de liften. De deuren van de lift gingen al open en Jan wandelde naar binnen het karretje achter zich aan trekkend. De lift ging een fors eind naar beneden.

Toen hij uit de lift stapte verschenen de lichtjes weer. Jan volgde ze een volgende lift in. Hij ging helemaal naar beneden

Hij stapte de lift uit en volgde de lichtjes. Hij moest een behoorlijk stuk de gang door. Uiteindelijk stopten de lichtjes voor een deur die niet meteen open ging. Jan probeerde de deur weg te schuiven en was zelf verrast dat het hem nog lukte ook.

Jan stapte naar binnen. De ruimte leek wel op de ruimte van Morion. Ongeveer dezelfde maat. Ook het plateau waar Jon op lag was vergelijkbaar. Jan vertelde Jon dat hij er was en Jon grinnikte. Hij zag Jan via het netwerk van camera's. Jan begon meteen zijn kar leeg te maken. Hij zette het frame op voor het afdekscherm maar trok het scherm er niet voor. Jan monteerde de twee computers op het plateau en koppelde Jon aan. Hij vertelde Jon dat die veel taken aan deze computers kon toevertrouwen en de reissnelheid van het station fors kon verhogen. Jon moest zelf ondervinden hoe hij de computers het beste kon benutten.

Jon begon voorzichtig te experimenteren. Jan vertelde hem dat als Manton zich zou melden hij de indruk moest wekken dat zijn ruimteschip direct in het dok moest plaatsnemen. Zodra Manton dat zou hebben gedaan moesten ze het dok afsluiten en het ruimteschip daar gevangen houden. Jan zou dan in het ruimteschip proberen te komen en ter plaatse alles regelen. Binnen halen was het eerste probleem. Jan sprak met Jon af dat Jon alleen opdrachten van Manton zou accepteren na goedkeuring door Jan.

Jan besloot het ruimtestation eens rustig te bekijken. Van Jon had hij begrepen dat vele honderdduizenden in vijftig verdiepingen in stase lagen. Volgens Jon waren het er zes miljoen. Jan was verbijsterd, dat zoveel mensen dit avontuur hadden aangedurfd. Elke drie maanden werden er dertig wakker gemaakt. Die dertig werden geïnformeerd over de voortgang en indien nodig ingezet voor werkzaamheden die Jon zelf niet via robots kon laten uitvoeren of die een menselijke beslissing vroeg die aan de bemanning was voorbehouden. Na een week gingen die allemaal weer in stase. Over een maand zouden er weer dertig worden gewekt. Die dertig zouden beslissen over de benadering van de planeet en het contact met de planeet.

Jan had de resterende goederen weer op de kar geladen en nam die kar mee op zijn toer door het station. Eerst ging hij helemaal naar boven naar het dok. Hij wilde de situatie ter plaatse goed in zijn hoofd hebben. Hij liep er rond en vond de ruimte wel immens groot, zelfs voor een dok. Hij keek omhoog en vond de toegang of uitgang naar buiten wel wat aan de kleine kant. Jan zag nog een zijdeur en liep er heen. Dit was en opslagruimte voor allerlei materialen. Hij reed zijn karretje hier naar binnen en deed de deur achter zich weer dicht.

Jan zocht de verdiepingen met de stasecabines. Hij was behoorlijk onder de indruk. De immense rijen met cabines leek schier oneindig. Hij kreeg de indruk dat de enige methode die werd toegepast, was om alle mensen in stase te houden totdat er voldoende zekerheid was om ze weer bij te brengen en gelijk van het ruimtestation weg konden naar de nieuwe planeet. Nergens zag hij voorzieningen voor een leven aan boord zoals bij Marian. Daar woonden natuurlijk ook alle mensen. Daar was geen ruimte voor een langdurig verblijf in stase. Althans, voor zover Jan had gezien.

Plotseling kreeg Jan een signaal door. Beta meldde zich. Madeleine was in aantocht. Ze was veel sneller dan Jan had verwacht. Zou Manton zijn vermogens hebben ingezet om de snelheid te verhogen. Jan keerde snel terug naar Jon.

Jan probeerde voorzichtig om contact te leggen met Jon. Ongetwijfeld was Manton bezig om Jon onder controle te krijgen. Jan kon niet meeluisteren. Hij benaderde Distancia om uit te zoeken of zij kon meeluisteren. Helaas ook zij kon er niet tussen komen. Jan besloot af te wachten. Het zou nog wel even duren voor Madeleine bij Jon zou zijn. Jan schatte het op ongeveer een uur of veertien. Hij was blij dat hij goed had gegokt.

Jan vroeg zich af of hij de nadering van Madeleine kon volgen via beeldschermen. Hij dacht dat het besturingscentrum ergens aan de voorkant was maar waar was de voorkant. Jan benaderde Jon maar kreeg geen contact. Hij besloot Marian te benaderen. Hij hoopte dat de afstand niet te groot was. Helaas hij kreeg geen contact. Jan besloot naar de centrale ruimte te gaan om te zien of hij daar aanwijzingen kon vinden over het besturingscentrum. Jan kwam de lift uit en liep naar het midden van het plein. Hij herkende de gang waar hij vandaan was gekomen toen hij binnen kwam. Die gang leidde naar de aanlegsteigers. Distancia was daar nog. Jan vond geen enkele aanwijzing Hij liep het plein rond maar kreeg geen enkel gevoel bij enige aanwijzing. Niets. Jan raakte een beetje geïrriteerd. Hij vermande zichzelf en besloot aanwijzingen in de liften te zoeken. Hij riep de liften op en bekeek ze daarna van binnen. Hij had de indruk dat de meeste liften werden gebruikt om hier op het centrale plein terecht te komen. Jan kreeg die indruk doordat die drukknoppen het meest versleten waren. De slijtage was weliswaar marginaal maar toch onmiskenbaar.

Jan wilde deze enorme verdieping eerst maar eens nader te onderzoeken. Hij besloot toch eerst nog wat te eten en keerde terug naar Distancia. Ze was blij met zijn terugkeer. Jan maakte zich een uitgebreide maaltijd. Hij wist niet goed of het middag of avond was. Het maakte hem niet uit. Hij at erg lekker, vond hij zelf.

Jan vroeg Distancia of zij kon zien hoever weg Madeleine was. Distancia vertelde dat zij zelf niets kon zien maar via Beta precies op de hoogte bleef. Volgens Beta zouden ze nog wel een uur of twaalf nodig hebben om het station te bereiken. Helaas was het contact met Jon weggevallen.

Jan keerde terug naar het ruimtestation en begon aan een uitgebreide rondgang door de enorme etage. Het was een behoorlijk tijdrovende bezigheid. Hij begon aan de eerste zijgang, komend vanaf de aanlegplaats waar Distancia was aangemeerd. Jan opende elke deur die hij tegenkwam aan beide zijden van de gang. Alle kamers leken sprekend op de vorige. Dit waren allemaal ruimtes bedoeld om te worden gebruikt als woonruimte voor een of tweepersoonsgezinshuishoudens. Jan werd er bijna moedeloos van. Uren achter elkaar bleef hij hetzelfde zien. Hij was zo gewend dat hij hetzelfde beeld voorgeschoteld kreeg dat hij na vijf uur een deur al weer dicht had gedaan, terwijl er achter iets heel anders te zien was. Jan verstarde. Hij deed twee stappen terug en opende de deur opnieuw. Hij keek nieuwsgierig naar binnen. Dit leek hem een soort ziekenboeg. Een groot aantal lege bedden stonden netjes tegen de zijkant met naast elk bed een gordijn. Aan de andere kant van de behoorlijk lange en diepe kamer stonden kasten . Deels met een dichte deur en deels met een doorzichtige deur. Jan had de indruk dat er vele medicijnen in die kasten stonden.

Hij besloot dit verder niet te onderzoeken en was zeer benieuwd naar de volgende ruimten. Eindelijk wat nieuws. De volgende drie ruimten waren opslagruimten van allerlei verschillende materialen, panelen, schroeven, apparatuur, slangen etc.

Jan liep snel door. Zowaar de volgende ruimte was de centrale besturingskamer. Hoewel de kamer voor zijn gevoel wel erg klein was, was de benodigde apparatuur wel aanwezig. Jan ging zitten in een stoel in het midden. Meteen gingen de schermen recht voor hem, boven hem en links en rechts van hem aan.

Recht voor hem zag Jan Madeleine. Ze was nog wel een stuk weg maar was toch al heel goed zichtbaar. Hij hoopte dat Jon het allemaal aan kon. Hij had niets meer van Jon gehoord sinds hij die morgen met hem had gesproken. Jan ging er van uit dat Manton de gedachten van Jon volledig had overgenomen. Hij hoopte dat Jon genoeg weerstand kon bieden om de afspraak die ze hadden gemaakt na te kunnen komen.

Opdrachten van Manton mochten alleen worden uitgevoerd nadat Jan er mee had ingestemd. De enige opdracht waar hij al toestemming voor had was om Madeleine in het dok toe te laten. Jan keek verwachtingsvol naar Madeleine. Ze bleef gestaag naar het ruimtestation toevliegen. Jan schatte dat ze nog minstens een uur of vier nodig zou hebben om het station te bereiken en besloot terug te gaan naar Distancia en nog wat te eten. Jan ging de kamer uit en vervolgde snel de route die hij al vrijwel helemaal had voltooid. Hij vond nog een stuk of tien opslagruimten en bereikte toen "eindelijk" weer het beginpunt van zijn tocht door de eerste gang. Het had heel wat tijd gekost maar hij was blij met het resultaat.

Jan keerde terug naar Distancia en vertelde zijn belevenissen. Hij vertelde ook welke afspraken hij met Jon had gemaakt en zijn hoop dat Jon dat zou kunnen realiseren. Jan at lekker en vertrok na twee uur weer naar het station. Hij zocht de kamer met de beeldschermen op en wachtte rustig af wat er ging gebeuren.

Hij voelde dat hij gespannen was. Samantha was daar aan boord van dat ruimteschip en hij moest haar bevrijden. Hij voelde zich even machteloos. Jon moest nu doen wat mogelijk in het wensenpatroon van Manton paste. Een snellere en verbeterde uitvoering van het schip maken. Een update.

Jan keek gespannen toe toen Madeleine langzaam maar zeker naderde. Ze leek geen aanstalten te maken om naast Distancia aan te meren. Ze leek meer naar de achterkant van het ruimtestation te bewegen. Jan merkte dat de opnames via andere camera's werden gemaakt. De twee zijschermen toonden nu beelden van een merkwaardig deel van het station. Jan kon het niet goed thuisbrengen. Ze leken langs het station te kijken. Plotseling verscheen Madeleine frontaal in beeld op die schermen. Jan keek naar het centrale scherm. Daar zag hij een groot dakpaneel wegschuiven. Het was het paneel in het dok. Jan bekeek het geheel ongerust. Dat paneel was veel te klein voor Madeleine. Alleen al haar zijvleugels waren veel te breed. Jan keek snel naar de zijschermen. Het was overduidelijk, de doorgang was veel te smal. Jan was er bij gaan staan. Langzaam gleed het ruimteschip naar voren. Jan hield zijn adem in. Er zou toch geen ongeluk gebeuren. Er zouden gewonden kunnen vallen. Hij wist niet hoe en waar de bemanningsleden van Manton precies werden vastgehouden. Jans hartslag nam snel toe. Hij verwachte elk moment een geweldige klap maar dat gebeurde niet. De zijkant van het gat week uit, gelijk met het naar binnenschuiven van het ruimteschip. Van onderaf was het het beste te zien. Jans ogen schichten heen en weer tussen de verschillende schermen. Nog steeds geen klap, nog steeds schoof de opening opzij als het schip verder naar binnen gleed en meer ruimte nodig had. Jan was verrast over deze machtige techniek. Zijn hartslag nam af. Hij kreeg weer vertrouwen in de gang van zaken. Nog sterker. Jon had het voor elkaar gekregen. Madeleine was bezig te landen in het dok. De ondersteunen van de dok, ter ondersteuning van een ruimteschip dat mogelijk schade had, kwamen licht omhoog. Madeleine bleef er net boven zweven.

Jan was weer in zijn stoel gaan zitten maar sprong nu op. Hij moest als een haas naar boven om Manton te vangen en Madeleine te helpen en Samantha te bevrijden. Jan rende naar de lift en ging naar boven. Hij moest nog een keer overstappen in een volgende lift, het kon hem niet snel genoeg gaan. Jan rende de lift uit en sprintte naar de ingang van het dok. Hij stopte voor de deur. Volgens de toegangsverlichting was de ruimte nu al weer geschikt om te betreden. Jan was verrast over de snelheid waarmee de luchttoevoer weer op peil was gebracht, tot hij zich realiseerde dat hij toch meer dan een half uur over zijn tocht door het ruimteschip had gedaan. Het licht was al groen dus deed hij de deur voorzichtig open.

Jan schoof de deur opzij en keek naar binnen. Ja, daar stond of eigenlijk zweefde Madeleine. Het dak was dicht en de verlichting brandde. Jan was opgetogen. Hij deed twee stappen naar binnen en liep langs de muur naar de deur van de opslagruimte. Hij glipte naar binnen en pakte zijn karretje.

Plotseling hoorde hij een luid geknerp en gekras en een heleboel kabaal. Jan stond versteend. Het geluid stopte. Hij wachtte even maar er was niets meer te horen. Hij deed voorzichtig de deur open en keek naar binnen. Madeleine zweefde nog steeds op dezelfde plek. Verder was er niets te zien. Niets dat al die rare geluiden kon verklaren. Jan stond er een beetje apathisch bij. Hij vermande zich en liep met zijn karretje naar Madeleine toe.

Jan legde voorzichtig contact met Madeleine en vroeg haar om de achterdeur te openen. Inderdaad ging de achterkant van het ruimteschip langzaam open. Jan liep om het schip heen en reed met zijn karretje de laadruimte in van Madeleine. Volkomen onverwacht liep hij opeens tegen een hek, een soort schot, aan. Het was een beetje schemerig. Jan kon het allemaal niet zo goed zien. Hij vroeg Madeleine om meer licht en prompt kwam er een forse dot licht vanuit het plafond van Madeleines vrachtruim.

Jan keek geschokt naar wat hij recht voor zich zag. Hij keek recht in een groot gat in de bodem van het ruim van Madeleine. Jan was helemaal verbaasd. Hoe kon er nu een groot gat in de bodem van het ruim van het ruimteschip zitten. Jan boog zich voorover en keek over de hoge afrastering die hij voor een muur had aangezien in de schemer. Hij zag nog net iets bewegen. Het bewoog naar opzij. Jan kon niet zien wat het was.

Hij besloot eerst Madeleine te helpen en snel. Hij reed de kar om het gat heen en bekeek de computer van Madeleine in de zijwand van de cockpit. Hij installeerde eerst het scherm en vervolgens de extra computer en sloot die aan.

Madeleine kwam langzaam bij uit haar lethargie. Jan praatte rustig op haar in om haar wakker te krijgen. Door het scherm waren ze afgeschermd van Manton. Manton zou dit zeker merken en zich realiseren dat deze terugweg niet langer beschikbaar was. Madeleine kwam bij. Jan vertelde haar wat er was gebeurd en ze was heel erg blij met hem. Jan beschreef de computer die hij extra bij haar had geïnstalleerd. Ze moest uitvinden wat ze er extra mee kon. Jan vroeg haar wat er was gebeurd met de bodem van het ruim. Madeleine kon het zich langzaam weer herinneren.

Manton had vier mensen meegenomen en de overigen met de transportbus teruggestuurd naar de planeet. Daarna waren ze vertrokken hierheen. Nu was Manton met de vier mensen het station in gegaan. Ze waren simpel door de vloer van het ruim via een liftpaneel naar beneden gegaan. Hoe en waar ze nu waren wist ze niet.

Langzaam drong het tot Jan door. Manton was onderweg naar Jon. Hij zou het hele ruimtestation proberen over te nemen. En daarna. Daarna zou hij vast naar de aarde gaan. Welke andere optie was er verder nog. Op de planeet had hij geen kansen meer. De aarde wist nog van niets. Hij kon daar iedereen overheersen. Jan moest dit koste wat kost voorkomen. Meteen wilde hij van Madeleine weten of Samantha bij de vier mensen zat. Madeleine wist het niet. Ze had de vier niet echt bekeken.

Jan had er de pest over in. Hij wilde meteen door de opening naar beneden springen maar het was al met al zeker acht meter diep. Hij moest nu geen onnodige blessures oplopen. Jan rende het dok uit en racete naar de lift. Snel drukte hij op de knop voor de laagste verdieping. Hij wist dat hij dat nog zeker twee keer zou moeten doen. Hij was benieuwd hoe Manton beneden zou komen. Zou hij ook hier weer een speciale eigen transportmethode hebben laten inbouwen? Jan meende zich te herinneren dat het ruimteschip van voor de invloedtijd van Manton dateerde of toch niet. Jan benaderde Jon maar kreeg geen contact. Hij moest nu snel naar beneden om Jon te beschermen en mogelijk Manton te isoleren en uit te schakelen.

De liften hadden voor Jans gevoel nog nooit zoveel tijd nodig gehad om de laagste verdieping te bereiken. Hij stapte twee keer over naar de volgende lift. Het was natuurlijk een heel eind naar beneden. Jan ging er maar even bij zitten. Hij kon Jon niet meer bereiken wat betekende dat Manton Jon al had overgenomen. Hij was gewaarschuwd maar dat had kennelijk niet geholpen.

Jon nam contact op met Distancia en informeerde haar over de situatie. Ook Distancia had het contact met Jon verloren. Ze had besloten aangekoppeld te blijven zodat Jan zo nodig kon terugkeren naar haar schip.

Jan vond dat erg prettig. Je wist maar nooit wat Manton nog meer in petto had.

De lift stopte en Jan keek voorzichtig de hal in . De deuren leken extra langzaam open te gaan. Jan zag niets bijzonders. Hij stapte de lift uit en stond in een hele grote ruime hal. Wel wat kleiner dan de hoger gelegen ruimtes maar toch altijd nog behoorlijk groot. Hij liep rustig recht naar voren. Hij wist dat Jon aan die kant van het schip was ondergebracht. Jan liep de gang in die naar de ruimte van Jon leidde. Tot zijn verrassing leek de situatie ter plaatse te zijn veranderd.

De gang maakte meteen een grote bocht. Jan volgde de gang en kwam tot zijn verbazing vlak voor een groot hek uit. De weg was geblokkeerd. Hij kon wel door het hek heen kijken maar zag alleen maar een doorlopende gang die na een meter of dertig opnieuw een bocht maakte. Jan pakte een van de spijlen van het hek en wilde er aan rammelen. Hij kreeg een ferme schok en trok meteen verschrikt zijn hand terug. Het hek stond onder stroom. De tinteling trok ver door tot aan zijn elleboog. Jan deed meteen een stap achteruit. Manton had zijn zaakjes al snel voor elkaar.

Jan liep terug en zocht een andere gang om naar dit gedeelte van het station te komen waar kennelijk Manton nu was en waarschijnlijk ook Jon was ondergebracht. Jan keerde terug naar de hal en liep verder door langs de wand.

Jan kreeg een signaal van Distancia. Ze vertelde dat het ruimtestation van koers aan het veranderen was. Jan suggereerde dat Manton het ruimtestation waarschijnlijk richting de aarde wilde laten reizen. Distancia vond dat een heel logische gedachtegang en zou de nieuwe koers analyseren.

Jan moest een heel eind lopen voor hij weer bij een zijgang kwam. Verderop in de gang zag hij ook wat deuren en nog een gang. Jan liep de gang in en kwam al gauw op een klein pleintje uit. Meteen zag hij acht deuren. Hij probeerde ze allemaal maar ze zaten alle acht op slot. Jan keerde terug naar de hal en zocht verder. Ook de andere deuren waren afgesloten en ook de volgende gang bood geen soelaas.

Manton had het hele gebied hermetisch afgesloten. Jan keerde terug naar de hal bij de lift. Kon hij het gebied van boven, van de bovenliggende verdieping of via het plafond binnendringen? Hij kon dan geen materialen meenemen maar misschien van binnenuit een deur openen. Zou de vloer een mogelijkheid bieden? Via de kruipruimte?

Jan overlegde met Distancia. Distancia suggereerde om te onderzoeken of de verbindingsleidingen via de vloer of via het plafond liepen. Veel afvoeren van water etc. liepen onder de vloer. Veel elektrische leidingen liepen in het plafond. Jan wilde weten van Distancia waar hij eventueel onder de grond of in het plafond kon komen. Luiken of plafondplaten die konden worden opgelicht. Hij had dan wel een ladder of een trap nodig. Die was wel te vinden op een hogere verdieping. Jan overwoog de elektriciteit af te sluiten maar realiseerde zich meteen dat dan alle mensen die in stase lagen zouden ontwaken zonder dat dat werd gereguleerd. Dat kon niet. Dat was geen optie.

Jan besloot die trap of stoel te halen om net als hij al eerder had gedaan via het plafond de deur te passeren. Eerst wandelde hij terug naar de eerste gang en het hek en bekeek het plafond. Hij probeerde een naad te vinden maar zag die niet. Het plafond bestond uit een grote plaat. Jan liep langzaam achteruit. Hij was verrast. Hij vond geen naad. Jan liep verder achteruit. Pas bij de ingang van de gang, bij de aansluiting met de hal was er een naad. Dat was veel te ver weg om zinvol te zijn.

Jan bekeek de vloer. Helaas, van hetzelfde laken een pak. Een aaneengesloten vlak. Moest hij de vloer of het plafond open hakken? Jan bekeek de zijkant van de gang en de aansluiting van de zijkant op de vloer en het plafond. Jan kreeg er steeds meer de pest in. Het leek een aaneengesloten tunnel. Gegoten als een geheel. Jan liep terug naar het hek. Als de gang een geheel was, hoe was dan het hek vastgezet. Hoe was de elektriciteit aan het hek bevestigd.

Jan liep tot vlak bij het hek en bekeek de aansluiting van het hek op het plafond, de vloer en de zijkanten. Als hij het goed zag was het hek ingeklemd tussen de vloer en het plafond. Waar kwam de elektriciteit vandaan om het hek onder spanning te zetten. Jan kon geen leiding vinden. Hij keek nog eens goed maar kon niets ontdekken. Er moest dus een energiebron in het hek zitten. Jan zocht het hek af maar kon niets vinden. Een lokale bron moest in principe apart worden geactiveerd anders zou die in de afgelopen jaren allang zijn opgebruikt. Jan keek naar de vloer. Daar was het enige contact dat hij veroorzaakte. Hij hipte een beetje om te zien of de vloer iets doorboog onder zijn voeten. Jan had het gevoel dat hij op een massieve ondergrond stond. Geen beweging, geen doorbuiging. Jan staarde door het hek de gang in. Wat moest hij doen, wat kon hij doen.

Jan draaide zich besluiteloos om en wandelde langzaam terug naar de hal. Hij stopte bij de ingang en keek recht voor zich uit. Helemaal aan de overkant van de hal waren de liften en de grote vierkante kollossale steunen van de constructie van het ruimtestation. Jan liep langzaam naar voren. Hij meende een oneffenheid in de constructiesteunen te zien. Hij kwam vlak bij en zag een klein oog. Een camera, schoot het door hem heen. Hij ging recht onder de camera staan en draaide zich om. De camera keek recht in de gang met het hek. Jan gniffelde. Simpel helder en doeltreffend. De elektriciteit van het hek werd aangestuurd via deze camera.

Jan voelde in zijn zakken en vond een stukje papier. Hij stak het in zijn mond en kauwde er op. Jan maakte er een propje van en plakte het papiertje op de lens van de camera. Hij gniffelde genoegzaam en wandelde terug naar het hek. Het zou misschien even duren voor de reactie door het systeem werd verwerkt en de stroom zou worden uitgeschakeld.

Jan liep naar voren tot vlak bij het hek. Hij luisterde gespannen en hoorde inderdaad een klik. Hij voelde aan het hek en knikte vergenoegd. De elektriciteit was uit. Nu moest hij het hek forceren. Jan besloot een goede aanloop te nemen en het hek hoog te raken met zijn voeten vooruit. Hij dacht zo de meeste kracht te kunnen zetten. Jan liep een stuk terug en nam een geweldige aanloop. Hij sprong fors omhoog en klapte met een geweldige dreun tegen de bovenste helft van het hek. Hij raakte het hek precies onder de middelste stijl.

Tot Jans genoegen stortte hij met hek en al voorover de gang in. Hij rolde een paar meter door achter het hek om zijn snelheid te breken en bleef uiteindelijk languit liggen. Hij keek achter zich en stelde tevreden vast dat het hek om was.

Hoofdstuk 29

Jan stond op en keek nieuwsgierig voor zich uit de gang in. De gang maakte opnieuw een bocht. Hij liep naar voren en wandelde voorzichtig met de bocht mee. Om de bocht liep de gang weer een stukje rechtdoor en eindigde bij een dubbele deur. Jan keek meteen rond of hij een camera zag en meteen viel hem het puntje midden op de deur op. Hij liep tot vlak bij de deur en bekeek de dubbele deuren. De camera leek dezelfde functie te hebben als bij het hek. Jan diepte opnieuw een stukje papier op en stak het in zijn mond. Hij plakte uiteindelijk het gekauwde stukje papier op de cameralens. Hij luisterde naar de klik maar die kwam niet. Voorzichtig voelde Jan aan de deur. Geen elektriciteit hier. Hij probeerde het handvat. Geen schok. Hij drukte het handvat omlaag en de deur ging gewoon open. Jan keek er verbaasd naar.

Langzaam opende hij de deur. Elk moment verwachtte hij dat er iets zou gebeuren. Maar er gebeurde niets. Jan deed de deur verder open en keek naar binnen. Hij keek in een grote open ruimte. Langs de kanten waren een groot aantal beeldschermen te zien met daaronder een lange rij kasten. Midden tussen die kasten stond een plateau. Jan herkende meteen de plek waar Jon was. Het scherm hing ongebruikt weggeschoven boven hem. Jan keek rond maar zag niets van Manton. Ook was er geen andere uitgang of deur dan de deur waar Jan doorheen was gekomen.

Jan ging op de grond zitten en probeerde contact te leggen met Jon. Dat lukte niet.

Jon gaf niet thuis. Jan besloot zijn spullen op te halen die hij bij de lift had achtergelaten. Hij nam onderweg het hek mee en legde dat in de hal aan de kant. Het viel hem nog wel een beetje tegen. Het hek was wel een stuk zwaarder dan hij had gedacht Jan begon trek te krijgen maar wilde eerst met Jon overleggen onder beschutting van het scherm, zodat Manton zou zijn afgeschermd.

Jan trok het scherm tot aan de vloer door zodat ook al was Manton op dezelfde hoogte het scherm nog steeds volledig zijn werk kon doen.

Hij had geen idee van de tijd die was verstreken sinds hij bij Madeleine was weggegaan. Jan kroop rustig onder het scherm en ging tegen het plateau zitten. Voorzichtig concentreerde hij zich en benaderde de geest van Jon. Hij voelde Jon maar hij was heel erg ver teruggetrokken. Hij leek wel in een soort coma. Jan versterkte zijn geestkracht en benaderde Jon met meer energie. Heel voorzichtig kwam Jon uit zijn schulp. Jan vrolijkte hem meteen op met een grapje over Jan en Jon . Jon begreep het en kwam sneller en sneller uit zijn lethargie.

"Jan, wat geweldig om jouw geest te ontvangen. Je hebt me gewaarschuwd . Ik weet het maar toch werd ik overvallen door Manton. Hoe kan het, dat ik Manton niet voel en jou wel? Klopt dat wel, ben je toch niet Manton via een omweg?"

Jan voelde hoe Jon weer terug leek te keren naar zijn teruggetrokken status.

"Hallo Jon, natuurlijk ben ik Jan en niet Manton. Ik zit hier vlak naast je in je ruimtestation. Ik heb het scherm dat om je heen gebouwd is, helemaal omlaag getrokken, die schermt Manton af. Doordat ik onder hetzelfde scherm zit als jij kunnen we met elkaar overleggen. Probeer maar om iemand buiten ons tweeën te bereiken. Dat gaat niet. Je kunt wel via de elektronische aansluitingen de computers aansturen. Die toegang wordt niet door het scherm afgesloten. Wees dus voorbereid op een mogelijke aanval van Manton via die weg. Heeft hij toegang tot het computersysteem van het station?"

Jan probeerde Jon er weer bij te halen en hem te laten nadenken over mogelijke problemen en de mogelijke oplossingen.

"Ik denk niet, dat Manton bij de computer van het station kan. Hij heeft alleen geprobeerd om via mij zaken te regelen. Hij wil dat we naar de aarde gaan.

Alle personeelsleden zijn verplicht in stase gebracht en het station is van koers veranderd. Manton droeg mij dit op. Ik heb die opdracht gewoon uitgevoerd. Ik kon jou niet bereiken om om toestemming te vragen. Ik zag geen mogelijkheid zijn opdracht te weerstaan." Jon klonk een beetje verdrietig en teleurgesteld in zichzelf.

Jan suste zijn gedachten een beetje en vroeg of er aan die opdracht of de uitvoering nog iets kon worden veranderd. Jon zag zich gebonden om die opdracht uit te voeren door het aanvaarden van die opdracht. Jan liet het daar bij. Hij wilde nog wel weten hoeveel tijd hij dacht nodig te hebben om de aarde te bereiken en wat ten aanzien daarvan zijn opdracht was. Moest hij achter de maan blijven of meteen doorvliegen naar de aarde?

Jon sputterde een beetje. Hij moest meteen doorvliegen tot boven een grote oceaan. Hij moest Manton een dag van te voeren, dus vierentwintig uur van te voren , oproepen voor de volgende opdracht of opdrachten. Hij dacht er ongeveer vier maanden over te doen om bij de aarde te komen. Manton wist dat ook.

Jan knikte naar zichzelf. Hij vertelde Jon dat hij een extra computer op zijn plateau had aangebracht waarmee hij moest experimenteren. Een van de voordelen van die computer was dat hij alle standaardprocedures voor hem kon uitvoeren en daarnaast de snelheid van het station ongeveer kon vertienvoudigen. Hij moest wel extra alert blijven op beschadigingen van de buitenschil door botsingen met grote rotsen in de ruimte.

Jon luisterde verbaasd naar Jan. Hij moest zichzelf even door elkaar schudden om te begrijpen wat Jan daar allemaal zei. Nieuwe computer, extra snelheid. Hij was er allemaal een beetje door in de war.

Jan sprak hem met een glimlach toe. Hij vertelde dat hij een nieuw soort computer had ontwikkeld en dat hij die bij Jon had geïnstalleerd.

Jon was bezig om de nieuwe contacten te onderzoeken. Hij was verrukt over de mogelijkheden. Zijn bereik was ook meteen fors toegenomen. Jan voelde Jons geestkracht toenemen. Dat was eigenlijk verrassend voor hem. Hij had de link met de geestkracht eigenlijk nooit gelegd maar realiseerde zich meteen dat ook Alpha en Beta over geestkracht beschikten.

Jan vroeg Jon of hij wilde dat Jan het scherm zou weghalen zodat Manton voorlopig niets zou merken. Jon wist het niet zo goed. Jan wilde nog weten waar Manton nu precies zat.

Jon wist het precies. Manton zat in de "kluis". Jan vroeg wat dat was. De kluis was een vrij grote ruimte volledig afgesloten van het station waar normaal gesproken alle materialen van bijzondere waarde werden opgeslagen. Je moest dan denken aan de back-up van het computer-hardware-systeem, goud en sieraden, logboeken en een overlevingspakket voor zeven mensen.

Helaas was die locatie in principe inbraakvrij. Zowel van boven, van onder en van de zijkanten was die alleen te betreden via de kluisdeur of door de twaalf centimeter dikke wanden met snijbranders en betonbeukers te slechten. Niet echt beschikbare hulpmiddelen. Je moest wachten tot Manton de deur zou openen van binnenuit.

Jan vond dat niet erg bevredigend. Hij had helemaal geen zin om te wachten tot ze bij de aarde zouden zijn. Je wist maar nooit wat Manton daar kon uithalen. Natuurlijk, Jan kon er eerder zijn en zijn ontvangst voorbereiden. Hij moest een methode ontwikkelen waarbij hij Manton kon inpakken en onder controle kon krijgen.

Jan wilde nog weten van Jon of er een energievoorziening was die de kluis op slot hield. Opnieuw was het antwoord van Jon een teleurstelling. Binnen in de kluis was een eigen energievoorraad , goed voor ongeveer zes maanden. Jan vroeg nog naar de communicatiemiddelen maar ook die werden eenzijdig van binnenuit open gesteld. Op dit moment was alles volledig en hermetisch afgesloten. Jon had "gewoon" de opdracht om naar de aarde te vliegen en Manton een signaal te geven zodra ze op een bepaalde afstand van de aarde waren aangekomen.

Op verzoek van Jan loodste Jon hem naar de toegangsdeur van de kluis. Tot verrassing van Jan was die onder de liftkokers geplaatst. Je moest een klein kamertje in en een trapje af en kwam dan in een grote open ruimte terecht. Jan was verrast om hier een grote rails te zien lopen. Het eindstuk, redelijk dicht voor de sluisdeur bestond uit een draaiplateau. Nu stond het dwars op de rails maar zodra die in gebruik kon worden genomen, vooral wanneer de kluisdeur open was, kon die worden gedraaid en ongetwijfeld worden aangesloten op de rails die in de kluis verder naar achteren liep.

Jan bekeek de deur van dichterbij en liep de ruimte in. Plotseling ging er een groot licht aan. Hij werd meteen fel verlicht. Het licht kwam van de kant van de kluisdeur. Een reeks van tien lichten waren aan het plafond bevestigd en schenen allemaal recht naar beneden. Jan vroeg aan Jon hoe dit zat. Jon antwoordde kort en bondig. "bewegingssensoren". Was het simpele en duidelijke antwoord. Jan vond het eigenlijk helemaal niet zo erg. Hij realiseerde zich nu pas hoe schemerig de ruimte eigenlijk was geweest. Anderzijds vond hij het licht wel wat overdadig.

Jan liep naar de deur en bekeek de kluisdeur van dichtbij. Draaide die deur naar buiten? De deur was zeker twaalf meter breed en nog geen drie meter hoog. Hij zou over de rails heen moeten draaien want die lag op minder dan tien meter, schatte Jan. Zou de deur naar binnen draaien. Dat zou binnen wel heel veel ruimte kosten. Jan bekeek de buitenrand en stelde vast dat die voor de deur zat. De deur ging dus wel naar binnen open. Nergens waren draaipunten zichtbaar dus veronderstelde Jan dat de deur eerst in zijn geheel iets naar achteren zou opengaan, zeg een halve meter, en vervolgens opzij zou wegschuiven.

Als de deur eenmaal open was, kon het draaiplateau worden gedraaid en was de rails gereed voor gebruik. Jan volgde de rails om te zien waar die zou uitkomen en wandelde rustig een heel eind mee. De rails ging langzaam omhoog en eindigde ongeveer pal boven de kluis. Jan keek verbaasd omhoog en begreep nu hoe Manton de zaak had voorbereid. Mogelijk was er in elk van de ruimtestations een dergelijke voorziening aangebracht. Een groot open plafond met een grote open liftschacht werd zichtbaar. Jan liep verder naar voren maar bleef even uit de schacht zelf. De rails liepen helemaal door tot aan de achterkant van de liftschacht. Jan vermoedde dat het tableau waar Manton op lag een soort mogelijkheid had om op een rails te kunnen worden voortbewogen. De rails liep langzaam omlaag naar de kluis dus er was voor de heen weg geen extra energie nodig, voor de terugreis wel. Als Manton weer naar Madeleine wilde terugkeren moest hij een energiebron hebben om via de rails omhoog te kunnen komen.

Jan bekeek de liftschacht van beneden af. Stel dat ze bij de aarde zouden uitkomen. Wat moest hij dan doen. Hoe kon hij Manton vangen en gevangen houden. Zou hij hier, vlak voor de lift, iets kunnen bouwen? Jan maakte wat opnamen van de gang en de lift en de rails. Hij moest hier maar eens goed over nadenken.

Jan wandelde terug naar Jon. Als Manton niet beïnvloedbaar was omdat hij in de kluis zat, kon hij dan wel Jon beïnvloeden? Jan leek dat een beetje bijzonder. Jan stopte midden in de gang voor de ruimte van Jon. Hij ging op de grond zitten en concentreerde zich. Meteen voelde hij dat Jon onder het scherm zat. Hij voelde Madeleine en Distancia en verder weg Alpha en Beta. Hij vroeg hen mee te denken over oplossingen om Manton te vangen, hetzij in de kluis of anders buiten de kluis. Jan gaf aan dat de koers was gewijzigd en dat ze nu onderweg waren naar de aarde. Hij gaf aan dat hij de aanvullende nieuwe computer bij Jon had geïnstalleerd zodat ze waarschijnlijk sneller bij de aarde zouden aankomen dan Manton door zou hebben. Mogelijk zat daar ook nog een voordeel in. Jan voelde Manton niet. Hij kon zijn geest niet bereiken, zoals eigenlijk altijd het geval was geweest. Regelmatig had hij het geprobeerd, ook toen Manton niet in de kluis had gezeten, had Jan hem nooit kunnen bereiken. Kennelijk was dat wederzijds. Hij had Manton ook nooit gevoeld. Wel had hij achteraf gedacht dat Manton een deel van zijn geest had kunnen afschermen. Zou hij dat ook bij Manton kunnen doen? Jan had geen flauw idee hoe dat zou moeten. Jan stond op en liep verder naar Jon toe. Hij dook onder het scherm en benaderde Jon. Jon was al een beetje aan het mediteren geraakt. Hij had de nodige experimenten met de nieuwe computer uitgevoerd en was meteen razend enthousiast. Alle standaardfuncties had hij al overgedragen. Hij kwam geweldig tot rust. Hij was al een beetje aan het insoezen om de tijd tot de aankomst bij de aarde te overbruggen.

Jan was nog lang niet zo ver. Hij vroeg Jon om de nieuwe computer ook uit te testen met betrekking tot de snelheid waarmee het ruimtestation zich verplaatste. Jan wilde een herberekening van de benodigde tijd om de aarde te bereiken zonder dat Jon dat aan Manton bekend zou maken. Jon vond dat moeilijk omdat hij gebonden was aan de opdracht om Manton te informeren zodra het station de aarde zou hebben bereikt. Jan vroeg de expliciete tekst van de opdracht en sprak met Jon af dat hij een uur voordat hij het afgesproken punt zou bereiken hij zou afmeren en het station tot stilstand zou brengen. Het laatste uur zou pas na toestemming van Jan mogen worden overbrugd. Jon begreep de opdracht. Hij beloofde ook mee te denken over een oplossing om Manton te vangen.

Jan was moe en keerde terug naar Distancia. Hij maakte een uitgebreide maaltijd en doordacht allerlei opties om Manton te pakken te kunnen nemen. Hij ging naar bed . Hij sliep slecht. Hij lag voortdurend te piekeren en te zuchten. Hij moest kosten wat kost voorkomen dat Manton zich vrijelijk bij de aarde zou kunnen bewegen en mensen onder zijn controle zou brengen.

Jan was vroeg wakker. Hij kwam er niet uit. Als hij de kluis waar Manton zich in had verstopt niet in kon en hij Jon niet kon beïnvloeden ten aanzien van zijn opdracht om naar de aarde te gaan, wat waren dan zijn opties?

Hij maakte een klein ontbijt, hij had geen trek. Hij wandelde terug naar het ruimtestation en bleef nadenkend voor de deur van de kluis staan. Hier moest Manton toch uitkomen als hij iets wilde met de aarde. Van hier kon hij de mensen op de aarde niet bereiken. Het ruimtestation zou veel te ver weg zijn om met zijn geest onwillige aardbewoners te kunnen beïnvloeden en zijn wil op te leggen. Hij had dus Madeleine nodig om dichter bij de aarde te komen. Hij kon alleen bij Madeleine komen via de rails en de lift aan het eind. Als hij de rails zou blokkeren kon hij nooit omhoog naar Madeleine. Als de rails daarna ook werd geblokkeerd op de terugweg, dan zou hij vastzitten. Dat was misschien wel de beste optie. Als hij eenmaal vast zat kon Jan hem ontmantelen. Jan zuchtte eens. Op de een of andere manier was hij niet tevreden over de oplossing. Verder had hij er de pest over in dat hij niet in de kluis kon inbreken.

Jon meldde dat hij in stase ging gedurende de komende periode. De stase voor hem was een heel lichte vorm van diepe slaap, waaruit hij makkelijk voor noodgevallen kon worden gewekt. Jan vroeg meteen of hij terug kon naar Distancia zodra hij dat zou willen. Jon liet de luchtsluis naar Distancia open. Hij kon hem dan achter zich sluiten als hij dat wilde. Jan was tevreden. Hij begon een systeem te ontwerpen waarbij de rails zou worden geblokkeerd zodra er een gewicht overheen zou rijden, meteen zou die dan een meter of zes terug op de rails een groot gewicht vallen waardoor de terugweg zou worden geblokkeerd.

Jan begon de materialen te verzamelen en bracht ze naar de rails. Het was een heel gesjouw. Jan had de hele dag nodig om alles aan elkaar te bouten en vooral om de grote zware balken te monteren, die op de rails lagen zodat niemand er overheen kon en die de hele rails moest blokkeren. Zodra er iets tegen dat blok aan zou rijden zou er op een afstand van circa tien meter een zelfde blok omlaag komen tussen de rails door die de terugweg zou afsluiten.

Het was eigenlijk al knap laat voor Jan er echt mee klaar was. De rails was nu volledig geblokkeerd en als er eenmaal tegen de blokkade werd gereden sloeg er ongeveer tien meter terug ook een soortgelijk blok tussen de rails. Jan was tevreden.

Wat nu?! Hier kon hij niets meer doen. Jan keerde terug naar Distancia en sloot de luchtsluis. Hij overlegde met Distancia. Distancia vertelde hem dat Samantha niet aan boort van het ruimtestation was maar was teruggestuurd naar de planeet. Jon had op verzoek van Distancia de gegevens van Samantha vergeleken met de gegevens van alle mensen in stase op het ruimtestation, althans de laatste honderd die in stase waren gebracht en er was geen match. Jan kon zich wel voor zijn hoofd slaan. Weer was Samantha uit zijn geest verbannen geweest. Hoe was het mogelijk dat hij haar was vergeten.

Jan overlegde met Distancia. Hoeveel tijd hadden ze nodig om via de planeet naar de aarde te gaan, wilde Jan weten. Gelijk vroeg hij hoeveel tijd Jon nodig zou hebben om de aarde te bereiken. Samantha kon het alleen maar inschatten. Ze kende de snelheid van Jon niet met zijn nieuwe computer. Samantha verwachtte dat ze een omweg van ongeveer vijf dagen zouden maken. Als de val van Jan zou werken zou Manton vastzitten. Hij zou niet kunnen ontsnappen. Als Jon gebonden zou zijn aan de opdracht van Jan om een uur voor het bereiken van de afgesproken plek bij de aarde met Manton, te wachten op een signaal van Jan, zou er ook niets aan de hand zijn.

Jan besloot meteen via de planeet te gaan en Samantha op te halen. Hij wilde haar eindelijk eens dichtbij hebben en niet meer vergeten. Zijn grote liefde. Hoe was het mogelijk dat Manton hem zo had kunnen beïnvloeden. Jan deelde zijn besluit aan Alpha en Beta mee. Hij vroeg Alpha om Jon te blijven volgen en Beta om met hen mee te gaan naar de planeet.

Distancia verzorgde de staseplek in de cockpit en Jan ging in stase.

Jan werd uitgerust wakker. Hij voelde zich uitstekend. Zijn humeur schoot onmiddellijk omhoog bij de gedachte dat hij binnen de kortste keren Samantha weer zou zien. Jan kantelde het stasebed naar voren zodat hij kwam te zitten. De cockpit was toch een soort home voor hem. Hij stond op en groette Distancia. Ook Distancia was goed gehumeurd, te oordelen naar het blije geluid van haar stem.

Distancia vertelde Jan dat ze zichzelf opnieuw had overtroffen, vooral dacht zij door de nieuwe computer. Beta was iets achter geraakt maar die zou binnen zes uur ook hier zijn. Ze hadden toestemming om te landen op de basis bij Central City. Volgens de verstrekte informatie was Samantha in een ziekenhuis in Central City. Distancia had al een verzoek ingediend om haar te mogen bezoeken.

Jan reageerde verschrikt. Hij wilde meteen weten waarom Samantha in een ziekenhuis was? Distancia wist het niet. Ze beloofde meteen om meer informatie op te vragen.

Jan was bezorgd. Hij had trek en maakte zich een uitgebreide maaltijd. Jan wilde weten hoe laat het nu in Central City was en hoe lang ze er over zouden doen om te landen. Distancia vertelde dat het tegen het eind van de morgen was. Het schermpje links vooraan gaf de tijd in Central City aan. Ze schatte dat ze rond een uur of zes 's avonds zouden landen.

Distancia gaf aan dat volgens Mary-Lou alle mensen die onder invloed van Manton waren geweest naar het ziekenhuis waren gebracht. Ze waren allemaal zeer verward en hadden grote problemen met hun geheugen. Ze werden begeleid door een groot medisch team dat probeerde hun geest weer helder te krijgen. Ook Samantha was daarbij. Ze had moeilijkheden met haar geheugen. Volgens Mary-Lou zou het zeker helpen als Jan zich zou melden. Het geheugen van Samantha had dan een extra steun om op te kunnen terugvallen.

Jan voelde zich meteen een heel stuk beter. Hij maakte een uitgebreidere brunch dan hij eerst van plan was en at er smakelijk van. Zijn humeur was weer helemaal top.

Jan nam contact op met zijn zakenpartners en overlegde over de voortgang van de nieuwe zaken en de samenwerking tussen de verschillende activiteiten, Casino en restaurants. Van beide kanten werd er positief gereageerd. De winsten waren grandioos. Ze wilden graag verder uitbreiden. Jan gaf toestemming .

Jan zocht contact met Alania. Ze was dolgelukkig om hem weer eens te spreken. De samenwerking met Yvonne en Jannoek en Jirk verliep formidabel. De auto-industrie begon al aardig op gang te komen. De tweede hal werd al in gereedheid gebracht voor productie. Er lagen acht nieuwe ontwerpen gereed voor goedkeuring voor de volgende serie van maar liefst tienduizend auto's. Overal werd er getrokken aan de invoer van deze veilige en energiearme en vooral ook luchtvervuilingloze auto's. Ze stuurde de acht modellen naar Distancia zodat Jan ze kon bekijken en beoordelen. Ook de tekeningen voor het ontwerp van de stad die ze gingen bouwen vorderden. De stad zou volledig gebaseerd zijn op vervoer per nieuwe auto. Klassieke benzine of dieselmotoren waren verboden.

Jan glunderde. De nieuwe industriële revolutie was in gang gezet. Hij bedankte Alania en beloofde zodra dat mogelijk was weer contact op te nemen.

Distancia gaf aan dat ze gingen landen en Jan nam plats in de cockpit. De landing verliep vlotjes en zonder problemen. Jan mocht gelijk door naar de stad en meldde zich netjes bij de voorzitster van de regering. Ze wilde hem pertinent eerst spreken voor hij waar dan ook heen ging.

Ze vroeg meteen naar Manton en Jan vertelde haar dat die onderweg was naar de aarde. Hij zou hem snel achtervolgen en inhalen. Ze overlegden nog over enkele praktische zaken. Jan hield het expres kort, hij wilde naar Samantha.

Snel liet hij zich naar het opvangziekenhuis rijden. Hij stoof naar binnen en werd meteen opgevangen door een uiterst struise dame, die hem tot rust maande.

Ze gaf Jan de gelegenheid zijn verhaal te doen. Hij wilde Samantha zien en meenemen.

De dame was weliswaar erg stevig maar ook heel erg rustig en innemend. Jan werd eerst in een luie stoel gezet waarna ze van hem wilde weten wat zijn relatie was met Samantha en waarom hij haar mee wilde nemen.

Jan was duidelijk geïrriteerd. Deze dame hield hem aan het lijntje. Wat kon hij doen. Jan beheerste zich en vroeg of hij Samantha mocht zien. Zij zou zijn wensen kunnen beamen.

Zowaar knikte de dame. Ze stond op en liep naar de intercom aan de muur . Ze vroeg om Samantha naar de ontvangstruimte te begeleiden. Jan zuchtte hoorbaar. Hij ging staan en wandelde wat heen en weer.

Plotseling ging de deur open. Het leek Jan wel een eeuwigheid te duren. Een reus van een vrouw stapte door de deur en keek rond. Ze zag Jan en draaide naar hem toe. Ze deed meteen een stap opzij en draaide een halve slag. Achter haar verscheen een klein, chinees vrouwtje. Jans mond viel open. Wat was hier aan de hand!? Dit was Samantha niet. Hij draaide snel naar de dame van de ontvangst.

"Dit is Samantha niet !!" riep hij geagiteerd, wijzend naar het Chinese vrouwtje.

De dame keek hem verrast aan. "Natuurlijk is dit Samantha!!" beweerde ze meteen.

Ze liep naar het vrouwtje toe en omarmde haar, terwijl ze gelijk zachtjes tegen haar mompelend. Het vrouwtje verstijfde, en keek geschokt naar de dame en vervolgens naar Jan.

"Ik ben Samantha " herhaalde ze met een verbaasde stem, opkijkend naar de dame. De dame knikte naar haar en streek haar sussend over haar haren. Ze keek een beetje boos om naar Jan, die nog steeds verbaasd naar het vrouwtje staarde,

De dame strekte zich uit en gebaarde de reus van een vrouw om Samantha weer weg te brengen. De beide vrouwen vertrokken en de dame keerde zich tot Jan.

"Dit is de enige Samantha die we hebben ! , "zei ze met een stevige stem, een beetje berispend naar Jan kijkend.

Jan keek de vrouw verbijsterd aan. Op de een of andere manier geloofde hij haar.

Jan nam contact op met Distancia. Hij wilde weten hoe ze hadden vastgesteld dat Samantha bij de groep op de planeet zat. Distancia vertelde dat haar naam op de lijst voorkwam van de vrouwen die door Manton waren achtergelaten en die in het ziekenhuis waren opgenomen.

Jan begreep de vergissing. Had hij een foto van Samantha? Hij wist het niet. Meteen wilde hij weg, hij moest terug naar het station van Jon. Kennelijk waren de vier mensen die door Manton waren meegenomen bij hem in de kluis. Dat was de enige verklaring die hij kon bedenken waardoor deze fout kon zijn ontstaan. Hij moest snel naar de aarde. Zwaar teleurgesteld nam hij snel afscheid van de dame, bedankte haar voor haar medewerking en excuseerde zich voor de gemaakte fout.

Snel liet hij zich naar de ruimtehaven rijden en liet Distancia alle vertrekverplichtingen gereed maken zodat ze snel konden vertrekken naar de aarde.

Jan wist niet of hij hier nu blij mee moest zijn of niet. Kennelijk wist Manton iets over de relatie tussen Jan en Samantha. Dat was geen goed gegeven. Hij zou moeten opletten. Jan vroeg zich bezorgd af in hoeverre Manton de vier mensen vooruit zou sturen bij zijn ontsnapping richting de aarde. In dat geval zouden de mensen in de val lopen maar ook de doorgang voor Manton blokkeren. Wat kon Manton daarnaast nog. Kon hij de mensen opdracht geven de blokkade op te heffen? Dat was natuurlijk een mogelijkheid. Hij kon alleen de locatie niet zien. Er waren daar geen camera's. Hoe moest hij opdracht geven iets te doen wat hij niet kon waarnemen? Toch was Jan er niet gerust op. Mogelijk kon hij volstaan met de opdracht: "los het op". Jan wist het niet.

Jan was al snel weer bij Distancia en ze vertrokken naar de aarde.

Hoofdstuk 30

Jan kwam langzaam uit zijn stase. Hij was een beetje duf en had wat extra tijd nodig. Hij nam een uitgebreide douche en meldde zich bij Distancia in de cockpit.

Hij plofte in zijn stoel en vroeg Distancia naar de stand van zaken. Distancia wilde dat hij eerst zou eten en de medicijnen zou nemen die bij een snel herstel uit de stase noodzakelijk waren. Jan zuchtte eens diep en deed wat Distancia wilde, Hij was zich maar al te bewust van de noodzaak om de voorschriften op te volgen. Hij voelde zich meteen na het eten een stuk beter. Wel stikte hij van nieuwsgierigheid over de situatie bij de aarde. Waar was Manton ? Was Jon er al? Was hij op tijd gestopt?

Distancia had van Beta, die achter Jon aan was gereisd, gehoord dat ze vrij ver van de aarde waren gestopt. Feitelijk waren ze achter Pluto blijven hangen. Meer had Beta niet kunnen vaststellen.

Jan vroeg of Beta contact had gehad met Jon. Dat bleek niet het geval. Jan wilde dat Distancia naar

Jon toe zou gaan . Hij zou proberen contact met Jon te leggen .

Jan concentreerde zich en benaderde Jon. Hij kreeg geen contact. Hij probeerde meer energie in het contact te leggen maar niets hielp. Jan vreesde het ergste.

Ze vlogen het zonnestelsel in en benaderde Pluto om te zien of Jon daar nog steeds was. Inderdaad was Jons ruimtestation zo gepositioneerd dat hij vanuit de aarde niet was te zien. Hij bleef "gewoon "achter Pluto hangen. Jan probeerde contact op te nemen met Jon maar kreeg ook van dichtbij geen reactie. Hij vroeg Distancia om aan te meren op dezelfde plek als voor hun vertrek naar de planeet.

Jan had er spijt van dat hij niet beter had onderzocht waar Samantha was gebleven. Hij had eenvoudig foto's als herkenningsmateriaal kunnen geven. Allemaal waar maar dat hielp nu niet echt.

Hij was wel onrustig over het feit dat Jon niet reageerde. Wat was er in de tussentijd gebeurd. Hoe lang waren ze hier al. Volgens Beta al meer dan twee dagen. Jon had veel geleerd van de nieuwe computer. Beta was op grote afstand, buiten het zonnestelsel gebleven dus hij wist niet of er iets of iemand bij het ruimtestation was geweest of dat iets of iemand het station had verlaten.

Jan zuchtte maar eens. Hij zou zelf moeten uitzoeken wat de situatie was. Distancia naderde het aanmeerpunt rustig en bekwaam. Jan keek gespannen mee via de camerabeelden in de cockpit. Alles leek rustig te blijven. Distancia meerde aan en sloot de luchtsluis aan op het ruimtestation. De verbinding kwam vlotjes tot stand en de toegangsdeur naar het station kon direct vanuit de luchtsluis worden geopend. Hij was precies zo achtergebleven als ze het hadden achtergelaten.

Jan wist eigenlijk niet goed wat hij moest doen. Hij was bang dat Manton hem in alle rust stond op te wachten. Hij wist niet wat Manton wel of niet kon uitspoken en of hij wel of niet door Jon was gewekt. Jan zuchtte nog eens. Hij zag geen andere oplossing dan zich maar in het diepe te storten. Hij overwoog welke instructies hij aan Distancia en Alpha en Beta moest achterlaten voor het geval hem iets overkwam. Hij besloot Distancia als centrale te positioneren, tenslotte had zij menselijke hersenen en Alpha en Beta niet. Alle drie begrepen ze de voorzorgen en beloofden al het mogelijke te doen om Manton te stoppen, ook als Jan niet zou terugkomen.

Jan liep de luchtsluis in en sloot de deur naar de cockpit achter zich. Voorzichtig opende hij de deur naar de luchtsluis van het ruimtestation van Jon en stapte het ruimtestation in. Hij sloot de deur van de luchtsluis van het ruimtestation achter zich en wandelde naar de binnendeur van de sluis. Jan had er een slecht gevoel bij. Hij luisterde aan de deur maar kon natuurlijk niets horen van wat er achter de deur gebeurde. De deur was geluidsdicht en zelfs luchtdicht. Jan ontgrendelde de deur en deed hem langzaam open.

Alles leek rustig te blijven. Jan stapte naar binnen en sloot de deur achter zich. Hij keek rond maar zag geen beweging en hoorde geen enkel ongebruikelijk geluid. Voorzichtig begon hij te hopen dat Manton misschien nog op zijn plek zat in de kluis. Aan de andere kant had hij dan contact moeten kunnen maken met Jon. Jan zuchtte maar weer eens. Hij besloot rustig maar toch oplettend het ruimtestation te onderzoeken. Hij wandelde de ontvangstruimte door en stopte vlak voor de deur. Hij hoorde geluid. Voetstappen in de gang achter de deur. Jan legde zijn oor vlak bij de opening van de deur om beter te kunnen luisteren naar de geluiden. Hij schrok. Hij hoorde meer voetstappen, verschillende voetstappen. Jan fronste zijn wenkbrauwen. Wat was hier aan de hand. Hij hoorde de voetstappen voorbij gaan maar meteen er achteraan waren nieuwe, andere voetstappen te horen. Er liepen meerder verschillende mensen door de gangen. Jan luisterde en stelde vast dat de voetstappen bleven komen en gaan. Er liepen vele mensen door de gang. Kennelijk lette niemand op de luchtsluizen.

Langzaam drong het tot Jan door dat kennelijk alle mensen uit hun stase waren gehaald. Dat kon alleen Manton hebben gedaan.

Jan ging verschrikt zitten. Hij leunde met zijn rug tegen de deur Wat moest hij doen. Waren al die mensen bezig met hun dagelijkse dingen of hadden ze allemaal gerichte opdrachten. Als Manton vast zat in de kluis kon hij de mensen niet hebben geactiveerd. Als Manton niet meer in de kluis zat, zat hij misschien vast in de rails. Mogelijk had hij dan de mensen geactiveerd om zichzelf te laten bevrijden. Jan meende dat het hele stase-proces alleen via de boardcomputer, dus via Jon, kon worden uitgevoerd. Aan de andere kant had niemand gereageerd op de aankomst van Distancia. Als Jon echt actief was geweest had hij contact met hem gehad. Jan kreeg de boel niet logisch op een rij. Het geheel klopte niet.

Jan moest een besluit nemen. Gokken dat hij niet zou worden opgemerkt door wie dan ook de boel aanstuurde of terug naar Distancia. En dan? Het had geen zin om terug te gaan. Jan stond op, opende de deur en stapte de gang in. Verschillende mensen liepen door de gang. Sommigen knikten naar hem maar allemaal liepen ze gewoon door. Jan wandelde rustig door de gang naar de liften in het midden van het ruimtestation. Overal liepen mensen

Jan besloot met de lift naar beneden te gaan. Hij wilde eerst zien hoe het met Jon stond en daarna de kluis onderzoeken Hij nam ook de tweede lift en liep voorzichtig de lift uit. Er was hier geen mens. Niemand ging kennelijk zo ver naar beneden. Jan wandelde naar de ruimte waar Jon was. De deur was dicht maar Jan kon hem gewoon openen. Hij liep naar binnen en keek verbaasd naar de plek waar Jon zou moeten zijn. Tot zijn verrassing was er een groot grijs doek over Jon heen gespannen. Jan was er heilig van overtuigd dat hij het scherm had afgetuigd voor hij vertrok. Hij moest een beetje grinniken in zichzelf. Hij besloot niet verder te gissen en meteen onder het doek te duiken om met Jon te overleggen.

Jan dook onder de doek en ging tegen de zijkant van het plateau zitten.

"Hallo, Jon ", begon hij rustig. Hij merkte dat Jon schrok. Net alsof hij al die tijd in doodsangst had zitten wachten totdat Manton hem zou komen overmeesteren.

"Jan, Jan, oh gelukkig jij bent het. Eindelijk, eindelijk, ik ben kapot. Ik ben doodsbenauwd voor Manton. Ik was bang dat hij me te pakken zou nemen. Oh Jan wat ben ik blij dat je nu hier bent. Eindelijk." Jon stotterde er van.

Jan stelde hem gerust en vroeg hem wat er was gebeurd, gezien alle mensen die uit stase waren gekomen. Jon vertelde dat hij hulp nodig had gehad om het scherm weer opnieuw op te bouwen. Daarom had hij een hele grote groep mensen moeten laten ontwaken om zichzelf in leven te kunnen houden met voedsel en tegelijk een groep techneuten die een nieuw scherm konden opbouwen. Mede dank zij de nieuwe boardcomputer was de technische oplossing goed te doen. De instructies waren niet echt moeilijk maar hij moest toch heel wat mensen laten ontwaken. Hij had zich helemaal teruggetrokken achter het scherm. De computer bestuurde de volledige gang van zaken in het ruimtestation.

Jan stelde Jon verder gerust. Hij wilde weten hoe het met de kluis stond. Jon vertelde dat volgens de computer daar niets veranderd was. Het station was ruim een uur voor het waarschuwingssignaal van Manton af zou gaan gestopt, verborgen voor de aarde achter Pluto, precies zoals Jan hem had opgedragen.

Jan was trots op hem. Jan vertelde dat Manton een soort grote lift had gebruikt, vanaf Madeleine, het ruimteschip, helemaal bovenin het schip, tot op een kleine afstand van de kluis, helemaal onder in het schip. Via een rails was hij de kluis ingereden. Hij had de rails gesaboteerd zodat Manton, als hij weer terug wilde naar Madeleine, niet via die weg kon terugkeren. Jon was meteen enthousiast.

Jan ging eerst kijken of de kluis inderdaad nog steeds dicht was en of de blokkade op de rails nog steeds intact was. Hij wandelde naar de kluis en overtuigde zich er van dat die inderdaad nog steeds dicht zat. Het stelde hem wel gerust . Ook de val op de rails was nog steeds in tact.

Jan informeerde Distancia over de stand van zaken, zowel over de kluis en de val als over de grote aantallen mensen die rond liepen. Jan ging terug naar Jon en overlegde met hem en Distancia wat ze nu zouden moeten doen. Er was maar een manier om de kluis open te krijgen en dat was door een uur dichter naar de aarde te gaan, zodat Jon het signaal voor Manton kon laten afgaan. Dat signaal liep via de computer zodat Jon niet uit zijn beschermde situatie hoefde te worden gehaald. Het idee alleen al om die bescherming los te moeten laten bracht Jon tot wanhoop. Jan beloofde de bescherming in stand te laten maa r hij wilde graag zien hoe Manton uit de kluis zou komen en hoe hij zou reageren op de val in de rails.

Jon liet het ruimtestation achter Pluto vandaan komen en een heel stuk richting de aarde gaan. Op het afgesproken moment stopte hij de beweging richting de aarde en liet het ruimtestation stilhouden ten opzichte van de aarde. Jon vond het moeilijk maar liet toch het waarschuwingssignaal voor Manton afgaan. Snel liet hij de koppeling met de computer weer los. Hij wilde geen enkel risico lopen om in contact te komen met Manton.

Jan zat half onder het scherm en boog regelmatig opzij om buiten het scherm met Distancia te overleggen. Volgens Jon zou het wel een paar uur kunnen duren voor Manton uit zijn vorm van stase zou komen. Jan besloot wat te eten te nemen en ging terug naar Distancia. Jon bleef "eenzaam" onder zijn deken.

Jan at uitgebreid en overlegde met Distancia. Daarna keerde hij snel terug naar het ruimtestation. Hij had de indruk dat het ruimtestation nu met heel sterke kijkers mogelijk was waar te nemen vanaf de aarde. Hij was benieuwd of er van die kant berichten konden worden opgevangen of dat ze daarvoor dichter bij moesten zijn. Distancia zou de aarde in de gaten houden.

Jan keerde terug naar de deur van de kluis. Ter voorkoming van enig probleem ging hij wat verder weg van de voordeur zitten. Hij zat feitelijk in het verlengde van de gang een beetje naar de zijkant. Hij kon nog net de kluisdeur zien en vlak voor hem begon de rails aan zijn bocht Op de een of andere manier had Jan het gevoel alsof hij niet op de goede plek zat. Hij keek rond of er een betere plek was maar hij wilde juist de deur zien zodat hij wist wat er gebeurde.

Jan zat al zeker een half uur op zijn plekje op de grond toen er opeens een kreet door zijn hoofd heen ging. Hij was wat onderuit gezakt maar schoot nu opeens overeind. Hij herkende de stem. Madeleine. Hij was haar helemaal vergeten. Ze slaakte een doordringende kreet. Jan zag gelijk dat de kluisdeur langzaam open ging.

"Help, help !!" gilde Madeleine.

Jan reageerde meteen en zocht contact met haar. Hij probeerde haar gerust te stellen en haar te laten vertellen wat er aan de hand was. Jan staarde naar de kluisdeur die nu helemaal open was. Na wat geruststellende woorden en sussende geluiden begreep Jan dat Manton zich tot Madeleine had gericht en haar had bevolen op te stijgen en naar een bepaald punt aan de onderkant van het ruimtestation te gaan. Jan begreep er helemaal niets van.

Langzaam kwam er een soort platte kar de kluisdeur door. Jan herkende de vier plateau's van Manton. Hij zag vier mensen die er bij op de platte kar stonden. Helemaal vooraan stond Samantha. Ze keek verdwaasd voor zich uit, zonder iets te zien. Jan ging staan en hoorde opeens een knerpend en piepend geluid.

Hij reageerde automatisch en keek in de richting waar het geluid vandaan leek te komen. Rechts van hem, redelijk dichtbij. Hij zag tot zijn verrassing dat een deel van de rails plotseling opzij boog waardoor die opeens recht naar voren wees en niet langer een bocht maakte. Jan hoorde een forse klik. De nu rechte rails sloot naadloos aan op een deel van een rails die uit de overkant naar voren kwam. Er was nu een rechte rails ontstaan waar de platte kar rustig overheen rolde.

Jan was helemaal verbaasd. Zijn valletje ging ten onder. De rails was niet langer geblokkeerd. In zijn woede vergat hij bijna om Samantha van de kar af te trekken. Jan draaide weer terug naar de kant, waar de kar vandaan kwam. Achter zich hoorde Jan allerlei geluiden. Hij liet zich niet afleiden en lette er op dat hij vlak naast de rails kwam te staan. Hij wilde Samantha van de kar trekken en haar loskoppelen van Manton. Hij besloot haar meteen onder de deken van Jon te brengen en haar daar rustig bij te brengen.

Nog meer gekraak en gepiep rechts van hem maar Jan liet zich niet afleiden. De kar kwam langzaam maar zeker dichterbij. Moest hij proberen meer mensen van de kar te trekken of moest hij zich tot Samantha beperken. Eerst Samantha, daarna zag hij wel verder. De kar kwam dichtbij.

Jan stapte naar voren en stapte op de kar. Hij omarmde Samantha met beide handen, tilde haar op en sprong met haar in zijn armen van de kar af. Hij landde met een klap op de grond en rolde meteen opzij, weg van de rails. Samantha begon meteen te gillen. Jan probeerde haar tot rust te brengen maar dat lukte niet. Ze probeerde los te komen van Jan maar die hield haar stevig vast. Jan rolde Samantha onder zich en stond langzaam op. Gelijk trok hij Samantha omhoog en probeerde naar de ruimte van Jon te lopen.

Achter zich hoorde Jan allerlei geluiden die hij niet thuis kon brengen. Madeleine probeerde contact met hem te leggen maar haakte weer af. Jan wist niet wat er gebeurde. Hij scharrelde verder met Samantha in zijn armen. Dat was al lastig genoeg. Ze was weliswaar niet zwaar maar deed haar best om los te komen. Jan probeerde haar geest te temperen. Ze was echt panisch. Hij schreeuwde tegen haar in haar geest. Hij hoopte dat ze van dit geluidsgeweld zou schrikken. Het leek te lukken. Samantha leek wat rustiger te worden. Jan suste haar in haar geest. Hij herhaalde haar naam. Ze leek te luisteren maar dan werd ze weer door een andere geest opgefokt en raakte ze weer in de stres. Jan probeerde sneller te lopen om haar onder de deken bij Jon te brengen.

Het leek hem wel een eeuwigheid te duren voor hij voor de deur van de ruimte waar Jon was, aankwam. Hij rende naar binnen en dook onder de deken met Samantha dicht tegen zich aan. Hij haalde diep adem en benaderde Samantha via haar geest. Samantha gilde het nog steeds uit. Jan liet haar los en schoof haar, zittend op de grond tegen de console van het plateau van Jon aan. Hij ging recht voor haar zitten en hield zijn armen uitgespreid zodat ze niet zomaar weg zou kunnen.

Samantha stopte met gillen. Ze haalde diep adem. Jan keek naar haar. Wat was ze toch een pracht van een vrouw. Samantha's ogen leken wat meer te zien. Ze werden meer gefocust op hem. Jan suste haar geest nog steeds en bleef dat rustig en kalm doen. Het leek te werken. Ze keek hem nu recht aan. Langzaam kwam er een glimlach op haar gezicht. Jan voelde haar geest terugkeren. Manton kon haar nu niet meer bereiken, dat zou zeker helpen. Jan hield zijn handen tussen hen in met de palmen omhoog en keek haar glimlachend aan. Samantha keek naar zijn handen en legde met een forse glimlach haar handen in de zijne. Jan pakte haar handen en schoof naar voren. Hij zat nu vlak voor haar en kuste haar voorzichtig op de lippen.

Ze kuste hem meteen vol op zijn mond. Hij voelde dat haar geest zich ontspande. Ook Jan ontspande zich. Hij realiseerde zich nu pas hoe gespannen hij de laatste dagen was geweest.

Jon meldde zich. Hij wilde weten wat er was gebeurd. Jan vertelde hem wat er was gebeurd en meldde dat hij nu met Samantha aan zijn voeten zat.

Jan begon rustig tegen Samantha te praten. Hij vroeg hoe ze zich voelde en of ze wist wat er was gebeurd in de afgelopen weken. Samantha wist zich niet erg veel te herinneren. Ze had de planeet een paar keer bezocht en had gesprekken gevoerd met belangrijke businessmanagers. Ze kon zich alleen vaag herinneren dat die gesprekken eigenlijk geen van alle erg positief waren verlopen. Ze had zich wel heel onwennig gevoeld bij de taal die ze eigenlijk niet goed beheerste, realiseerde ze zich nu pas.

Jon vroeg of Jan wist hoe het nu met Manton was. Volgens zijn computer was Madeleine geactiveerd en was opgestegen en om het station gevlogen. Er was iets geks gebeurd Madeleine was aangemeerd aan de zijkant van het ruimtestation, bijna onderaan. Daar was helemaal geen aanlegsteiger. Toch had ze daar iets gedaan waardoor ze kon aanmeren. Jon was bang dat Manton hier iets voor zichzelf had geregeld waardoor hij in Madeleine kon komen. Jan had eigenlijk hellemaal geen zin om Samantha alleen te laten. Hij begreep best wel dat als hij nog iets wilde met Manton hij nu achter hem aan moest.

Jan legde Samantha uit dat ze even rustig hier moest blijven zitten. Manton kon haar hier niet bereiken. Alleen Jon, de computer met menselijke hersenen van dit ruimtestation kon hier met haar overleggen als zij zijn signalen kon ontvangen. Jan probeerde het contact tussen Jon en Samantha tot stand te brengen maar zonder succes. Jan sprak haar rustig toe dat ze hier volledig beschermd op hem kon wachten. Als het te lang zou duren voor haar gevoel kon ze proberen om op het middendek te komen en naar Distancia te gaan die lag aangemeerd. Samantha kon eten voor haar verzorgen.

Jan had er een beetje de pest over in maar moest Samantha toch even alleen laten. Hij moest toch echt achter Manton aan. Hij moest zich nu wel haasten als hij nog wat wilde proberen. Jan gaf Samantha een snelle kus, zei "tot zo" en vertrok.

Hij rende de ruimte uit en snelde naar de kluis. De rails was nu echt helemaal rechtdoor getrokken. Jan volgde de rails. De rails eindigde voor een dubbele, hele brede deur. Jan keek er naar. Hij zag dat de rails vlak voor de deur eindigde. Jan concludeerde dat er weer een soort draaiplateau achter de deur had gezeten waardoor de deur weer kon worden afgesloten. Jan keek of hij om de deur heen kon naar de ruimte er achter. Hij volgde de muur en vond enkele meters verder een deur. Hij probeerde die open te doen, in de verwachting dat die afgesloten was. Hij was totaal verrast toen de deur gewoon open ging. Hij moest zijn eigen bewegingen corrigeren omdat hij al bijna aan het doorlopen was. Het ging een beetje ongemakkelijk maar al snel stapte hij over de drempel en keek in de ruimte erachter.

Jan keek een vrij grote open ruimte in. Tegen de zijkant, voor hem aan de overkant zag hij opnieuw grote deuren. Inderdaad was hier een draaiplateau voor de rails. Via het draaiplateau kon worden overgestoken naar een andere rails. Jan keek waar de rails heen ging en volgde die richting. De rails liep niet naar de deuren maar helemaal naar rechts, langs de zijwand. Jan volgde snel de richting van de rails. Hij hoorde lawaai van die kant komen. Hij begon te rennen. Het lawaai nam toe.

Jan schatte in dat Manton opnieuw op een draaiplateau was terechtgekomen en nu via de nieuwe rails een soort luchtsluis in zou gaan om daarna via de luchtluis bij Madeleine naar binnen te kunnen schuiven. Hier kon hij misschien wel iets doen. Jan sprintte een bocht om en zag inderdaad de luchtsluis, achter een draaiplateau. Manton was met zijn platte kar al zover dat hij al in de luchtsluis was en de deuren nu probeerde te sluiten. Jan rende naar voren. Hij keek gelijk rond of hij iets kon pakken om tussen de sluitende deuren te stoppen maar hij zag niets. Hij rende verder maar hij was te laat. Zelfs zijn arm kon hij er niet meer tussen krijgen. De deuren waren gesloten en Jan hoorde de luchtsluis zich vullen met extra lucht om de druk gelijk te maken aan de druk in het ruimteschip van Madeleine. Dat was snel gebeurd omdat de druk vrijwel overal gelijk was, zowel in ruimtestations als in ruimteschepen. Jan zuchtte eens diep. Wat kon hij nu nog doen. Kon hij nog iets doen met de luchtsluis of was het einde verhaal. Jan stond stil. Hij begreep dat hij niets meer kon doen hier.

Jan keerde terug naar Jon en Samantha. Beiden waren blij hem weer te zien. Jan vertelde wat er was gebeurd. Jon bevestigde dat Madeleine was losgekoppeld en vertrokken. Jan probeerde buiten de deken om Madeleine te benaderen maar kreeg geen contact. Jan vroeg Jon of hij de deken mocht weghalen, dan kon Jon ook uit zijn isolement komen. Jan beloofde meteen om een kliksysteem aan te brengen dat zodra Jon zijn beoordelingsvermogen leek te zullen verliezen, de deken vanzelf weer op zijn plaats wordt getrokken. Jon wilde graag dat deze voorziening eerst zou worden aangebracht, zodat hij niet het risico had, dat Manton ook nu nog iets zou willen proberen. Jan zocht de spullen bij elkaar en maakte de aansluiting met de ring waarmee de deken werd aangetrokken en de connectie met Jon.

Eindelijk kon de deken weg. Samantha keek Jan glimlachend aan. Ze voelde zich goed maar had dorst en trek. Jan voelde met haar mee. Hij vertelde Jon dat hij met Samantha naar Distancia zou gaan en zou overleggen over wat ze nu verder konden doen. Duidelijk was dat Manton onderweg was naar de aarde. Ze moesten proberen hem tegen te houden. Ze moesten proberen een methode te vinden om bij Madeleine binnen te komen.

Jan keerde samen met Samantha terug naar Distancia. Ze liepen door het ruimtestation en Samantha was verbaasd dat er zoveel mensen rond liepen. Jan overlegde met Jon of het niet verstandig was om alle mensen voor de komende periode weer in de stase te brengen. Het vroeg toch wel heel wat aandacht om alles te organiseren rondom zo'n grote groep mensen. Jon was het met hem eens en kondigde een "terugkeer in stase" aan door het hele ruimtestation. Hij vermelde er bij dat de kans reëel was dat ze over een aantal maanden weer terug zouden zijn op de planeet. De mensen waren gewend aan dit soort tussentijdse wakkere perioden en het terug moeten keren naar de stase situatie.

Jan en Samantha wandelden terug naar de luchtsluis van Distancia en namen rustig plaats in de woonkamer in het ruim. Samantha voelde zich moe, hongerig en dorstig. Jan schonk wat te drinken in en maakte een van zijn beroemde fantastische maaltijden voor haar en ook voor zichzelf klaar. Ze aten en dronken met heel veel plezier. Samantha was uitgeput en ging meteen na het eten naar bed. Ze had snel even gedoucht en was al in slaap voor ze goed en wel het bed raakte.

Jan keerde terug naar de cockpit en maakte contact met Distancia. Ze overlegden over de te volgen tactiek. Een ding was duidelijk ze moesten achter Manton, dus achter Madeleine aan. Ze wisten niet wat Manton van plan was. Hoe zou hij de aarde willen benaderen. Wat wist hij van de aarde. Volgens Jan helemaal niets. Manton zou dus de neiging hebben om de aarde op dezelfde manier te zien als de eigen planeet, dus met een centrale regering die de hele planeet bestuurde. De enige instantie die daarvoor in aanmerking zou komen zou de Verenigde Naties zijn. Manton zou in die gedachtegang de secretaris-generaal benaderen en zijn geest overnemen. Via die weg zou hij de "macht" denken te kunnen overnemen. Hoe dicht moest Manton bij de secretaris-generaal zijn om hem in zijn macht te krijgen. Zou het helpen als Jan hem eerder in zijn macht kon krijgen of was dat een verkeerde methode. Jan wilde eigenlijk helemaal niet die kant op. Hij moest gewoon dicht bij Manton zien te komen. Dat was genoeg.

Kortom ze moesten zorgen dat ze zo dicht mogelijk bij Madeleine konden blijven om na te gaan wat Manton van plan was. In hoeverre was Manton zich bewust van hun aanwezigheid en hun mogelijkheden. Jan wist het niet. Hij wist ook niet in hoeverre Manton bezig was met zijn achtervolgers.

Jan overlegde met Jon en Madeleine. Hij wilde weten wanneer het ruimtestation vanaf de aarde zichtbaar zou worden. Volgens Jon al vrij snel omdat de sterrenkijkers echt behoorlijk sterk waren. Mogelijk zelfs nu al. Ze besloten dat Jon hier in positie zou blijven en dat Alpha en Beta als tussenstations zouden dienen voor het onderlinge contact. Distancia zou Madeleine volgen en zo dicht mogelijk benaderen.

Ze vlogen richting de aarde. Ze overlegden of ook zij, waaronder Alpha en Beta uit het zicht van de aarde moesten blijven of niet. Ze bekeken wat Madeleine deed maar die ging gewoon recht op het doel af. Ze besloten om zelf wel meer uit het zicht te blijven, mede omdat ze redelijk makkelijk achter de maan konden blijven. Ze hadden nog maar een uur of tien nodig om bij de aarde aan te komen.

Jan besloot te gaan slapen. Hij was moe. Distancia zou Madeleine in de gaten houden en Jan drie uur voor de aankomst in de baan om de aarde wakker maken.

Jan sliep diep en vast. Hij was blij dat hij Samantha weer bij zich had, dat gaf hem een hoop rust. Ze zouden nog wel moeten nagaan in hoeverre Manton nog invloed op haar had, voor zover ze dat zouden kunnen vaststellen.

Jan stond verkwikt op. Hij was al wakker voordat Distancia hem zou wekken. Hij douchte snel en maakte voor zichzelf een ontbijt. Hij liet Samantha lekker doorslapen. Ze had rust nodig, boven alles.

Distancia vertelde dat Madeleine recht op de aarde afvloog. Kennelijk had Manton al een plan wat hij op de aarde wilde. En vooral ook hoe hij dat wilde aanpakken. Jan was benieuwd wat er verder zou gebeuren. Distancia vertelde dat Madeleine contact had gezocht met een punt op aarde dat een signaal naar haar had gestuurd. Waarschijnlijk was het ruimteschip op aarde waargenomen en hadden ze geprobeerd contact op te nemen met het ruimteschip. Zowaar was er een kennelijk begrijpelijke reactie gekomen van het ruimteschip. Manton sprak alleen de taal van de aarde niet. Jan vroeg Distancia hoe de signalen er uit hadden gezien. Volgens Distancia, die zelf ook de signalen had opgevangen waren het een soort enen en nullen. De reactie van Madeleine leek precies hetzelfde signaal te zijn. Het reageren met een identiek signaal betekende iets van: " ik heb uw signaal ontvangen en kom met u overleggen".

Jan begreep dat het signaleren van een ruimteschip op de aarde een enorm tumult teweeg moest hebben gebracht. Het feit dat ze een signaal verstuurd hadden betekende dat ze een gezamenlijke actie hadden ondernomen. Jan wilde weten of was vast te stellen waar het signaal vandaan was gekomen. Liefst het exacte punt. Het zou hem een beeld geven van de plek die mogelijk een ontmoetingspunt zal worden tussen Manton en de aarde.

Distancia controleerde de beschikbare informatie en liet Jan zien waarvandaan het signaal van de aarde was verstuurd. Jan was wel een beetje verrast. Het signaal kwam uit Rusland vandaan en wel van vlak bij het Oeralgebergte. Jan bekeek de plek argwanend. Daar kon best een Russische militaire basis zijn waar ze het luchtruim in de gaten hielden, net als de Amerikanen ergens diep in het binnenland. Jan meende zich te herinneren dat ook de Chinezen hun ruimtevaarttechnologie grotendeels in het binnenland hadden georganiseerd. De lanceerinrichtingen waren natuurlijk meer in het zicht, meer bedoeld voor de publiciteit.

Jan kon zich niet voorstellen dat Manton zich zou laten verleiden tot een bezoekje aan een groot onbewoond gebied. Distancia meldde dat Madeleine in een baan om de aarde was gegaan. Jan vroeg Distancia zoveel mogelijk achter de maan te blijven. Hij wilde wel alles volgen maar zelf nog even uit het zicht blijven.

Distancia meldde dat Samantha wakker was en dat ze ging douchen. Jan begon meteen voorbereidingen te maken voor een ontbijtje voor haar en voor zichzelf iets lekkers voor bij de koffie. Distancia meldde dat ze via Alpha en Beta van Jon te horen had gekregen dat alle mensen weer in stase waren gegaan. Dat gaf hem heel wat rust. Inmiddels had hij nog zeven onbekende stukken ruimten ontdekt in zijn ruimtestation en was hij nu bezig die gebieden te onderzoeken en in kaart te brengen. Hij kon beschikken over kleine rijdende robotjes die het gebied verkenden en via camera's in beeld brachten.

Jan was er blij mee. Hij liet via Distancia weten dat hij blij was met de ontwikkelingen bij Jon. Distancia zou Jon verder op de hoogte houden van de bevindingen.

Samantha meldde zich en Jan glunderde meteen. Ook Samantha zag er uitgeslapen en vrolijk uit. Ze omhelsde Jan en kuste hem fors op zijn mond. Samantha was terug. Jan kuste haar meteen ook van harte en wees naar het ontbijt dat hij had klaar gemaakt voor haar. Ze aten samen en Jan probeerde te achterhalen hoe Samantha de laatste weken had ervaren. Er kwam eigenlijk niet veel van terecht. Ze wist zich, zoals ze al eerder had verteld, alleen maar iets over gesprekken met businessmanagers te herinneren. Verder eigenlijk niets. Ze wist niet waar ze was geweest, hoe ze had geslapen of gegeten. Ze werd er steeds nerveuzer van. Jan besloot het hierbij te laten. Hij wilde Samantha niet overstuur maken. Dat zou zeker niets oplossen.

Distancia meldde zich via de intercom, zodat ook Samantha mee kon luisteren. Er werden weer signalen uitgewisseld. Volgens Distancia wisten beide partijen niet hoe ze met elkaar konden praten. Distancia suggereerde of Jan zich niet kon opwerpen als vertaler. Hij sprak de taal van Manton en die van de aarde. Jan vond dat wel een idee.

Ze overlegden hoe ze dit zouden aanpakken. Jan stelde voor een Engelstalig signaal naar de aarde te sturen met het voorstel voor een bijeenkomst waar hij als tolk zou kunnen optreden. Samantha vond dat helemaal niets. Het voorstel zou ergens uit de ruimte komen en dat was voor de aarde vast en zeker heel erg lastig te aanvaarden.

Distancia stelde voor om naar Finland te gaan en daarvandaan het voorstel te lanceren. Het zou dan lijken dat het van de aarde zou komen. Jan vroeg zich af of Samantha bereid zou zijn om als tolk op te treden. Er was een redelijke kans dat Manton haar zou vertrouwen. Samantha sprak ook de taal van de planeet en van de aarde. Samantha vond het allemaal wel heel erg eng. Ze had geen enkele behoefte om met Manton te overleggen of überhaupt contact met hem te hebben.

Jan besloot dat ze de Finse oplossing zouden uitvoeren en dat hij zelf de tolk zou zijn. Hij wilde Samantha niet onnodig aan Manton bloot stellen. Ze had genoeg gedaan.

Jan besloot eerst nog even contact op te nemen met Hans, het ruimteschip waarmee hij de vorige keer naar de aarde was gegaan. Hans stond nog in de grote loods waar Distancia had gestaan gedurende haar periode op aarde. De plek waar Jan haar voor het eerst had gezien. Hans bleef voorlopig rustig op zijn plek tot nader orde maar hij was wel heel erg opgelucht dat er weer contact was.

Distancia maakte een zodanige baan om de aarde dat ze steeds aan de schaduwzijde van de aarde vloog. Ze landden rustig in Finland vlak bij het buitenhuis dat Jan en Samantha hadden gekocht tijdens hun eerdere bezoek aan zijn plaagouders. Het was inmiddels al wel avond geworden en in Finland zelf was het zelfs al diep in de nacht. Jan besloot meteen de berichten naar het centrum op aarde in Rusland en naar Manton te versturen.

Distancia vormde de verzendbron zodat de technische vaststelling redelijk aards zou lijken. Inmiddels hadden het aardse centrum en Manton verschillende malen geprobeerd met elkaar te overleggen. Ze konden elkaar niet verstaan. Jan hoopte op een positieve reactie, hoewel er voor de aarde geen enkele reden was om te veronderstellen dat een willekeurige vreemdeling een buitenaards wezen zou kunnen verstaan. Jan besloot een toelichting bij zijn eerdere bericht te doen waarin hij aangaf dat het ruimteschip van een bepaalde planeet kwam, waarbij hij de coördinaten van die planeet weer gaf. Hij vertelde op die planeet te hebben geleefd en daar de taal te hebben geleerd.

Jan liet het er expres bij. Ze moesten maar kijken of ze op zijn aanbod zou willen in gaan.

Jan ging naar bed. Hij was moe en het initiatief lag nu bij centrum van de aardse activiteiten.

Hoofdstuk 31

Jan werd verkwikt wakker. Hij was snel in slaap gevallen. Samantha was al eerder gaan slapen, ze moest nog veel inhalen en verder opknappen.

Jan zocht meteen contact met Distancia. Ze vertelde hem dat het Centrum een uur geleden had gereageerd. Ze wilden met hem "in persoon" overleggen. Jan begreep die reactie. Hij voelde er wel voor om deel uit te maken van de delegatie van de aarde bij een overleg met Manton. Misschien was zijn aanwezigheid wel noodzakelijk. Misschien moest hij het gesprek wel voeren namens de aarde. Zou hij het aandurven om de zaak zo te arrangeren dat hij aan boord bij Manton zou kunnen komen, bij Madeleine dus.

Jan liet Distancia akkoord gaan met een ontmoeting. Jan had haast en wilde weten wie er namens het aardse comité aanwezig zouden zijn. Jan liet Distancia voorstellen om het overleg In London te laten plaatsvinden op Downingstreet 10, de locatie van de Engelse regering. Distancia gaf het door maar ze wilden dat hij naar Rusland kwam. Jan had er geen zin in. Hij stelde voor dat ze elkaar in Finland zouden ontmoeten. Ook dat wilden ze niet.

Jan stopte het overleg. Ze hadden op geen enkele manier aangegeven dat ze hem serieus namen. Niet was aangegeven wie er aan het gesprek zou deelnemen.

Jan besloot zichzelf tot tussenpersoon te benoemen en benaderde Madeleine. Jan vroeg Distancia Madeleine te benaderen in de taal van de planeet met een verzoek voor overleg. Madeleine reageerde vrijwel meteen. Het was natuurlijk Manton die met een hoge stem, schreeuwend zijn wensen uitte. Hij wilde als de nieuwe leider worden binnengehaald. Iedereen moest hem officieel erkennen als de enige leider en de enige beslisser over alle zaken die de planeet betroffen. Jan moest er wel om lachen. Manton commandeerde zonder zelfs de taal te beheersen. Jan wist niet welke dwangmaatregelen Manton in gedachten had maar het kunnen overheersen van andermans geest was natuurlijk wel een groot gevaar.

Jan besloot de stem van Manton te gebruiken maar zijn woorden te vertalen in het Engels en door te sturen naar het Centrum. Distancia maakte het bericht zoals Jan wilde en stuurde het door. Ze gaf daar bij aan dat zij het bericht hadden vertaald.

Er volgde een langdurige stilte. Jan en Distancia volgden Madeleine. Samantha kwam twee uur later boven tafel en gaf aan dat ze zich stukken beter voelde. Ze vroeg naar de stand van zaken en Distancia informeerde haar over de oproep van Manton en de vertaling die ze hadden doorgestuurd.

Samantha nam een uitgebreid ontbijt en maakte koffie voor Jan. Ze vroeg of het zinvol was om Manton te informeren dat zijn wensen c.q. eisen waren doorgestuurd en dat er nu gewacht werd op een antwoord vanuit de vertegenwoordigers van de aarde. Distancia voelde wel voor dit initiatief. Jan was het er ook mee eens en Distancia ging aan de slag. Zoals ze alle drie hadden verwacht was de reactie van Manton kort, boos en ongeduldig. Hij wilde en zou niet langer wachten. Hij dreigde om geweld te gebruiken als er niet binnen drie uur een formele overgave zou volgen.

Distancia stuurde het bericht door.

Je mocht verwachten dat er toch een stuk onrust zou ontstaan bij de verzamelde aardse overleggroep. Jan was benieuwd naar hun reactie en vooral ook naar de snelheid waarmee dat zou gebeuren.

Al snel kwam er een reactie. Ze wilden graag overleggen maar hadden het moeilijk met besluitvorming.

Jan liet Distancia reageren met de vraag welke stad ze als eerste vernietigd wilden zien. Moskou, Peking of Washington. Jan liet alles vertalen door Distancia en doorsturen naar Manton. Manton had natuurlijk geen notie van de namen en het belang van de steden. Jan en Samantha wel degelijk en de aardse organisatie natuurlijk ook.

Er kwam geen reactie. Jan besloot om aan Manton aan te bieden dat hij met Manton zou overleggen in zijn ruimteschip over de voorwaarden van een overgave en een eventuele praktische methode om dat te realiseren. Manton reageerde niet.

Er ontstond een impasse. Beide partijen waren stilgevallen.

Jan overlegde met Samantha en Distancia. Wat konden ze doen. Kon Jan op de een of andere manier bij Manton aan boord komen? Madeleine zou hun nadering zonder meer opmerken. Zou het helpen om Jon naar de aarde te laten komen en te proberen om Madeleine te verleiden om weer in het ruimtestation te manoeuvreren. Manton zou het haar niet toestaan. Ze waren er van overtuigd dat hij hun aanwezigheid op zijn minst zou verafschuwen. Nu waren ze nog anoniem. Manton en de aarde kenden hun achtergrond niet.

Ze zagen geen oplossing. De tijd verstreek. Er leek niets te gebeuren. Distancia maakte Jan er op attent dat er op de televisiezenders nieuws was.

Jan zette de nieuwsberichten aan en kreeg een verhaal voorgeschoteld waaruit bleek dat de secretaris-generaal van de Verenigde Naties een nieuwe assistent had benoemd zonder vooroverleg met de leden van de Verenigde Naties of zelfs zijn eigen ambtenarencorps. De nieuwe man werd voorgesteld als Bjorn Damiaanson. Niemand had ooit van hem gehoord. Hij kwam volledig uit de lucht vallen. Bjorn was een stevige man van middelbare leeftijd, die heel rustig en gedegen over kwam.

Gelijk er achteraan kwam een nieuw bericht, dat de mediamensen evenzeer verontrustte. De president van de Verenigde Staten had ook een assistent benoemd. Ook een volkomen nieuw gezicht. Ook van haar was niets bekend. Roma Annstance was een knappe dame van midden dertig met lang zwart haar. Ze kwam heel vriendelijk en gedreven over. Het was een type dat wist wat ze wilde.

De media maakte er een complete hype van. Een en ander werd nog wilder toen de veiligheidsraad bijeen werd geroepen voor spoed overleg. Het onderwerp was duidelijk. Er moest iets gebeuren met de dreiging van de nieuwe macht in het ruimteschip. Het voorstel van de secretaris-generaal, verwoord door zijn nieuwe vertegenwoordiger , was om hem, de secretaris-generaal, alle bevoegdheden toe te kennen om met dit nieuwe fenomeen om te gaan. Daartoe behoorde ook een onbeperkte militaire macht. De legers van alle landen zouden direct onder bevel van de secretaris-generaal komen.

Er was veel beroering. Met name Rusland en China gaven meteen aan dat ze er niet over dachten om hun militaire bevoegdheden over hun eigen leger aan wie dan ook uit handen te geven. Ook Frankrijk en Engeland wensten hier niet op in te gaan.

Opmerkelijk was het standpunt van de Verenigde Staten, verwoord door Roma, de nieuwe vertegenwoordigster van de president. De VS vroeg wat er dan wel gedaan zou moeten worden om de dreiging vanuit het ruimtestation te niet te moeten doen. Moesten ze raketten afschieten op het ruimteschip? Zou het ruimteschip dan niet meteen terugschieten. Laat China of Rusland maar als eerste schieten. Ze konden alleen maar hopen dat de ruimtewezens dan ook de schutters zouden terugbetalen en niet onschuldige anderen.

Alom was er grote verwarring. De twee nieuwe persoonlijkheden leken meteen de centrale figuren te zijn geworden in een politiek en strategisch steekspel. De oude traditionele politieke spelletjes hielden geen stand meer. Overal was er overleg op landelijk en hoger niveau. Urenlang waren politici aan het woord om toch vooral hun eigen mening duidelijk te maken.

Plotseling werd het overal stil. De veiligheidsraad was bijeen en de bijeenkomst werd life over de hele wereld uitgezonden. De eensgezindheid was ver te zoeken. Ongeveer iedereen had een eigen mening. Miljarden mensen volgden de uitzending op telefoon, telvisie, tablet of via de radio. Ook Jan en Samantha zaten voor de buis.

De voorzitter van de veiligheidsraad opende de vergadering en gaf het woord aan de secretaris-generaal. De secretaris generaal gaf onmiddellijk het woord door aan zijn vertegenwoordiger Bjorn Damiaanson. De secretaris-generaal zag er een beetje afwezig uit vond Jan. Hij vroeg wat Samantha er van vond maar die had er eigenlijk niet echt op gelet. Ze had zich gefocust op Bjorn Damiaanson. Ze had het gevoel dat ze de man al eens eerder had gezien. Ze kon hem niet plaatsen maar had een gevoel de man eerder te hebben gezien.

Bjorn Damiaanson begon een heel verhaal over daadkrachtig optreden en eendracht en het nut van de samenwerking tegen de gezamenlijke vijand. Besluitvorming was daarvoor noodzakelijk en wel op heel korte termijn. Er was uiteindelijk maar een onafhankelijke wereldwijd georganiseerde organisatie en dat was de Verenigde Naties. Initiatief om snel en kordaat tegen deze gezamenlijke tegenstander op te treden was noodzakelijk. In ieder geval tijdens de geweldloze periode. Het overleg met het ruimteschip moest gecentraliseerd plaats vinden zodat de aarde als en geheel het probleem zou oplossen. De vergadering moest dus de bevoegdheid om als vertegenwoordiger namens alle landen van de aarde op te treden direct in handen leggen van de secretaris–generaal. Als er als gevolg van het overleg geweld moest worden gebruikt kon dat alleen maar door de secretaris-generaal worden toegepast.

Bjorn ging zitten en tot stomme verbazing van alle kijkers en luisteraars vond geen van de aanwezige landen het nodig om het woord te voeren. De voorzitter bracht het voorstel in stemming en weer tot ieders verbazing werd het voorstel unaniem goedgekeurd.

De camera's draaiden rond door de zaal en bekeek meerdere vertegenwoordigers van behoorlijk dichtbij. Jan had meteen de indruk dat iedereen er behoorlijk suf bij zat. Hoe kon dat. Was Manton in staat om de hele groep te beïnvloeden. Kon hij dat vanuit het ruimteschip doen of moest hij dichterbij zijn. Jan besloot het meteen te onderzoeken en zocht contact met Madeleine. Madeleine was ver weg. Jan probeerde haar wakker te krijgen maar dat was uitermate moeizaam.

Jan vroeg Distancia om mee te helpen. Zowaar dat leek te helpen. Heel zwak kwam er een contact met Madeleine maar ze was heel erg langzaam. De reacties leken sterk beïnvloed door noodzakelijke activiteiten om het ruimteschip actief te houden in puur technische zin. Jan probeerde uit te vinden of Manton nog aan boord was. Hij kreeg meer en meer de indruk dat dat niet het geval was. Manton moest in de buurt van de bijeenkomst van de Veiligheidsraad zijn geweest om alle aanwezige geesten zo te kunnen beïnvloeden. Jan besloot meteen om met Distancia naar Madeleine te vliegen en te zien of ze hem zou binnenlaten door de luchtsluis. Distancia was het met hem eens. Als er al een kans was, dan was die er nu.

Snel steeg Distancia op en dook meteen van bovenaf op Madeleine af. Jan vertelde Samantha wat er ging gebeuren en waarom. Binnen een half uur waren ze kort boven Madeleine. Langzaam schoof Distancia haar luchtsluis naar de zijkant van Madeleine en vroeg haar op puur technische toon om haar luchtsluis aan te sluiten. Madeleine deed meteen wat haar werd gevraagd. Jan liep meteen vanuit de luchtsluis van Distancia de luchtsluis van Madeleine in. Hij sloot de toegangsdeur achter zich en liep meteen door naar binnen bij Madeleine. Jan had zijn dekenset meegenomen en besloot Madeleine zowel van onderen als van boven van een deken te voorzien. Hij liep meteen door de cockpit naar de zijwand en opende die door met zijn platte hand tegen de muur te duwen.

Hij moest wel wat improviseren maar uiteindelijk lukte hem om de twee dekens aan te brengen. Hij isoleerde Madeleine en ging zelf op de onderste deken staan zodat hij tussen de dekens in stond. Hij sprak rustig met Madeleine. Ze bevestigde dat Manton niet aan boord was maar samen met Bjorn, Roma en Frick was vertrokken. Zij moest rustig blijven rondcirkelen tot ze terug wilden.

Jan wilde dat Madeleine achter Distancia aan zou vliegen en zou landen. Manton zou haar niet meer lastig vallen. Madeleine was dolgelukkig. Ze kreeg het altijd weer Spaans benauwd als die engerd in haar buurt kwam. Jan stelde haar gerust en vertelde haar hoe de dekens werkten. Als ze de dekens open deed was er geen gevaar. Op het moment dat Manton of wie dan ook haar geestvermogens zou uitschakelen zouden de dekens automatisch geactiveerd worden en de ruimte waar ze in zat afsluiten voor invloeden van buitenaf. Ze bleef natuurlijk verbonden met het computersysteem van het ruimteschip maar kon geen opdrachten meer ontvangen of verzenden via de gedachtestroom.

Madeleine was blij met de oplossing maar was nog erg huiverig over de werking. Jan stapte onder de deken vandaan en vertelde Distancia dat Manton inderdaad niet aan boord was en dat Madeleine haar zou volgen als ze zouden landen. Hij vroeg haar eerst naar de donkere zijde van de aarde te vliegen en daarna laag over het land naar Finland terug te keren.

Distancia vond het prima en wilde nog weten of hij eerst terug kwam of dat hij met Madeleine mee zou vliegen. Hij besloot met Madeleine mee te vlieg en ze vertrokken.

Snel landden ze in het buitengebied in Finland. Jan stapte uit en verzekerde Madeleine dat ze veilig was. Hij keerde terug naar Distancia en vroeg Distancia om een beetje op Madeleine te letten. Dat vond Distancia geen enkel probleem, nog sterker ze vond het juist hartstikke gezellig. Ook Madeleine verkneuterde zich in het contact met Distancia.

Distancia meldde dat er nogal wat beroering was ontstaan over hun actie in de hogere luchtlagen boven de aarde. Televisiebeelden lieten hun actie bij Madeleien zien. De aarde was geschokt. Er was in ieder geval nog een tweede ruimteschip. Wie kon weten wat er nog meer daar buiten was dat wachtte op benadering van de aarde. Wat waren hun intenties. De beslissing van de veiligheidsraad was dan wel heel vooruitstrevend en gedreven door snelle besluitvorming maar hoe zat dat met de secretaris-generaal en diens assistent. Er werd voortdurend van alles gesuggereerd maar feitelijk konden ze niets anders doen dan toekijken en commentaar leveren.

Plotseling kwam er een melding dat de Russische regering meedeelde het besluit van de veiligheidsraad niet te accepteren. Hun vertegenwoordiger bij de veiligheidsraad werd direct teruggeroepen. Hij had zich niet aan zijn opdracht gehouden en was zijn bevoegdheid te buiten gegaan. Het Russische leger bleef volledig zelfstandig.

Prompt reageerde de Chinese regering met dezelfde oplossing. Hun vertegenwoordiger werd meteen teruggeroepen en het Chinese leger bleef volledig zelfstandig.

Jan moest gniffelen. Manton was gewend aan een sterke centrale regering. De aarde kende die nog lang niet. De onderlinge ruzies waren een dagelijkse kost voor vredestichters. Manton zou het niet makkelijk krijgen. Jan probeerde de stand van zaken te bekijken.

Manton moest ergens op de aarde zijn in de buurt van de plek waar de Veiligheidsraad bijeen was geweest. Ze waren vast met de shuttle afgedaald. Dat betekent dat Manton in de benauwde shuttle zat en dus er naar moest verlangen om terug te keren naar Madeleine. Stel dat Madeleine bereid zou zijn om mee te werken aan het vangen van Manton. Hij moest er van uitgaan dat de shuttle van achteren het ruimteschip in kon vliegen. De lucht zou eerst weer aangemaakt moeten worden voor hij de shuttle uit kon. Nu was de lucht hier veel zuiverder dan op zijn thuisplaneet en dus was de aanvulling vanuit de reservetanks en de apparatuur veel sneller op pijl dan Manton gewend was. Jan kon daar verder niet veel mee. Stel dat Manton uiteindelijk uit de shuttle kwam hoe zou dat dan in zijn werk gaan. Zou hij "gewoon" naar boven worden getild met een soort lift of moest hij er uit rijden en via een soort rails naar boven gaan. De eerste oplossing leek hem de simpelste en de eenvoudigste. Hij zou een deken kunnen bouwen over de plek waar Manton naar buiten zou komen. Madeleine wist natuurlijk precies waar Manton normaal gesproken stond opgesteld. Welke aansluitingen hij benutte en hoe zijn voeding was geregeld.

Jan maakte een uitgebreide maaltijd voor Samantha en hemzelf klaar en besprak de opties, waarbij Distancia en Madeleien meediscussieerden. Madeleine kon natuurlijk aangeven hoe het tot nu toe was gegaan. Toen ze in het ruimtestation van Jon was geland, had Manton de onderkant van het ruim van haar schip geopend via de computer, waarna er een lift met een groot hefvlak naar boven was gekomen en de plateaus waar de vier hersenen op lagen eenvoudig had opgetild, waardoor de vloer van de plateaus werd losgekoppeld van de zijkant van het ruimteschip. De verbinding van de vloer met het plateau was eenvoudig opzij geschoven en Manton was afgedaald met de lift.

Bij het gebruik maken van de shuttle was het plateau eenvoudig via de zijkant naar binnen geschoven. De shuttle was daardoor niet meer beschikbaar voor passagiers, waardoor er alleen maar vier personen konden meereizen in de cockpit van de shuttle. De toegang werd gecreëerd doordat de volledige zijwand kon worden weggeschoven. Dit was niet de zijkant met de deur maar de tegenover liggende zijkant. De zijwand werd weggeschoven en alle zitbanken werden er uit geschoven. Daarna kon Manton er met de vier hersenen in worden geschoven. Het leek Jan een hele operatie maar Madeleine vond het een routine klusje.

De gang van zaken was voor iedereen duidelijk. Nu de oplossing. Hoe moesten ze Manton vangen en onder controle krijgen. Stel dat hij met de shuttle terug wil naar Madeleine hoe doet hij dat dan. Jan opperde de vraag hardop. Madeleine antwoordde dat hij dat al regelmatig had gedaan. Hij controleerde de shuttle en Madeleine en gaf zijn instructies simpel door. Jan besloot dat de eenvoudigste weg zou zijn dat hij zich in Madeleine zou verstoppen en een grote deken zou maken die hij zodra dat mogelijk was over Manton heen zou laten zakken en zijn geestelijke invloed te beperken tot die zone. Alle anderen zouden dan vrij van hem zijn. Manton kon dan niemand meer beïnvloeden.

Madeleine voelde niet zo veel voor die optie. Ze was nu vrij van Manton en ze wist niet wat Manton haar allemaal kon aandoen. Ze had er geen zin in. Distancia voerde aan dat het toch eigenlijk de enige oplossing was. Jan suggereerde dat het helemaal niet zeker was dat Manton wilde terugkeren naar Madeleine. Op de een of andere manier had hij de indruk dat hij zich juist op de aarde wilde vestigen. Maar als hij wilde terugkeren dan was het toch wel een geweldige optie als Madeleine zou willen meewerken.

Madeleine sputterde nog wat tegen maar ging uiteindelijk toch akkoord. Samantha opperde dat er toch wel haast bij geboden was om Madeleine zo snel mogelijk weer in de lucht te krijgen. Jan verzamelde snel de benodigde materialen. Helaas was er maar heel weinig materiaal beschikbaar. Hij zou de plek heel goed moeten bepalen want het ruim van Madeleine was best wel groot. Samen met Madeleien bepaalde ze de meest waarschijnlijke locatie. Ze hielden rekening met de plek waar normaalgesproken de shuttle stond. Ook nu zou dat de gebruikelijke plek zijn. Jan besloot de installatie, juist omdat die zo klein was, mobiel te maken. De voorkant , richting de normale standplaats van de shuttle was het breedst. De achterkant was wat smaller.

Gelijk nadat Jan met zijn materialen binnen was gekomen bij Madeleine was ze opgestegen en had heel snel haar positie in het luchtruim weer ingenomen. Jan had nog wel wat tijd nodig om de deken op te bouwen en te installeren. Madeleine had haar eigen deken weg laten zakken zodat ze bereikbaar was voor Manton.

Distancia meldde zich. Er waren berichten die Jan moest bekijken. Jan zocht de cockpit op van Madeleien en bekeek de beelden die op de televisie werden uitgezonden. Nieuws was er alom.

Eerst een uitgebreide reportage over het ruimteschip. Daarna de beelden van een tweede ruimteschip met het onderlinge contact via een soort luchtsluisverbinding. Daarna het plotselinge verdwijnen van beide ruimteschepen. Dit riep een enorme discussie op. Wat gebeurde er allemaal. De beelden werden plotseling onderbroken en er verschenen beelden van een ruimteschip. Het was er weer. Een ruimteschip. Geen twee. Waar was die ander. Hoe kon dit allemaal zomaar gebeuren. Ruimteschepen verschenen niet zomaar. Die kwamen ergens vandaan. Had niemand de schepen zien verdwijnen, had niemand het schip zien terugkeren. Was het hetzelfde schip als het schip dat er eerst was? Vele vragen werden opgeworpen.

Plotseling veranderde het beeld weer. Er was een verrassende verklaring afgelegd door Bjorn Damiaanson, de nieuwe medewerker van de secretaris generaal van de Verenigde Naties. Hij verklaarde dat er overleg was geweest met de Chinese regering. De Chinese regering zal, aldus

Bjorn Damiaanson, op korte termijn een publicatie afgeven, waaruit zal blijken dat ze het alsnog nadrukkelijk eens zijn met de door de Chinese vertegenwoordiger in de Veiligheidsraad afgegeven verklaring. Inderdaad kwam vrijwel gelijk daarna een verklaring van de Chinese regering. Ze betreurden hun eerste snelle reactie maar waren alsnog akkoord met de beslissing van de veiligheidsraad. De hele wereld viel over de verklaring heen. Dit was ongekend. De Chinese regering die alsnog mee ging met de beslissing in de Veiligheidsraad. Iedereen keek meteen naar Rusland. Feitelijk het enige land dat nog dwars leek te liggen.

Op vragen uit de zaal over Rusland, verklaarde Bjorn Damiaanson dat er op korte termijn overleg met Rusland zou plaats vinden. Ze vonden het belangrijk dat ook Rusland zich in de nieuwe machtssituatie zou kunnen vinden. De aarde moest als een geheel het grote gevaar tegemoet kunnen treden.

Er ontstond een enorm tumult op de publieke tribune. Ook de commentator was verbluft. China dat zichzelf zomaar gewonnen gaf. Ongehoord. Er was al de nodige verbazing geweest toen de Veiligheidsraad, inclusief Rusland en China zomaar, tegen alle verwachtingen in, het voorstel om alle bevoegdheden aan de secretaris-generaal toe te kennen, had goedgekeurd. Het nu opeens terugkomen op het standpunt om hun stem in de Veiligheidsraad terug te nemen was al even verrassend en verbazingwekkend. Een gesprek met Rusland zou toch wel het summum zijn. Wat was er aan de hand. De wereld veranderde met de dag. Natuurlijk leek de basisgedachte best wel van belang. Het gezamenlijk optreden tegen de buitenaardse bezoekers was op zich best wel een item.

Een van de commentatoren kwam opeens met de vraag, hoe het eigenlijk zat met de buitenaardse bezoekers. Was er contact geweest? Hadden ze zich gemeld? Hadden ze eisen gesteld. Met wie was er dan wel contact geweest? De vragenreeks werd meteen overgenomen door alle nieuwszenders. De algemene roep was duidelijk.

Meteen kwam er een reactie vanuit Rusland. Ze zouden niet met de secretaris-generaal of diens afgezand praten. Er was allang een centraal overleg opgericht dat zetelde in Rusland. Alle negen economisch grote landen, samen met China, waren daarin vertegenwoordigd.

De zegsman, Joris Karomski, informeerde de wereld dat ze inmiddels inderdaad contact hadden gehad met het ruimteschip. Iedereen, elke journalist was helemaal overdonderd. Het kon toch niet zo zijn dat er aan de ene kant een stemming plaats vond in de Veiligheidsraad, terwijl er al een centraal comité bestond voor hetzelfde doel ? Journalisten keken de bijeenkomst van de Veiligheidsraad nog eens en vonden het merkwaardig dat geen van de aanwezige vertegenwoordigers ook maar iets had gezegd. Dat was op zijn minst raar, zo niet uitermate merkwaardig. De vertegenwoordigers die altijd zo breedsprakig waren, hadden nu, bij dit uitermate belangrijke onderwerp, helemaal niets gezegd. Het klopte niet. Het was duidelijk. Er was iets goed mis.

Onmiddellijk werden er vragen opgeworpen over het contact dat er was geweest. De zegsman van het centrale comité, Joris Karomski, werd voor de camera gehaald. Hij zou op korte termijn een nadere verklaring komen afleggen. Het comité was in overleg over de tekst. Het was iedereen toch wel duidelijk dat dit allemaal heel zorgvuldig moest worden behandeld.

Vrij snel daarna kwam hij inderdaad met een verklaring. Er was contact geweest met het ruimteschip Helaas was het een eenzijdig verbaal geluid geweest. De spreker had in een onbekende taal gesproken. Opmerkelijk was wel geweest dat er zich iemand op de aarde had gemeld die beweerde die taal machtig te zijn. Het was een onbekende die zich verder niet bekend heeft gemaakt. De onbekende heeft de uitspraken van het ruimteschip, naar zijn zeggen, vertaald. Ze zouden een ernstige bedreiging zijn aan het adres van de gehele aarde.

Er werd gedreigd met het aanrichten van schade aan grote steden als er niet onmiddellijk volledige overgave van alle landen zou plaats vinden. Op deze dreigementen is niet meer gereageerd. De inhoud werd als niet realistisch ter zijde gelegd.

De reacties waren unaniem. Geen overgave zonder ook maar enig normaal overleg. Het was wel duidelijk dat de technologie van de ruimtewezens ver uitsteeg boven de eigen kennis maar communicatief was het toch allemaal wel erg lomp. Verder leek het er verdacht veel op dat de bijeenkomst van de Veiligheidsraad was gemanipuleerd. Al met al was men er van overtuigd dat er eigenlijk weinig aan de hand leek.

Joris Karomski maande iedereen tot rust. Het centrale comité zou de wereld informeren over de volgende stappen, zodra er meer nieuws was zou hij zich weer melden.

Jan bekeek de hele discussie met groot wantrouwen. Niemand had het over de twee ruimteschepen. Niemand vond het bijzonder dat er niets meer van het ruimteschip was vernomen. Jan overlegde met Madeleine en Distancia en Samantha. Wat was verstandig. Hij was op het ruimteschip van Madeleine. Zou hij namens het "ruimteschip" iets kunnen doen. Hoe zat het met Manton. Ze hadden al een hele tijd niets meer van hem gehoord. Waar was hij. Wat deed hij. Er was geen poging tot contact geweest van de kant van Manton. Ook niet met Madeleine.

Ze wisten niet goed wat ze konden doen. Ze hadden geen enkel idee waar Manton kon zijn. Samantha suggereerde dat het misschien een optie was om Bjorn Damiaanson te volgen. Die zou toch overleg met Manton moeten hebben. Jan vond dat een uitstekends idee. Ze overlegden of het nuttig was om Jan terug te brengen naar Finland en hem dan via een reguliere vlucht naar New York te laten vliegen maar dat zou toch wel heel erg veel tijd kosten. Ze besloten dat Madeleine Jan, als het donker was boven de Verenigde Staten, zou afzetten op een plek waar hij niet snel zou worden opgemerkt maar wel snel en makkelijk naar New York zou kunnen reizen. Madeleine zocht meteen een prima locatie uit, wel tachtig kilometer van New York maar wel vlak bij een weinig gebruikt treinstation. Jan maakte een pakket van de afschermdeken zodanig dat hij er een rugzak van kon maken en eenvoudig kon meenemen.

 Alles verliep eenvoudig en gemakkelijk. Madeleine zette Jan af. Jan benutte zijn credit card om een kaartje te kopen voor de trein naar New York en Madeleine nam gewoon haar plek aan de hemel weer in.

Het duurde toch nog wel vier uur voor de trein op het station aan kwam en nog eens twee uur voor

Jan in New York uit de trein stapte. Hij was wel een beetje munt. Hij had wel een beetje liggen soezen tijdens het wachten en tijdens de treinrit maar echt slapen was het toch niet geweest.

Hoofdstuk 32

Jan wandelde met zijn rugzak naar de gebouwen van de Verenigde Naties. Vlak bij besloot hij eerst even rustig in een klein eethuisje met uitzicht op het plein voor de gebouwen van de Verenigde Naties een eenvoudig ontbijtje te nemen. Hij kon niet anders dan wachten tot Bjorn langs zou komen. Hij had geen andere opties.

Plotseling was er de nodige consternatie. Jan zag het aan de reacties van mensen om hem heen die ook zaten te ontbijten en naar de televisie keken die tegen de achterwand van het eethuisje hing. Jan liep naar achteren en bekeek de beelden. Kennelijk werden de beelden regelmatig herhaald. Er was een bericht ontvangen via het internet bij alle media in de Verenigde Staten, Rusland en China. Het bericht klonk met een merkwaardige tongval en erg doorspekt met loze kreten maar kwam er min of meer op neer dat de spreker, die zich Manton noemde, vaststelde, dat er geen vrijwillige overgave was geweest zodat hij zich genoodzaakt zag om strafmaatregelen uit te delen. Als de aarde zich niet binnen een uur had overgegeven en hem alle macht zou hebben toegekend, zou hij een kleine straf uitdelen.

Daar was het bericht bij gebleven. Alom was er commentaar maar niemand wist wat er hiermee moest worden gedaan.

Jan keerde terug naar zijn plekje aan de buitenkant van het eethuisje en bekeek de mensen die de gebouwen van de Verenigde Naties ingingen. Jan realiseerde zich dat er mogelijk meer ingangen waren. Dit was niet meteen erg kansrijk. Hij wist niet in welk gebouw Bjorn zijn kantoor had, als hij al een eigen kantoor had.

Jan besloot voorlopig maar even te blijven zitten waar hij zat. Het centrale comité zou zich wel beperken tot nadere vragen over wat die machtsoverdracht dan wel zou inhouden en welke strafmaatregelen er dan wel zouden worden genomen. Kennelijk was het niet goed mogelijk om het bericht terug te traceren om de plek van verzending van het origineel te achterhalen. Jan besloot het aan Madeleine en Distancia voor te leggen.

Ze begrepen zijn vraag maar zagen geen mogelijkheid om het oorspronkelijke bericht terug te traceren. Jan vroeg zich meteen af hoe ze zouden kunnen antwoorden, alleen via de media?

Inderdaad kwam er een bericht van Joris Karomski. Namens het centraal comité wilde hij graag in overleg treden met Manton om de inhoud van zijn eisen nader te bespreken en vooral ook de feitelijke uitvoering daarvan en ook meer informatie te krijgen over de aangegeven strafmaatregel.

Heel snel daarna kwam er een reactie. Weer via de media en het internet. De stad Kansk, midden in Siberië werd gestraft. Meteen werden alle media gericht op de stad Kansk. Een stad van meer dan honderdduizend inwoners. Via de satelliet werden er beelden van de telefoons van bewoners getoond. Iedereen was overstuur. Er was geen elektriciteit meer, er was geen stromend water. Alle elektrische aangestuurde zaken waren daardoor uitgeschakeld. Stoplichten werkten niet meer. Het openbare leven was stilgevallen. Binnen de kortste keren brak er paniek uit. Winkels werden bestormd en leeggeroofd, er ontstond brand op meerdere plaatsen. De brandweer en de politie konden de ramp niet aan. De Russische regering riep de noodtoestand uit en het leger nam de hele stad in. Alles ging redelijk snel achter elkaar door.

Jan was opnieuw het eethuisje in gelopen en zag de beelden op de televisie. Het was duidelijk Manton had zijn eerste straf uitgedeeld. Eigenlijk heel simpel maar wel heel erg efficiënt. Jan ging terug naar zijn plekje. Hij zocht contact met Madeleine en Distancia. Ze hadden de berichten gezien en de gevolgen geanalyseerd. Beiden waren van mening dat Manton zich via de computernetwerken in een systeem had weten binnen te dringen waarmee hij mogelijk zelfs wereldwijd de energieaanleveringen kon bepalen. Hoe kon hij dat. Zowel Distancia als Madeleine was van mening dat dat alleen kon als hij zelf verbonden was met een heel groot computersysteem. Door het grote aantal internetverbindingen en via satellieten was er heel erg veel mogelijk.

Jan wilde meteen dat zowel Madeleine als Distancia zouden uitzoeken waar de grootste computersystemen waren. Waar ter wereld. Vooral systemen die met satellieten werkten kwamen in aanmerking. Wifi was overal beschikbaar. Tweerichting satellietverbindingen ook. Elke telefoon of tablet had die mogelijkheid. Zowel Distancia als Madeleine kwamen al snel terug met de mededeling dat er wel honderden gigantisch grote computercentrums waren. De systemen waren nog erg eenvoudig en daardoor zeer uitgebreid met een beperkte capaciteit. Hun eigen capaciteit was ongeveer zesduizend keer groter dan de grootste computercentrums op de aarde.

Jan moest hier weer even aan wennen. De systemen op aarde liepen natuurlijk nog ver achter bij de systemen van de planeet. Mogelijk kon dat ook helpen bij het inbreken op bestaande computersystemen op aarde. Jan vroeg aan

Madeleien of zij kon inbreken in het systeem van de Verenigde Naties en een afspraak kon inplannen voor diezelfde middag van Jan met de secretaris-generaal. Gelijk daarna vroeg Jan aan Distancia of zij kon nagaan welke contacten er nodig waren geweest om de energievoorziening in Kansk te ontregelen. Misschien kon ze meteen kijken of ze die kon herstellen.

De uren verstreken, de morgen werd middag. Jan bleef op zijn post. Hij nam nog een uitgebreide lunch en at die met smaak op. Hij had de lunch nog niet op of er kwam weer een bericht van Manton via de media. Hij vroeg of de straf duidelijk was. De energiestoring in Kansk was geen toeval. Hij had die veroorzaakt. Wat in Kansk kon, nota bene midden in Siberië, kon natuurlijk bij elke stad gebeuren waar ook op de aarde. Het was tijd voor definitieve afspraken. Hij gaf het centrale comité en de secretaris generaal twee uur de tijd om hun macht aan hem over te dragen. Elk land dat dan niet vrijwillig zou meewerken kon rekenen op een straf als in Kansk met als verschil dat de straf van Kansk lang genoeg had geduurd en hierbij werd opgeheven.

Einde bericht.

Mantons stem bleef erg blikkerig klinken en had duidelijk de indruk van het gebruik van een vertaalprogramma.

Meteen werd er contact gezocht door de media met de stad Kansk. Inderdaad bleek de energievoorziening weer te werken. Iedereen was verbaasd dat dit allemaal zomaar kon. Het militair gezag bleef voorlopig gehandhaafd totdat alles weer normaal zou zijn en dat kon wel eens langer dan een week duren.

De media stonden er bol van. Moesten ze Manton zijn zin geven? Wat was er tegen zo'n overmacht te doen. Hoe was hij ooit te stoppen. Hoe kon hij deze strafmaatregel überhaupt toepassen. Kon iedereen dat of was er hier toch iets speciaals aan de hand. Wie was die Manton. Waar kwam hij vandaan. Wie wist iets over de technologie waarover hij kennelijk kon beschikken. De media hadden alleen maar vragen en geen enkel antwoord.

Madeleine meldde dat Jan meteen terecht kon bij de secretaris-generaal in het gebouw van de Verenigde Naties direct tegenover de plek waar hij zat. Jan sprong meteen op en wandelde naar de overkant. Hij meldde zich netjes bij de receptie en werd meteen doorgeleid naar een lift. De lift ging naar de 18e verdieping. Daar werd hij opgewacht door een mooie juffrouw die hem meenam naar een andere lift aan het eind van de gang. Hij kon niet zien of ze verder omhoog of weer omlaag gingen. Voor zijn gevoel gingen ze langdurig omlaag wat hem wel een beetje verraste. Uiteindelijk stopte de lift en werd hij overgedragen aan een jonge man die hem meenam naar een groot kantoor, voorzien van een grote vergadertafel en een ruime koffietafel. De jongeman vroeg of Jan koffie of thee wilde en zette beide alternatieven voor hem op de vergadertafel.

De jongeman verdween en vrijwel gelijk kwam Bjorn Damiaanson de ruimte binnen. Meteen achter hem kwam de secretaris-generaal. Ze liepen naar Jan toe en stelden zich netjes met een handdruk voor. De secretaris maakte weliswaar een licht afwezige indruk maar was wel degelijk goed bij zijn positieven. Hij verkondigde meteen dat hij maar heel weinig tijd had omdat er over tien minuten direct overleg zou zijn met zijn staf en daarna met het centrale comité.

Jan beloofde het kort te houden. Hij haalde een stuk deken uit zijn tas en spreidde die uit op de tafel. Hij keek de secretaris-generaal aan en daarna Bjorn. Hij vertelde dat Bjorn volledig werd aangestuurd door Manton en dat Bjorn de secretaris-generaal beïnvloedde. Om dat te bewijzen zouden ze beiden onder deze deken moeten gaan zitten zodat ze hun eigen vrije wil konden bepalen.

De secretaris-generaal keek Jan volledig verbijsterd aan. Onder een deken gaan zitten omdat hij werd beïnvloed. Zo zout had hij het nog nooit gegeten. Hij maakte aanstalten om te vertrekken. Tegen de tijd dat hij uit zijn stoel omhoog was gekomen was Jan om de tafel heen gelopen en had hem teruggeduwd in zijn stoel. Hetzelfde gold voor zijn assistent. Jan trok meteen de deken over beiden heen en hield de deken strak over hun hoofden heen. Zelf boog hij zijn hoofd midden tussen hen in ook onder de deken. Zo zaten ze uiterst merkwaardig met drie hoofden onder de deken. Jan keek de beide mannen aan. Hij vertelde dat de deken hen behoedde voor invloeden van Manton waardoor ze vrij uit konden spreken met elkaar.

De secretaris-generaal was helemaal beduusd en wist niet wat hij moest zeggen. Inderdaad had hij de indruk dat zijn beoordelingsvermogen behoorlijk terzijde was geschoven maar hij wist niet waarom. Bjorn had het nog veel moeilijker. Hij zakte voorover op de tafel en bromde dat hij niet begreep waar hij was. Bjorn bleef warrig en ongereguleerd. De secretaris-generaal keek Jan aan. Hij bedankte Jan voor zijn merkwaardige gedrag maar vroeg zich meteen af wat de situatie nu was en hoe ze nu verder moesten. Jan adviseerde hem om het gesprek met Manton aan te gaan om de macht over te dragen. Dat vereiste een formele bijeenkomst en een schriftelijk mandaat zodat de machtspositie formeel kon worden vastgelegd. Ditzelfde zou moeten gebeuren met de vertegenwoordiger van het centrale comité. Als beiden en Manton het zouden tekenen dan zou het ook formeel zijn vastgelegd. Jan zou intussen proberen de verblijfplaats van Manton te achterhalen via Bjorn. Hij zou dan proberen Manton uit te schakelen.

Voorzichtig kwam de secretaris-generaal onder de deken vandaan. Hij bleef even rustig staan en keek om zich heen. Hij knikte, klopte Jan op zijn schouder en vertrok. Jan probeerde Bjorn te bereiken. Hij was ver weg en zeer afwezig. Jan vond dit wel heel onbevredigend maar hij had er mee te maken. Hij schonk een kop koffie in voor Bjorn die er verlangend naar keek en uiteindelijk van de koffie proefde. Hij leek er van op te knappen. Hij ging meer rechtop zitten en wilde de deken van zijn hoofd af trekken. Jan voorkwam dat en vertelde hem dat hij dan de kans had dat Manton hem dan meteen weer te pakken zou nemen. Bjorn keek Jan aan.

Een wildvreemde man die hem iets over Manton vertelde. Manton, zijn kwelgeest. Langzaam drong het tot Bjorn door. Jan was zijn weldoener die hem van Manton had bevrijd. Bjorn begon te glimlachen en omhelsde Jan overdadig. Jan suste zijn reactie een beetje. Ze moesten nog een klusje klaren met Manton. Bjorn knikte enthousiast. Hij wilde alles doen om Manton voor goed het zwijgen op te leggen.

Jan maakte Bjorn duidelijk dat hij graag wilde weten waar Manton zich bevond. Wist Bjorn dat? Bjorn dacht van wel. Hij moest zich elke dag bij Manton melden. Maar waar dat precies was. Hij moest heel goed nadenken. Normaal liep hij gewoon door het gebouw heen naar Manton toe. Waar liep hij precies heen? Bjorn keek raadselachtig naar Jan. Hij kon het zich niet voor de geest halen. Hij liep er gewoon naar toe. Jan had de indruk dat het dan ergens in dit gebouw moest zijn. Meteen dacht hij aan de computerruimte van de Verenigde Naties. Dat leek hem een logische plek. Jan kwam onder de deken vandaan en vroeg Madeleine hem beelden te sturen van de plattegrond van het gebouw waar hij was en met name de plek waar de computerruimte was. Madeleine ging op zoek en vond via de lokale computer de gegevens en stuurde Jan de beelden. De computerruimte bleek twee verdiepingen lager te liggen. Hijzelf was kennelijk op de vierde verdieping onder de grond. Zijn gevoel dat hij met de lift omlaag was gegaan was dus juist geweest.

Jan stond op en vroeg Bjorn of hij hier met de deken wilde wachten of dat hij mee wilde om samen met Manton af te kunnen rekenen. Jan zag hoe Bjorn worstelde met beide opties. "Als je meegaat heb je wel een eigen kans om wat te doen en ook om voor jezelf afstand te kunnen nemen van je verleden met de kwelgeest", suggereerde Jan, zich zeer wel bewust van het feit dat de aanwezigheid van Bjorn hem makkelijker toegang zou geven tot de computerruimte.

Jan gaf aan dat hij de deken kon meenemen, zodat hij hem over zijn hoofd kon trekken als hij dat wilde. Dat gaf de doorslag. Bjorn stond op en liet de deken op zijn schouders glijden. Jan zag meteen dat hij de draad alweer kwijt was. Hij pakte Bjorn bij zijn arm en wandelde met hem naar het trappenhuis, helemaal aan de andere kant van de lange gang buiten het kantoor. Bjorn liep gewillig mee. Ze liepen twee trappen af en gingen daar een hele grote open zaal in. Jan keek eens rond maar zag niets dat op Manton kon lijken. Bjorn leek een kant op te willen lopen en Jan liet hem begaan. Ze liepen halverwege de ruimte door tot Bjorn linksaf boog naar een deur. Kennelijk was hier een aparte kamer. Mogelijk had Manton zich hier verschanst

Snel informeerde Jan Madeleine zodat ze wist waar hij was en wat hij op het punt stond te doen. Bjorn legde zijn hand op de deurklink en opende de deur. Meteen trok Jan de deken over het hoofd van Bjorn. Bjorn verstijfde. Hij keek verschrikt om zich heen. Jan duwde hem door de deuropening en volgde Bjorn meteen.

Ja, daar was Manton. Meteen sprong Jan naar de kolos toe. Hij rende naar de aansluiting op de elektriciteit in de muur en trok de stekker er uit. Hij keek naar de vier plateaus met de vier menselijke hersenen die duidelijk met elkaar waren verbonden. Hij was benieuwd wie van de vier nu feitelijk Manton was en welke de drie anderen waren. Het maakte nu niet veel verschil. Hij moest ze alle vier loskoppelen van elkaar. Meteen begon hij de verbindingen tussen de hersenen los te wrikken. Een hoog scherp gegil was het resultaat. Een gigantische sirene begon te loeien. Snel ontkoppelde Jan de vier hersenen. Soms zelfs met een beetje geweld als het hem niet snel genoeg ging. Bjorn stond als aan de grond genageld met de deken over zijn hoofd. Jan besteedde geen tijd aan hem. Het loskoppelen van de vier hersenen was de essentie en die moest hij zo snel mogelijk uitvoeren. Dit was waar het allemaal om ging. Dit ontkoppelde de uniforme werking van Manton. Vier hersenen die gecombineerd functioneerden. Vier hersenen die samen meer waren dan vier losse hersenen. Jan rukte en trok en al snel waren de vier hersenen losgekoppeld van elkaar. Meteen begon Jan met het uit elkaar trekken van de vier plateau's zodat er geen kans was dat ze weer contact met elkaar zouden opnemen.

Jan ging rechtop staan. Het was gebeurd. Manton was niet meer. De vier hersenen zouden alleen nog maar gescheiden mogen functioneren. Jan keek naar Bjorn die nog steeds angstvallig onder de deken stond. Jan lachte naar hem. Bjorn lachte terug. Hij kwam voorzichtig uit zijn strakke houding en glimlachte alsmaar breder.

"Yes !!!" kreette hij en sloeg met zijn vuist een gat in de lucht. Jan gebaarde dat hij de deken kon af doen. Voorzichtig deed Bjorn dat en gaf de deken aan Jan. Jan vertelde hem dat hij nu contact zou opnemen met elk van de vier hersenen om uit te zoeken wie Manton was en wie de andere drie waren. Bjorn mocht zich weer bij de secretaris-generaal voegen en vertellen dat ze het kwaad hadden overwonnen.

Bjorn glunderde, bedankte Jan nogmaals uitbundig en vertrok.

Jan nam contact op met Madeleine en Distancia en vertelde wat er was gebeurd. Hij zou de vier delen Manton nu aan een nader onderzoek onderwerpen en wilde hen daarna terugbrengen naar Finland om te bekijken wat er met ze kon worden gedaan. Madeleine en Distancia waren verrukt. Eindelijk rust, eindelijk een normale situatie. Ze feliciteerden Jan en beloofden het meteen aan Samantha door te geven en via Alpha en Beta aan Jon van het ruimtestation.

Jan wendde zich tot de vier plateaus. Hij wilde met elk van de vier hersenen apart overleggen. Hij had de deken van Bjorn gehouden en bedekte nu een van de vier plateaus. Hij gooide de deken over het plateau voor hem, ging op zijn knieën zitten en stak zijn hoofd onder de deken. Meteen kreeg hij een enorm gegil naar zijn hoofd. Jan probeerde de persoon tot rust te manen. Hij suste hem of haar. Het leek niet echt te helpen. Hij besloot even niets te doen en wachtte even of het lawaai wat zou afnemen. Hij was toch wel een beetje verbaasd dat het geschreeuw zo lang bleef aanhouden. Het duurde hem te lang. Hij schreeuwde plotseling "He !! ".

Het gegil stopte acuut. "Luister", begon Jan met een hele rustige stem. " Mijn naam is Jan, hoe heet jij?"

Het bleef even stil. Een timide stemmetje zei heel zachtjes met een beetje een vragende intonatie: "Manton?"

"Nee," reageerde Jan heel rustig, "nee toch ?" Jan wachtte even. Was je niet samen met drie anderen Manton? Hoe heette je voordat je Manton werd? " Jan bleef rustig praten, proberend om te achterhalen of het om een vrouw of een man ging, of een jongen of een meisje. De stem klonk niet erg menselijk. Het was een beetje een metalige klank. Jan concentreerde zich weer. De persoon leek wat te zeggen maar hij kon het niet thuisbrengen. De stem herhaalde wat ze had gezegd. Jan verstond "Tilly" en herhaalde dat met een vragende stem. "Nee, Milly" klonk het nu iets vinniger.

"Hallo Milly, hoe oud ben je", probeerde Jan haar tot rust te brengen en meer over haar te weten te komen. Het klonk als een jong meisje.

Milly begon te lachen, vriendelijk en zachtjes maar wel redelijk vrij uit. Ze begon te praten. Jan luisterde aandachtig. "Ik ben zeventien jaar, althans als je de jaren in stase niet meetelt. Ik ben op mijn veertiende verongelukt en op mijn vijftiende ingepast in het samenwerkingsverband dat leidde tot Manton. Sindsdien ben ik mijn eigen identiteit kwijt. Ik denk dat dat voor ons alle vier gold. We raakten onszelf kwijt en werden als een geheel Manton, onoverwinnelijk, supermachtig en de enige die geschikt was om de planeet en nu de aarde te organiseren en te overheersen. Je kunt alleen maar organiseren als je de enige baas bent."

Jan was onder de indruk van dit snelle relaas en de verantwoording die meteen werd afgelegd.

"Heb jij ons losgekoppeld, ben jij de idioot die onze samenwerking heeft verstoord ?" vroeg Milly met scherpe stem.

Jan kon dat alleen maar bevestigen. Hij was er verantwoordelijk voor. "Het was noodzakelijk om jullie terug te brengen tot individuele units," begon Jan rustig. "Jullie hebben ernstig misbruik gemaakt van jullie mogelijkheid om de menselijke hersenen van anderen te beïnvloeden en zelfs over te nemen. De door jullie overgenomen mensen waren veelal niet meer in staat om hun eigen mening door te voeren of soms zelfs te bepalen. Dat is strafbaar. Dat is een vorm van vrijheidsberoving die niet acceptabel is." Jan wachtte rustig op een reactie.

"Het was noodzakelijk. We waren zelf niet mobiel, we konden ons zelf niet redden zonder eigen lichaam. We hadden dus eigen lichamen nodig. We wilden alleen maar mensen overnemen om alles voor ons en naar onze wensen te regelen. We konden geen eigen lichamen meer krijgen, helaas. We wilden geen mensen dood maken en onze hersenen laten overzetten in hun lichaam. Dat was technisch helaas niet mogelijk. We waren veroordeeld om te leven als zombies. Dat wilden we niet. We wilden leven. We wilden mens zijn. Helaas die periode is nu voor goed voorbij. Ik wil dood. Erger dan zombie zijn is niet mogelijk. " Ze zweeg somber en bijna apathisch in haar reactie. Jan begreep de bijzondere positie waarin ze verkeerde.

"Milly," begon Jan voorzichtig. "Zou je liever een rol spelen als kapitein op een ruimteschip of op een shuttle die de verbinding vormt tussen twee of meer plaatsen op een planeet of zou je liever een rol spelen als technisch centrum in een productiebesturingssysteem voor auto's, vliegtuigen of ruimteschepen ?" Jan probeerde haar te laten nadenken over een leven als lichaamloze hersenmassa met een taak, een eigen rol met waarde en betekenis.

Milly probeerde te begrijpen wat Jan zei. Ze stotterde en herhaalde delen van wat Jan had gesuggereerd. Jan vertelde haar dat hij meer dan tien collega's van haar kende die allemaal een rol speelden in een van de gebieden die hij noemde.

"Ik, piloot, alleen maar heen en weer als ruimteschip, nee dat lijkt me niets. Ik voel wel iets voor dat gedoe met zo'n productiebesturingssysteem. Hoort daar ook bij het meedenken over nieuwe modellen en de technische uitwerking daarvan? "

Jan knorde tevreden. Milly begon al positieve keuzes te maken. Dat was de goede weg. Hij moest nadenken over hoe en op welke manier hij in ieder geval drie van de vier nieuwe hersenen zou kunnen onder brengen in gerichte taken. Van belang was nu om vast te stellen wie de kwade genius was binnen de vier hersenen van Manton.

Jan kwam onder de deken vandaan en vroeg Madeleine en Distancia of ze bereid waren contact te hebben met Milly. Voorzichtigheid was altijd wel geboden maar Milly moest begrijpen dat ze niet alleen was. Zowel Distancia als Madeleine vonden het prima.

Jan dook weer onder de deken en vertelde Milly dat ze contact zou kunnen opnemen met Distancia en/of Madeleine. Beiden waren piloot van ruimteschepen. Milly reageerde dat ze die twee al eens had gesproken via Manton. Ze zou het proberen.

Jan haalde de deken weg en bedekte de volgende. Deze heette Gorki. Jan hield hetzelfde verhaal en legde contact met Madeleine en Distancia. Gorki leek heel rustig en was een jongeman van twintig, de staseperiode niet meegerekend.

De derde was een heel stuk moeilijker. Hij noemde zich Manton en was zeer boos. Jan had hem beroofd van alles en Manton zou hem wel even vermoorden. Manton probeerde Jans geest over te nemen maar hij was er als eenling zeker niet toe in staat. Jan weerde hem simpel en eenvoudig af. Hij vroeg of Manton bang was om zelf overgenomen te worden. Manton lachte hem rondweg uit. Zoiets was absurd en onmogelijk. Jan voelde zich uitgedaagd. Hij wilde alleen maar dat Manton zou inbinden en berouw zou tonen. Voorlopig leek dat er nog niet op. Jan probeerde druk te zetten op de hersenen van Manton. Puur met zijn geest. Natuurlijk kon hij dat eenvoudig met zijn handen doen maar hij wilde dat Manton zijn beperkingen in bredere zin zou er varen. Manton had dit nog nooit meegemaakt. Een andere geest die probeerde zijn geest onder druk te zetten. Dat was ongehoord. Dat kon helemaal niet. Hij was altijd de sterkste. Jan drukte wat steviger, zich maar al te goed realiserend dat Manton gewend was met vier hersenen te werken en niet met alleen zijn eigen geest. Jan analyseerde Mantons geest. Duidelijk een vechtersbaas van origine. Gewend om voor zijn eigen hachje op te komen en de zwakkere te overheersen. Manton begon terug te vechten. Jan liet hem rustig een weerstand opbouwen maar nam de druk niet weg. Door tegen de druk weerstand op te bouwen moest Manton zich echt goed concentreren. Jan begon expres tegen hem te praten. Dat zou een stukje extra aandacht vragen van Manton.

"Hoe is het Manton om nu eens niet de leiding te hebben. Hoe is het om zelf onder druk te staan? Begrijp je wel dat ik met elk van mijn vingers je hersenen kan beschadigen, zonder dat je er ook maar iets tegen zou kunnen doen? ". Jan zweeg even.

Plotseling viel de tegendruk weg. Manton had zijn laatste woorden precies begrepen. In het straatjargon waarin Manton was opgegroeid moest je meteen reageren op nieuwe ontwikkelingen. Als een ander duidelijk sterker was, moest je meteen ruimte laten. Hij was de baas. Trek je meteen terug anders wordt je afgeslacht.

Jan liet meteen de druk wegvallen. Hij begon rustig te praten tegen Manton. "Stel dat je een leuk en eerbaar beroep zou willen uitoefenen, Manton, welk vak zou je dan kiezen. Zou je piloot willen worden of zou je er meer voor voelen om nieuwe dingen te ontwikkelen of zou je er meer voor voelen om een productielijn aan te sturen ? Wat spreekt je het meest aan?

Jan probeerde de nieuwe lijn van Manton, als ondergeschikte, gehoorzame burger, te peilen. Manton was nog niet zo ver. Hij moest nog wennen aan het idee om niet zelf de leider te zijn. Hij begon een heel verhaal over zijn verleden, de omgeving waar hij was opgegroeid, zijn ouders, de bendes waar hij deel van uitmaakte en leerde anderen eronder te houden en sterkeren de ruimte te geven. Manton luchtte zijn hart en rekte de tijd. Jan liet hem rustig uitpraten. Uiteindelijk sprak Manton zijn positie uit. Hij erkende dat Jan zijn meerdere was en wist niet welk van de keuzes voor hem geschikt was. Hij had er nooit over nagedacht. Jan beloofde hem dat hij de tijd zou krijgen om een goede keuze te maken.

Jan besloot de deken over hem heen te laten liggen zodat hij voorlopig geïsoleerd zou blijven.

De vierde persoon was een oudere man. Berustend en snel begrijpend wat er was gebeurd. Met zijn vijftig jaar een opmerkelijke verschijning tussen de andere, toch veel jongere hersenen. Hij heette Orlow en voelde meteen veel voor een eigen plek als piloot. Hij was altijd buschauffeur geweest en een ruimteschip of een shuttle leek hem een fijne uitdaging.

Jan koppelde de vier plateaus met hersenen achter elkaar zonder dat ze elkaar konden raken. Hij had drie touwen benut om ze aan elkaar vast te maken.

Jan vroeg Distancia om Samantha naar de Verenigde Staten te brengen en haar met zijn Volvo naar het centrum van New York te rijden en hem daar met de vier plateaus op te halen. Distancia zegde meteen toe dat zeker te doen en vertrok meteen met Samantha. Ze hadden wel enkele uren nodig om ter plaatse te komen.

Jan vertelde de vier hersenen, drie tegelijk en Manton apart, dat ze enkele uren alleen gelaten zouden worden en dat hij ze over enige uren weer zou ophalen. Hij realiseerde zich dat de vier hersenen zonder voeding zaten en dat hij ze later zo snel mogelijk aan een juiste systematiek moest helpen. Mogelijk was gewoon elektriciteit de juiste voeding. Jan vroeg het aan Distancia die zijn veronderstelling bevestigde. Alleen de gelei waar de hersenen inlagen moest in de gaten worden gehouden als er langere tijd geen elektriciteit beschikbaar was. De gelei mocht niet uitdrogen. Jan controleerde de gelei en vond die bij allemaal in prima staat.

Jan verliet de kamer en deed de deur achter zich op slot. Hij nam de sleutel die aan de binnenkant had gezeten mee. Snel keerde hij terug naar de kamer van de secretaris-generaal. Bjorn was daar nog steeds bezig om de secretaris-generaal er van te overtuigen dat de dreiging was overwonnen. De secretaris-generaal kon Bjorn nog niet goed plaatsen, laat staan zijn positie aanvaarden. Bjorn was door Manton benoemd in de periode dat de secretaris-generaal onder zijn invloed was geweest. Jan kwam binnen en weer was de secretaris-generaal onderste boven van onbekende mannen die opeens in zijn bureau rondbanjerden.

Jan sprak de secretaris-generaal toe, maar de man begreep er helemaal niets van.

Jan had er geen zin meer in. Hij haalde Bjorn naar zich toe en gaf aan dat ze hier nu even niets meer konden doen. Ze gingen terug naar de computerruimte en namen de vier hersenplateaus mee de zaal uit.

Jan nam contact op met Distancia en vroeg haar om rechtstreeks naar het plein voor het gebouw van de Verenigde Naties te landen en Jan, Bjorn en de vier plateaus op te komen halen. Het plein was weliswaar aan de kleine kant maar het moest maar even. Distancia vertelde dat ze al redelijk snel ter plaatse zou zijn omdat ze al ruim boven de Atlantische Oceaan was en nu niet verder naar het achterland hoefde om Samantha af te zetten.

Jan moest wel even grinniken. De wereld werd voor schut gezet. Hij zou zijn eigen rol spelen en de wereld vertellen hoe de stand van zaken was.

Samen met Bjorn rolden ze de vier plateaus naar de lift, gingen eerst twintig verdiepingen of meer omhoog en vervolgens na te zijn overgestoken naar de andere lift reden ze de vier plateaus de lift uit op de begane grond. Er ontstond een enorme rel. De ene helft aan bewakers wilden hen tegen houden, een andere groep wilde hen zo snel mogelijk het gebouw uit hebben. De aanwezigheid van Bjorn maakte de verwarring alleen maar groter.

Die verwarring werd nog groter toen er een mededeling kwam van de secretaris-generaal dat hij Bjorn Damiaanson uit zijn functie had ontheven.

Jan, Bjorn en de vier plateaus gingen rustig de voordeur uit en liepen , in alle rust het plein op. Jan begon te gebaren dat iedereen ruimte moest maken, gebarend dat er iets van boven zou komen. Televisiecamera's namen alles op en de beelden werden meteen uitgezonden. Distancia meldde zich bij Jan en vertelde dat ze over vier minuten boven het plein zou zijn. Ze had wat discussie met de vliegveldleidingen van de verschillende vliegvelden rondom New York. Ze had hen simpel meegedeeld wat ze ging doen en ze waren gewend dat zij toestemming zouden moeten geven en die kreeg ze natuurlijk niet. Dus had ze hen gewoon verteld wat ze ging doen, zonder toestemming. Ze moesten zich maar aanpassen met hun vliegtuigen.

Jan moest er wel om lachen.

Jan wees weer naar boven en ja hoor daar was Distancia. Ze kwam rustig omlaag en iedereen vluchtte nu weg van het plein. De camera's namen alles op en de mensheid keek mee.

Jan wenkte Bjorn, die ook niet wist wat er gebeurde. Distancia liet de achterkant omlaag komen en Jan rolde, met behulp van Bjorn en ook Samantha de vier plateaus naar binnen.

Ze waren nog niet binnen of Distancia sloot de achterkant en steeg op naar de gebruikelijke hoogte. Ze voegden zich bij Madeleine die inmiddels ook boven New York was aangekomen. Ze bleven rustig op de rand van de atmosfeer boven New York zweven.

Hoofdstuk 33

Op het plein was paniek uitgebroken. Het immense gevaarte werd gezien als een levensgevaarlijk instrument dat vast zo gewelddadige acties zou gaan ondernemen. De mensen vluchtten rennend en vallend weg. Jan was er deels blij mee. Hij had daardoor alle gelegenheid gehad om samen met Bjorn de vier plateaus bij Distancia naar binnen te rijden. Natuurlijk Distancia was ook wel een enorm gevaarte. Natuurlijk als je rustig over een vrij groot plein wandelt en plotseling komt er een enorme gevaarte van boven naar beneden die zo ongeveer alle licht wegneemt, dan wil je zo snel mogelijk wegwezen.

Jan reed de vier plateaus het ruim in en sloot drie plateaus aan op de elektriciteit. Hij vertelde Distancia dat hij dat deed zodat de drie hun eigen levenscyclus weer konden oppakken. Hij wilde wel dat Distancia hen zou blijven controleren. Hij sloot Manton niet aan. De computers in de consoles waren weliswaar supergeavanceerd voor aardse begrippen maar Jan had bij Distancia een nog veel sterkere en betere computer aangesloten. Distancia zou de anderen makkelijk kunnen overrulen. Jan waarschuwde wel dat de neiging tot overheersen toch aanwezig was geweest bij deze drie en hun contact met de buitenwereld verliep deels door de lucht met hun hersenen en deels via het elektriciteitsnet. Via het elektriciteitsnet hadden ze verbinding met alle mogelijke andere computers in de wereld en natuurlijk ook met satellieten.

Jan vroeg Distancia of er een mogelijkheid was om Manton via een aparte voorziening, bijvoorbeeld een mobiele accu, van energie te voorzien. Distancia gaf meteen aan onder welk onderdeelnummer een dergelijke accu te vinden was in de opslagcontainers in het ruim. Jan zocht de accu op en koppelde Manton aan de accu. Jan dook onder de deken en vertelde Manton wat hij had gedaan. Manton was hem dankbaar en leek zich tevreden te stellen met de beperkte mogelijkheden voor zijn geest.

Jan wandelde rustig naar de cockpit en omhelsde Samantha. Ze zag er nog moe en afgetobd uit maar ze bleef een prachtvrouw. Jan stelde Bjorn aan haar voor en wilde van Bjorn wat meer over zijn eigen achtergrond weten. Bjorn was technicus en was meegereisd met het ruimtestation. Jan concludeerde dat hij het ruimtestation bedoelde waar Jon de leiding had.

Bjorn wilde zelf ook meer weten en Jan vertelde hem dat Distancia het ruimteschip was dat een ongeval had gehad hier op de aarde. Distancia onderbrak zijn informatiestroom. Er was de nodige onrust op de aarde inzake de dreigingen van Manton en het tijdschema dat ten einde liep. Distancia leek het verstandig als Jan een verklaring aan de media zou sturen en de feitelijke situatie zou aangeven.

Ook Bjorn en Samantha waren het daarmee eens. Ze wilden eigenlijk zelf ook wel eens weten hoe het allemaal zat. Jan begreep de behoefte en besloot een uitgebreide verklaring op te nemen. Ze aten eerst allemaal samen een voedzame maaltijd . Vervolgens gingen Samantha en Bjorn naar hun kamers en gingen slapen. Ze waren nog steeds allebei oververmoeid.

Jan besloot zijn presentatie te beperken tot de huidige situatie. Hij vroeg Distancia en Madeleine om via Alpha en Beta Jon te vragen om naar de aarde te komen. Ook Alpha en Beta zelf zou hij graag bij hen hebben. Jan vertelde de hele groep over het bestaan van Hans. Hij vroeg Hans om zich ook bij de anderen te melden. Hans was meteen enthousiast. Hij moest wel eerst even een rondje om de zon maken om zijn energie op peil te brengen. Jan ove4tuigde hem er van dat hij eerst bij Jan langs moest om een extra computer ingebouwd te krijgen waardoor zijn kwaliteiten en dus ook zijn opnamevermogen van energie en zijn snelheid, fors zouden verbeteren. Hans kwam graag eerst even langs voor die opties.

Jan zou de aanwezigheid van de vijf ruimteschepen en het ruimtestation aanmelden in zijn presentatie.

Hij nam de tijd om zijn verhaal goed in elkaar te laten steken en vooral ook om duidelijk te maken dat er niets te vrezen was van de eerdere agressor.

Jan nam zijn presentatie meteen op via zijn camera op zijn computer en liet daarna het hele verhaal aan Distancia en aan Madeleine zien. Ze vonden het een prima verhaal. Op een paar punten vonden ze dat hij zichzelf niet te veel moest wegcijferen en best mocht aangeven dat hij degene was geweest die de vrede had bewerkstelligd. Jan paste de tekst aan en liet hen de aangepaste versie zien. Zo waren ze tevreden.

"Mijn naam is Jan Berg. Noem me maar gewoon Jan. Het klopt, we zijn niet alleen. We hebben bezoek gehad van een andere planeet. Dit bezoek bestond, ook tot mijn verrassing, uit mensen. Mensen, die zeer vele jaren geleden van de aarde zijn vertrokken met ruimteschepen. De aarde werd toen bedreigd door een dodelijk virus. Vele miljoenen mensen zijn toen gestorven. De mensheid is destijds vrijwel volledig uitgestorven hier op aarde. De schaarse overlevenden hebben de aarde weer helemaal van de grond af aan tot leven moeten brengen en hebben de aarde weer opgebouwd tot wat die nu is"

Jan haalde even rustig adem.

"De technologie op de andere planeet is veel verder ontwikkeld. Ze hebben ruimteschepen zoals die door jullie boven de aarde zijn waargenomen. Op dit moment zijn er drie ruimteschepen voor jullie zichtbaar. Op korte termijn komen ook de andere twee ruimteschepen zich bij ons aansluiten. Daarenboven zal ook een ruimtestation zich bij ons voegen. Dat is de hele groep die ik heb meegebracht van de andere planeet. "

Jan pauzeerde weer even.

"De man, die de aarde heeft bedreigd, is inmiddels door mij uitgeschakeld en nu hier bij mij in dit ruimteschip. Hij heeft spijt van zijn actie en van de misbruik die hij gemaakt heeft van zijn kennis en kunde. Hij was geestelijk in staat om de computers over de hele wereld te reguleren. Dat kan hij nu niet meer. Hij is zodanig geïsoleerd dat hij geen externe contacten meer kan leggen."

"Er is nu dus rust en vrede op aarde. U beslist over het doen en laten van uw planeet. Graag adviseer ik u om uw planeet serieuzer te behandelen en meer gebruik te maken van zonne-energie en onderlinge samenwerking. Er zijn op dit moment ongeveer dertig plekken waar groepen mensen met elkaar in gevecht zijn, uitsluitend gericht op eigen gewin. Dat eigen gewin bestaat uit geloof, pure machtslust of gewoon macht. Ik denk dat u de komende jaren serieus moet gebruiken om wereldvrede te realiseren."

"Ik wil geen dreigementen uiten en zal zeker geen geweld tegen wie dan ook gebruiken. Wel kan ik u allemaal economisch volledig afhankelijk van mij maken door puur economische macht. Denk aan auto's, vliegtuigen en ruimteschepen op zonne-energie. Denk aan supercomputers, gebaseerd op voor u allemaal volledig onbekende technologie. Ik kan dat realiseren en dat zal ik ook doen. De wereldvrede is aan u. U bent nu allemaal veilig en vrij om uw eigen wil te bepalen. Dank u. "

Jan stuurde het verhaal naar alle media en zette het op internet. Hij was moe en ging naar bed. Hij sliep snel.

<u>EINDE</u>